Tanith Lee

Die Kinder der Wölfe

Ein Werwolf-Roman

Deutsche Erstveröffentlichung

WILHELM HEYNE VERLAG
MÜNCHEN

HEYNE-BUCH Nr. 11/14
im Wilhelm Heyne Verlag, München

Titel der amerikanischen Originalausgabe
LYCANTHIA OR THE CHILDREN OF WOLVES
Deutsche Übersetzung von Wolfgang Crass

Printed in Germany 1984
Umschlagfoto: DAW Books Inc., New York
Umschlaggestaltung: Atelier Ingrid Schütz, München
Satz: Fotosatz Völkl, Germering
Druck und Verarbeitung: Ebner Ulm

ISBN 3-453-44068-4

Inhalt

1. Teil

Unbekanntes Land

1. KAPITEL

Ankunft

Der Zug, der unter seinem Hammerkopf aus Rauch und Dampf nach Norden fuhr, war zu früh für die Jahreszeit in das Land des Winters eingedrungen, als habe er ein großes, reines, stilles Tor durchfahren. Wie kalt, wie verändert lag die Welt in dem weißen Morgen, als das stille weiße Licht sich zu verbreiten begann. Eine Welt nasser Wälder und schemenhafter Hügel. Am Horizont schlossen die Kiefern das Land wie mit Tinte ein. Die Gegend war anscheinend völlig menschenleer. Nichts stand neben den Geleisen oder war zwischen den Ästen sichtbar, keine von jenen dichtgedrängten Städten oder weitläufigen Dörfern, keine von den Schuppen, Hütten, Häusern und Bauernhöfen, die gestern, nachdem der Zug aus der großen Stadt abgefahren war, kein Ende nehmen wollten. Heute gab es nichts zu sehen, bis der Bahnhof auftauchte, um den Zug hochwirbelte, als wolle er ihn mühsam und sinnlos festhalten. Um den Bahnhof herum war noch ein Überrest des Herbstes versteckt; hier und da hing an einem Busch noch ein nasses gelbes Blatt, oder ein anderes leuchtete rot an einem Ast: Flüchtlinge.

Als er ausstieg, war die Luft scharf wie ein Messer. Sie drang ihm sofort in die Lungen, und er hustete beiläufig, ohne es wirklich zu registrieren. Seine Kiste und seine Koffer wurden um ihn herum versammelt. Er stand bei ihnen, eine kleine dunkle Insel in dem Albino-Morgen, als der Zug wegfuhr.

In einer halben Meile Entfernung gab er einen einsamen Schrei von sich und rief ihm über die Schulter ein herzloses Lebewohl zu.

Der Bahnhof war baufällig und sah verlassen aus.

Als der Zug verschwunden war, schien es ihm, als sei er

ausgesetzt worden oder habe mitten in einer Wildnis Schiffbruch erlitten. Christian musterte sein Gepäck ohne Hoffnung. Es war zu viel, um es zu tragen. Er wollte es nicht tragen. Man hatte ihm versprochen, er würde hier abgeholt werden, und für ein Transportmittel sei gesorgt.

Er wollte keine Entscheidungen treffen. Der Gedanke daran, die Vorstellung, er müsse jetzt planen, was als nächstes geschehen solle, deprimierte ihn und ließ in ihm Gefühle von Einsamkeit und Erschöpfung aufkommen. Er setzte sich auf die Kiste. Er hatte im Zug nicht schlafen können. Die ständige Bewegung hatte ihn betäubt, ihn aber zur gleichen Zeit auch wachgehalten. Ohne Hut in seinem schweren Astrachan-Mantel paßte er sich in seiner Vorstellung der Landschaft an und verschmolz mit ihr. Schwarz und weiß wie der Wintermorgen und die Wälder. Schwarzes Haar, schwarzer Mantel; das Gesicht weiß. Bis auf die beiden Falten, die unter den Augen eingegraben waren, war es ein junges Gesicht. Die Augen ..., welche Farbe hatten sie? Schwarz und weiß gemischt; ein Grau, leuchtend, aber bleiern. Merkwürdig. Er stellte sich nun sich selbst vor. An ihm waren nicht einmal die letzten roten Farbtupfer des Herbstes. Bis er an Blut dachte, und alle Blätter an den Büschen um die Bahnhofsmauer pulsierten und brannten, als lebten sie, und er die schreckliche, unreflektierte, ungläubige Angst spürte, und dann –

Und dann kam ein Mann aus dem Bahnhofsgebäude. Er war groß, hatte ein Cape übergeworfen, und der an ein Begräbnis erinnernde Zylinder stieg wie ein Kamin von seinem Kopf auf. Er schien nur aus Kleidern zu bestehen und kein Gesicht zu besitzen.

»Monsieur?« fragte er. »Monsieur Dorse?«

Christian stand auf und bestätigte damit die Frage.

»Ja.«

»Der Wagen wartet drunten auf der Straße auf Sie, Monsieur. Peton holt ihr Gepäck ab.«

»Ja.«

Sie standen unentschlossen da, der junge Mann und der Neuankömmling mit dem Zylinder, als seien sie zwei Schauspieler, die plötzlich das Gedächtnis verloren hatten. Was kam jetzt?

»Ich bin Sarette, Monsieur.«

Der Fahrer. Es blieb also nichts anderes übrig, als von seinem Gepäck wegzugehen, es stehenzulassen und mit leeren Händen ins Leere vorzustoßen.

Sarette hielt ihm zwei Türen auf, und dann ein Tor. Zwischen Erdbanketten führten Stufen nach unten. Auf der anderen Seite einer schmalen, geschotterten Straße standen Bäume eng zusammen, wo der große Wagen wie ein seltsam verlängerter und mit einem Dach versehener tiefschwarzer Rollstuhl wartete.

»Es ist sehr kalt, Monsieur«, sagte Sarette, als er die Tür des Wagens öffnete. Ein weiterer Mann war von irgendwoher aufgetaucht und in den Bahnhof gegangen, und nun kam er mit der Kiste zurück. Peton. Er war stark, hutlos wie Christian, aber ohne das füllige Haar des jungen Mannes. Dünne Strähnen waren wie Pinselstriche über Petons Kopfhaut gekämmt. Er lud die Kiste in den hinteren Teil des Wagens ein. Sarette hantierte mit einer Reisedecke, während Peton die Treppe hinauftrabte und bald darauf mit dem Rest des Gepäcks zurückkehrte. Peton sah Christian nicht einmal direkt an.

Als Peton seine Aufgabe erledigt hatte, brach zwischen ihm und Sarette ein Streit aus, der in dem lokalen Dialekt ausgetragen wurde – praktisch unverständlich. Die Unverständlichkeit entzog ihn Christians Zuständigkeitsbereich, und er war froh darüber. Die eiskalte Luft hatte begonnen, ihm unter die Haut zu gehen und ihm wehzutun.

Dann entfernte Peton sich plötzlich. Sarette warf den Wagen an und kletterte auf den Fahrersitz. Der Wagen schüttelte sich kurz und glitt vorwärts.

»Ich fürchte, Monsieur ...«, begann Sarette. Es folgte eine Pause. »Wir sind in dem Schloß nur zu viert. Ich glaube, Monsieur Hamel hat Ihnen das bereits geschrieben.«

»Ja.«

»Die Lage ist unangenehm. Es ist jedoch unmöglich, zu dieser Jahreszeit Personal einzustellen. Bis zum Frühjahr ...«

»Ich verstehe.«

»Hier draußen, Monsieur. Der Styx. Die Wüste.«

Die Straße bog von den Geleisen ab, und nun kam der Kiefernwald auf sie zu. Es war der Wald einer Kindergeschichte. Nichts brauchte über ihn gesagt oder gedacht zu werden. Irgendwann hatte ein Geschichtenerzähler schon alles darüber gesagt ...

Das Gefühl, als würde in seiner Kehle eine Klaue kratzen, verstärkte sich, und Christian hustete wieder leicht, ohne sich dabei dem Husten hinzugeben. Der sollte warten.

Der Fahrer sagte: »Sehr gesunde Gegend hier, Monsieur!«

Christian betrachtete die dunkelgrünen und schwarzen Pagoden der Bäume. Er war achtundzwanzig. Bevor der Frühling kam, war er vielleicht schon tot. Das war ein interessanter Gedanke.

Er fühlte sich ziemlich krank, ausgehöhlt, aber das war nicht unangenehm, solange er sich in dem Plüschsitz zurücklehnen konnte. Er fragte sich, ob Sarette ihn wohl für gutaussehend hielt und wünschte, er könne sich auf einer rein väterlichen Ebene um ihn kümmern. Das war bisher schon recht oft vorgekommen. War Sarette ein lokales Produkt? Christian war eigentlich an die Tradition von Dienstboten, die Vorstellung von Hintersassen nicht gewöhnt, die in diesem wilden Winterland zwar verwischt und aufgeschönt worden war, aber sicher trotzdem noch existierte. Die Dienstboten seiner Kindheit und im Haus seines Cousins in der Stadt waren vertraulich, ohne Stolz und beleidigend gewesen.

Er fragte sich, wie lange es wohl dauern würde, bis er das Schloß sah, und wie er darauf reagieren würde. Seine Mutter hatte dort gewohnt, aber nur bis sie sieben oder acht Jahre alt gewesen war. Wegen der Schulden seines Großvaters hatten sie dann fast alles verloren, und das Haus war verkauft worden. Die Familie war zu Großstadtbewohnern geworden, und eine vorteilhafte Heirat mit einem Provinz-Hotelier von ausländischer Herkunft hatte seine Mutter eingefangen und ihn gebracht. Durch einen glücklichen Zufall und kluge Familienpolitik war das Schloß vierzig Jahre nach seinem Verkauf wieder in Christians Besitz gekommen. Er hatte nie gedacht, er würde es irgendwann einmal besitzen, und nicht einmal der Wunsch danach war bei ihm aufgekommen. Das Leben hatte ihm systematisch all die Dinge genommen, die er sich am meisten gewünscht hatte. Das Schloß war eine Art glänzendes Schmuckstück, das ihm hingeworfen worden war, als er gestrandet und vor Verzweiflung weinend am Boden lag. Wie ein Kind, von Schmerzen und Ruin abgelenkt, hatte er es aufgehoben.

Man sah der Landschaft ihr Alter an. Die Römer hatten einst ihre Forts in ihr gebaut.

Die Straße stieg zwischen Palisaden und Vorhängen aus Bäumen steil an. Dann und wann enthüllten Lichtungen tiefe Weiten, die sich erstreckten, Kiefer um Kiefer, dazwischen immer wieder bläulich und glühend eine Tanne und der verjüngte Kontrapunkt von Lärchen. Darüber ragten aus den Hängen manchmal Felsen wie Balkons aus dem Wald heraus. Einmal verriet eine Rauchfahne eine isolierte menschliche Behausung oder eine Köhlerhütte. Der Geruch des Rauchs und der nassen, zusammengedrückten, herabgefallenen Blätter erfüllte den Wagen, schokoladenähnlich und zeitlos. Solche Gerüche, wie der von gebratenem Fleisch, des Safts einer Knospe, oder dem Duft eines Frauenhaars gab es schon seit den Anfängen – ursprünglich, zeitlos, permanent.

Er dachte geradezu zwangsläufig in solchen Bahnen.

Das Dorf tauchte fast ohne Warnung auf. Ein Meilenstein am Straßenrand, dann ein Bauernhof, der sich mit seinem groben Teppich von Stoppelfeldern und einem langen Zaun zwischen die Bäume schob. Plötzlich hing eine Kirche über ihnen, an ihrem Standort seitlich am Hang fast horizontal geneigt, wie es schien. Häuser tauchten auf. Sie sahen sehr alt aus. In Gips versenkte eiserne Kreuze waren trunken zur Seite gesunken, und die Fenster und Eingangstreppen standen voller brauner Lehmtöpfe. Dächer neigten sich einander zu. Immer näher. Mauern standen schräg. Ein Bild aus dem Mittelalter. Frauen in Schwarz liefen umher, und von der Schmiede stieg gefärbte Luft auf. Ein Kind rannte die Straße hinunter auf den Wagen zu, und ein Hund trabte bellend hinter ihm her, aber Sarette fuhr sehr langsam.

Christian erwartete, daß Gesichter wie Blumen aufblühen würden, um ihn anzustarren, und er spannte sich in Vorbereitung darauf an. Diese Leute aber schenkten dem Wagen kaum einen Blick. Auf dem Marktplatz war eine Art Denkmal und ein Brunnen, der anscheinend noch benutzt wurde.

Sie fuhren um den Platz, an dem Denkmal, dem Brunnen und der Kirche vorbei, und danach wieder langsam in den Wald dahinter hinein.

Fünf Minuten später zeigten sich zwei Steintiere auf beiden Seiten der Straße, heraldische Hunde, aufsteigend, mit Schildern. Nach einer weiteren Minute begann die Mauer, die Mauer des Schlosses, ein riesiger Festungswall, der stellenweise schon zerfiel. Zwei weitere Steinhunde sahen ihnen durch das offene Tor entgegen.

Der Grund war geräumt; er war wahrscheinlich irgendwann einmal teilweise als Park angelegt worden. Für Christian hatte das Bild keine vertraute Form. Er trug es zwar noch in sich, und undeutlich rührte sich in ihm eine Erinnerung, die sich kurz bemühte, zu assimilieren und zu erkennen: eine Allee mit blattlosen Linden, eine Zypresse, die den Gipfel eines Hügels beherrschte, ein Haufen Steine, die vielleicht früher einmal Teile eines Gebäudes gewesen waren ... Doch nein, das Land um das Schloß entzog sich weiter seinem Zugriff und blieb ebensowenig scharf umrissen wie alles, was er vom Zug aus gesehen hatte.

Die Straße verlief mitten durch das Gelände und überquerte schließlich auf einer Brücke, die aussah, als sei sie aus grauem Marzipan gebaut, einen Burggraben. Christian konnte nicht erkennen, ob der Graben noch Wasser enthielt. Das Schloß ragte auf der anderen Seite auf. Es war groß. Wie der geräumte Grund entzog es sich der Akzeptierung.

Er sah es müde an und ließ ihm den Willen, denn er war zu müde, um sich dagegen zu wehren. Die kleinen Stadthäuser und die Wohnungen seiner Vergangenheit mit ihrer beruhigenden Klaustrophobie, die Suite in dem Stuck-Hotel seines Vaters, deren Fenster ewig auf die See hinausschauten, als gehörten sie zu einem in einer Flaute festliegenden Schiff – die Heime und Wohnungen hatten mit dem Schloß nichts gemeinsam. Es schien unbewohnbar. Felsenähnliche Bastionen, fleckige, verputzte Mauern, Fensterläden, Zinnen, Balustraden, alles aneinandergeklebt und wie eine riesige versteinerte Gemüsepflanze miteinander verwachsen.

Die Straße endete unter einer großen grauen Terrasse neben einer von Betonurnen flankierten Freitreppe, wo auch der Wagen anhielt. Sarette drückte auf die Hupe. Sie saßen still in dem Wagen, der leise Geräusche von sich gab, und warteten.

Plötzlich kam ein junger Mann aus dem Schloß heraus, rannte über die Terrasse und die Treppe hinunter. Er war ungefähr neunzehn und hatte rote Wangen. Christian verspürte eine schreckliche apathische Verachtung für die Gesundheit und Energie des jungen Mannes.

Christian wartete nicht ab, bis man ihn freiließ, sondern öffnete die Tür des Wagens. Er stieg aus und sah nach der Treppe und auf den jungen Mann, der sie herabrannte.

Der junge Mann nickte ihm besorgt zu, ein kurzes Neigen des Kopfes, das Urbild der Unterwürfigkeit. Er setzte sich sofort in Bewegung und begann, Christians Kiste und die Koffer auszuladen.

Sarette kam aus dem Auto heraus.

»Renzo«, sagte Sarette und zeigte auf den jungen Mann. »Madame Tienne wird sich um den Haushalt kümmern, und dann kommt natürlich noch eine Frau aus dem Dorf zum Kochen. Weiter ist da noch ein Mädchen, das hier wohnt und die

Zimmer sauberhält. Das ist natürlich unbefriedigend, aber bis zum Frühjahr ...«

»Ja«, entgegnete Christian. Er betrachtete die Treppe und versuchte, die Stufen zu zählen. Vierzig, oder waren es zweiundvierzig?

»Ein großer Teil des Schlosses ist noch verschlossen. Madame Tienne hat die große Suite im ersten Stock für Sie aufgemacht, und die große Halle und der Salon sind in gutem Zustand. Falls jedoch noch weitere Räume – ich glaube, Sie hatten sich für das Musikzimmer interessiert, Monsieur, oder?«

»Nicht vor der Ankunft des Klavierstimmers.«

»Aber ja, sicher. Monsieur Hamel hat jemanden aus der Stadt beauftragt. Das ist schon letzte Woche erledigt worden. Haben Sie den Brief nicht bekommen?«

Christian erinnerte sich, daß der unverwechselbare letzte Brief des Anwalts Hamel im Haus seiner Cousine eingetroffen war, als er gerade zum Bahnhof aufbrach. Seine Cousine war in Tränen gewesen, und ein Taxi hatte vor der Tür gewartet. Christian hatte den Brief in die Tasche gesteckt und ihn vergessen, weil er von seiner pedantischen Unwichtigkeit überzeugt gewesen war.

Er betrachtete weiter die Treppe. Der junge Mann schleppte, wie Peton allein, die Kiste auf die Terrasse zu.

»Ich nehme an, ich soll jetzt hinaufgehen«, sagte Christian.

»Ja, Monsieur. Madame erwartet im Salon Ihre Anweisungen.«

Christian stieg langsam die Stufen hinauf. Auf der zwanzigsten blieb er stehen. Er sah zurück, als wolle er noch einen Blick auf die Aussicht werfen, und stützte sich dabei beiläufig an den Sockel einer Urne.

Sarette, der ihm keinerlei Hilfe angeboten hatte, stand an den glänzenden Wagen gelehnt und beobachtete ihn. Von Anfang an hatte Christian einen Eindruck von – was? gehabt. Eigentlich nicht Unfreundlichkeit, eher Gleichgültigkeit.

Ich bin ein Eindringling, dachte Christian. *Sie erwarten in-*

stinktiv, daß ich komme und gehe, genau wie die Belästigung durch den kommenden Winter. Ankunft, und unausweichlich danach wieder Abreise. Und wie recht sie damit haben.

Hinter dem Mann und dem Wagen, hinter der Kurve der Straße und der Brücke stieg das Land sanft an. Eine verkrüppelte Linde sah einen Augenblick lang eigenartig vertraut aus.

Es waren fünfundvierzig Stufen. Renzo, der junge Mann, kam zweimal an ihm vorbei, um das Gepäck hochzutransportieren. Renzo war gutgelaunt. Er ignorierte Christians langsamen Aufstieg.

Christian spürte die trockene Blässe seines Gesichts so konkret, als sei sie wie die abblätternde Fassade des Schlosses aufgemalt. Er blieb schwer atmend auf der Terrasse stehen. Seine Beine waren wie Wasser, aber er mußte sich Madame stellen. In seiner Vorstellung erschien ein Bild einer puppenhaften Gestalt mit einer ländlichen, weißen Schürze, aber zur gleichen Zeit wußte er, daß es nicht stimmen würde.

Er hörte noch immer die Stimme seiner Cousine: »Geh' nicht, verlaß' uns nicht, mein Lieber! Du bist nicht gesund, nicht kräftig ...«

Vom Frost mumifizierte Überreste von Blumen lauerten noch in den Urnen an beiden Seiten der Tür, die weit offenstand, um den neuen Herrn zu empfangen.

Er hörte, wie der Wagen um die Seite des Gebäudes zu den alten Stallungen gefahren wurde, die nun zu einer großen Garage degradiert worden waren.

Er hustete und ging durch die Tür in das absurde Heim seiner Vorfahren.

2. KAPITEL

Der Salon

Wie der Wald war die große Halle des Schlosses genau das Produkt einer Romanze. Geschnitzte Holzpaneele wechselten sich mit Brokatbehängen ab. Samtvorhänge verpackten die Bilder, die sich durch die Fenster zeigten. Zwei riesige Leuchter tropften von der hohen Decke. Zwei riesige Kamine klafften wie Höhlen in den Wänden. Ein langer Tisch aus blutrot poliertem Mahagoni für vierzig oder mehr Personen wartete.

Eine Innentreppe schwang sich zum Himmel hoch, deren mit grotesken Schnitzereien verzierte Geländer weit genug voneinander entfernt waren, daß auch zwei Reifröcke aneinander vorbeikamen. Renzo ging nun mit dem Gepäck auf ihr hoch. Hoch über einer Balustrade zeigte ein rundes Fenster mit Scheiben in einem üppigen, eiskalten Blau, daß der Himmel schon erreicht war.

Der Salon, kleiner Bruder der Halle, war links durch eine offenstehende Flügeltür zu erreichen und ähnlich mit einem langen Tisch, Leuchtern und Wandbehängen geschmückt. Ein Feuer brannte in dem einzigen Kamin in ihm, aber der Raum war trotzdem noch kalt.

Madame Tienne stand vor dem Kamin. Es war dumm von ihm gewesen, anzunehmen, daß sie nicht so sein würde, wie er sie sich vorgestellt hatte. Wie ein Gebilde seiner Phantasie verschränkte sie ihre puppenhaften Hände vor ihrer weißen Schürze. Ihr Puppengesicht war das einer strengen Matrone aus Porzellan. Er fragte sich, ob sie wohl schon dagewesen war, als der Trunkenbold, der das Schloß Christians Großvater abgekauft hatte, hier seiner Gier nach Nippen und Schlucken zum Opfer gefallen war.

Sie stellte sich mit einer steifen, sehr leichten Verbeugung vor, und der mittelalterlich anmutende Ring mit Schlüsseln an ihrer Hüfte klimperte und klapperte. Sie erzählte ihm von den Wohnräumen oben, in die sein Gepäck gebracht worden war. Renzo würde für ihn auspacken. Renzo würde als Steward, Träger und Diener fungieren, wenn Christian ihn brauchen sollte. Sie sprach von dem Feuer im Kamin. Sie erkundigte sich, welche Wünsche Christian für den Augenblick hätte. Wollte er Kaffee? Wann wollte er speisen? Würde noch jemand kommen? Wäre er es zufrieden, den Speiseplan und ähnliches ihren Händen zu überlassen?

Manchmal war sein Appetit ungeheuer, zu anderen Zeiten dagegen existierte er nicht. Heute existierte er nicht. Er dankte ihr und sagte, er wolle einen Kaffee trinken, und als sie gegangen war, setzte er sich in einen Sessel am Kamin. Er wußte, daß er darauf würde warten müssen, bis er allein war.

Zuerst kam Renzo, um ihm über das Schicksal seines Gepäcks Bericht zu erstatten. Dann kam Madame selbst mit dem Kaffeegeschirr zurück. Eine schlanke Karaffe mit Cognac und ein Glas waren dazugestellt worden, und außerdem gab es noch einen kleinen Teller mit Keksen. Nachdem sie ihm den Kaffee eingegossen hatte, ging sie weg. Renzo kam zurück, um sich um das Feuer zu kümmern. Während er das erledigte, erschien Sarette. Ohne seinen Mantel und den seltsamen Begräbnisunternehmer-Hut hatte er sich in einen Soldaten verwandelt, verschränkte seine Hände hinter seinem Rücken und drückte seine Brust vor. Brauchte Monsieur den Wagen heute noch einmal?

Nachdem Renzo und Sarette sich zurückgezogen hatten, erschien ein Mädchen, um das Tablett mit dem Kaffeegeschirr wegzuräumen. Als sie sah, daß seine Tasse unberührt war, leerte sie sie und goß ihm neu ein.

Das schwere weiße Licht von den Fenstern und das primelfarbige Feuer schienen nicht sonderlich gut zu beleuchten. Der Raum war düster, und er konnte das Mädchen kaum sehen. Sie hatte ihr Haar wie eine Wurst aufgerollt und sah gesund und ziemlich nichtssagend aus. Sie blickte unter halbgeschlossenen Lidern zu ihm herüber, und er fragte sich beiläufig, ob sie es wohl sein würde, die ihn verwöhnte und sich um ihn kümmerte. Sie registrierte seinen Blick und wurde rot, aber das kam eher von Schüchternheit, als von Anziehung.

Als sie hinausging, bemerkte er: »Sagen Sie bitte Madame Tienne, daß ich sonst nichts brauche. Ich kann mich selbst um das Feuer kümmern und mir Kaffee eingießen. Ich will weder den Wagen, noch ein Essen oder sonst irgend etwas. Wenn noch jemand in dieses Zimmer kommt, werde ich mich gezwungen sehen, es zu räumen.« Er machte eine Pause, und das Mädchen verarbeitete ihr Erstaunen, oder was es auch sonst war. »Würden Sie ihr das ausrichten?«

»Ja, M'sieur«, sagte sie und war verschwunden.

Er trank den frischgekochten, heißen Kaffee, nahm einen Biß von einem der Kekse und warf den Rest verschwenderisch in das Feuer. Er fühlte sich dabei im Stich gelassen.

Verstört und ohne Energie lief er in dem Zimmer umher, betrachtete Ornamente, Bilder, wich einem Spiegel aus, war aber nicht in der Lage, etwas aufzunehmen.

Das Zimmer schien noch düsterer zu werden. Wie die Straße war auch das Gas allein zu dem Schloß gebracht worden. Lilienförmige Gaslampen stiegen aus der Holzverkleidung über dem Kamin auf und waren in Abständen an den Wänden verteilt. Er würde nie im Dunkeln sitzen müssen.

Vielleicht sollte er hinauf in das Musikzimmer gehen und sich das Klavier anschauen. Als ihm dieser Gedanke kam, durchlief ihn eine Welle von Freude, die passend und unausweichlich von einer tiefen Müdigkeit, einem farblosen Wunsch, sich nicht zu rühren, gefolgt wurde.

Er setzte sich wieder in den Sessel. Es mußte jetzt ungefähr elf Uhr sein. Er sah in das Feuer; das Zimmer war jetzt wärmer, und er wurde schläfrig. Wie der Hunger floh der Schlaf oft vor ihm, oder aber er überwältigte ihn vollständig.

Er schloß seine Augen und sah seine hübsche Cousine vor sich. Annelise war mit ihren dreißig Jahren verheiratet und hatte drei Kinder, aber sie war trotzdem in Christian verliebt.

Oder sie war in das verliebt, was er darstellte. Die Aura von etwas Sterbendem konnte faszinierend sein und war für manche ungeheuer anziehend, aber aus komplexen Gründen, die im Unterbewußtsein zu suchen waren.

Er hatte seinen Mantel aufgeknöpft, aber nicht ausgezogen. Nun kam ihm der Gedanke, er könnte das tun. Auf eine merkwürdige Weise war damit auch die Entfernung der unpassenden Erscheinung von Annelise verbunden. Er stand auf, und als er den Astrachan ablegte, fiel ihm Hamels letzter Brief, der irgendwo herausgerutscht war, in die Hand.

Christian setzte sich wieder hin. Er betrachtete den Brief eine Weile, weil er keine Lust hatte, ihn zu lesen. Es war eine törichte Unentschlossenheit, unter der er ständig litt. Der Brief würde natürlich nichts anderes enthalten als einige kleinliche, rechtliche Details, die vergessen worden waren. Auf der anderen Seite könnte er für Christian auch die Belastung eines Antwortbriefs bringen, irgendeine neue Anfrage oder ein Ereignis, das ihn betraf. Er verspürte eine deutliche Angst bei diesem Gedanken.

Er saß mit dem Brief in der Hand da und ließ sich von der Apathie überwältigen. Die Wärme und Düsterkeit schmolz ihm seine Sinne, und sie begannen, ihm angenehm zu schwinden.

Ein Holzscheit bellte im Kamin und weckte ihn auf.

Es schien, als sei ein Jahr vergangen, aber das Feuer brannte noch hoch, und seine gelben Sterne sprangen in den Kamin.

Falls jemand hereingekommen war, um ihn wie ein Kind zum Mittagessen abzuholen, war er davon nicht aufgewacht. Hatten sie ihn mit Mitleid betrachtet? Mit Verachtung?

Hamels Brief knisterte unter seiner Handfläche. Geistesabwesend hob er ihn auf und schnitt den Umschlag auf.

Wegen des dürftigen Lichts, das durch das Fenster hereinfiel, war er fast unleserlich, und was unleserlich war, brauchte nicht ernstgenommen zu werden …

Ein Abschnitt mit juristischen Belanglosigkeiten. Ein Abschnitt über den Klavierstimmer. Ein Abschnitt über finanzielle Dinge. Ein guter Wunsch. Christians Augen wollten nicht an dem Papier haften. Er lehnte sich in dem Sessel zurück und hielt den Brief so, daß das Feuer durch ihn leuchtete und die Worte tanzten.

»Was die de Lagenays anbetrifft, so würde ich Ihnen äußerste Vorsicht empfehlen. Ihr Wohnort ist mehr oder weniger unbekannt, und, wie Sie sich vorstellen können, gibt es an einem solchen Ort zahlreiche Gerüchte. Die Familie ist exzentrisch, und irgendwelche Ansprüche, die sie auf den Besitz erheben, sind bestenfalls hypothetischer Art. Ich möchte jedoch mit aller Deutlichkeit darauf bestehen, daß Sie das Schloßgelände nicht ohne Begleitung verlassen. Ich möchte Sie damit nicht erschrecken, sondern alle Eventualitäten in Betracht ziehen, so entfernt sie auch sein mögen.«

Christian war noch nicht richtig wach, und dieser Unsinn paßte perfekt und fast elegant zu seinem Geisteszustand. Er hatte nicht die leiseste Erinnerung daran, daß Hamel früher in seiner Kanzlei in der Stadt den Namen de Lagenay erwähnt hätte. Ein Anspruch auf den Besitz? Auch an etwas derartiges konnte sich Christian nicht erinnern. Er hatte allerdings in Hamels Plüschsessel gesessen und einen wachen und intelligenten Eindruck gemacht, in den richtigen Abständen genickt und geknurrt, die Dokumente, die ihm vorgelegt wurden, unterschrieben, kaum etwas gehört und noch weniger verstanden. Es war Christian immer schwerer gefallen, solche Dinge ernstzunehmen, und seine Konzentrationsfähigkeit, manchmal geradezu manisch groß (die Untersuchung eines Nachtfalters auf einem Fensterladen, eines Mannes an einer Straßenecke, eines Musikstücks) war inadäquat.

Er senkte seine Lider, bis das Feuer zu einem Bankett aus goldenem Gras wurde. Er sah die de Lagenays vor sich, ungefähr zehn stämmige Bauern, wie sie sich zwischen den Kiefern versammelten. Sie trugen Stöcke, Messer, eine uralte Muskete. Er lachte bitter und schlief wieder ein.

Und träumte von einem blonden, lilienähnlichen Mädchen, das ihre Arme vor ihrer Kehle gekreuzt hatte und ihn anstarrte.

»Monsieur«, sagte jemand zögernd, aber immer wieder. »Monsieur, Monsieur!«

Christian stieg aus einem Grab aus schwarzem Velours und Opium-Mohn auf. Für einen Moment sah er Renzo anscheinend in der Luft stehen, von einer Blüte aus schattenhaftem Licht beleuchtet. Das Licht fiel jedoch durch das Fenster herein, und Renzo stand auf dem Boden. Das Feuer war fast aus. Es war kalt, und der nördliche Nachmittag neigte sich zu einem windigen nördlichen Abend hin. Christian lächelte Renzo zu, und der junge Mann stockte, festgenagelt von dem überwältigenden Charme des Lächelns.

»Ich bin hier, um die Lampen anzustecken, Monsieur«, sagte Renzo. »Sylvie war vorher schon einmal hier, aber da haben Sie noch geschlafen.«

»Da habe ich noch geschlafen«, sagte Christian.

Er bekam plötzlich keine Luft und begann, erbärmlich zu husten.

Der Hustenanfall ging immer weiter, hob ihn zuerst in eine aufrechte Haltung und beugte ihn dann vor. Als er vorbei war, hatte Renzo, der ihn sorgfältig ignoriert hatte, endlich am Kaminfeuer einen Fidibus angesteckt, den er nun einer der Gasleuchten näherte. Das blaue Zischen des Gases endete mit dem erwarteten leisen Knall. Die grünliche Flamme erwachte flackernd zum Leben. Davon ermutigt trug der junge Mann Feuer in die zweite lilienförmige Lampe.

»Madame läßt fragen, ob Sie das Abendessen in der Halle oder im Salon serviert haben möchten? Madame läßt fragen, ob Sie um vier Uhr englischen Tee serviert haben möchten? Madame sagt, das war zu Zeiten Ihres Großvaters so üblich. Der Tee. Chinesischer Tee.«

»Ich habe gesagt«, sagte Christian, und seine Stimme war ein leises, deutliches Raspeln. »Ich habe gesagt, daß niemand in diesen Raum kommen soll!«

»Aber die Lampen, Monsieur.«

»Kein englischer Tee«, sagte Christian. »Kein Abendessen.«

Renzo schnappte nach Luft.

Christian stand von seinem Sessel auf und bewegte sich auf den Korb mit Holzscheiten neben dem Kamin zu. Renzo kam ihm hastig zuvor. Holz flog mit einem Krachen in die ersterbende Glut.

»Madame läßt Ihnen ausrichten«, sagte Renzo, »daß es bisher üblich war, das Abendessen um acht Uhr zu servieren.«

»Dann servieren Sie es«, sagte Christian. »Ich werde zwar nichts davon essen, aber ich möchte Madame Tienne nichts verderben.«

Er stand zitternd an den Kamin gelehnt und sah zu, wie das Licht unter die Holzscheite kroch. Auf der anderen Seite des langgestreckten Zimmers war das Mädchen namens Sylvie wie ein Geist hereingekommen und hatte die Vorhänge zugezogen. Das Gelände um das Schloß war in einem undeutlichen silbernen Zwielicht versunken und hätte ebensogut nicht existieren können.

Als Renzo an Sylvie vorbeiging, um weitere Lampen anzustecken, murmelte er etwas in dem lokalen Dialekt. Christian spannte sich in der Erwartung an, die Worte »Krankheit« oder »Wahnsinn« zu hören.

»Erzählen Sie mir etwas«, sagte er zu dem Feuer, »von einer Familie namens Lagenay.«

Renzos Gemurmel war abgebrochen. Stille senkte sich über das Zimmer. Christian lauschte dem Zischen und leisen Knallen der Gasleuchten. Als es nicht kam, drehte er den Kopf um und sah die beiden Dienstboten an. Sylvie stand mit gesenktem Kopf unbeweglich vor dem zugezogenen Vorhang. Renzo war gerade dabei, sich ungeschickt zu bekreuzigen.

»So schlimm?« sagte Christian.

»Nein, Monsieur. Ich wollte nur –«

»Monsieur«, sagte Sylvie knapp, ohne ihn anzusehen. »Es gibt in der Gegend eine Familie de Lagenay. Aber nicht im Dorf.«

»Im Wald.«

»Oh *nein,* Monsieur.«

Renzo machte einen verängstigten Eindruck. Er warf Sylvie einen wilden Blick zu. Der Fidibus flackerte in seiner Hand.

»Mein Anwalt Hamel hat angedeutet, daß die de Lagenays im Wald leben und mich gewarnt, ich solle mich vor ihnen vorsehen. In welcher Verbindung stehen sie zu dem Schloß?«

Der Fidibus beleuchtete Renzos Gesicht satanisch von unten.

»Sie stehen mit nichts und niemand in Verbindung, diese de Lagenays.«

»Schweig!« sagte Sylvie scharf.

Sie standen in einer Reihe, Renzo von seinem Fidibus hypnotisiert, Sylvie von dem Perserteppich, und trugen heftig ihren Dialog vor.

»Ich werde sprechen«, sagte Renzo. »Einmal muß es ja heraus. Das läßt sich nicht aufhalten.«

»Still! Er will es nicht wissen.«

»Er hat mich doch gefragt, oder? Ich sage es ihm.«

»Sag' kein Wort! Ich werde zu Madame gehen.«

Es wurde Christian klar, daß er für sie nur eine Illusion ihres persönlichen Bewußtseins war, wie sie das für ihn ja auch waren. Er hätte ebensogut nicht dasein können. Gespannt beobachtete er sie, wie sie sich auf die Lippen bissen, brodelten, wieder in den Dialekt verfielen, so daß er die Bedeutung, aber nicht die Stimmung ihrer Unterhaltung verlor.

Als Madame sich mit knapper Stimme von der Tür aus meldete, zuckte auch er zusammen.

»Was gibt es denn hier?« Eine bedeutungsschwere Pause. Die beiden unartigen Kinder zitterten vor der Lehrerin in ihrer weißen Schürze. »Und auch noch vor Monsieur! Verschwindet hier, ihr beiden!«

Sie eilten gehorsam hinaus. Renzo hielt noch immer den Fidibus in der Hand, der in dem Wind ihres Abzugs verlosch.

»Bitte entschuldigen Sie sie, Monsieur«, sagte Madame Tienne zu Christian. »Sie sind noch sehr jung, typische ländliche Jugendliche. Sie müssen über ihre Pflichten im Haus noch viel lernen.«

In dem halb beleuchteten Salon sah sie finster und grausam aus. Er sah Renzo und Sylvie vor sich, wie sie nackt wie gerupfte Hühner von einem Balken herabhingen, während die Frau mit einem Bündel zusammengeknoteter Zweige auf sie einschlug.

Es ist schon nach vier«, sagte sie. »Möchten Sie Tee trinken?«

»Nein, Madame.«

»Ihr Essen ist Ihnen serviert worden, aber sie haben es unberührt wieder weggetragen.«

Sie waren also um ihn herumgeschlichen, während er schlief. Ihr Gesicht hatte vielleicht auf ihn herabgeschaut. Wenn er mit Frauen schlief, weckten ihn manchmal ihre unwiderstehlichen Küsse, die ihm auf Wangen oder Augenlider gedrückt wurden. (»Mein Engel ...«) Aber nicht Madame! Keine Spur von Mitleid oder Begierde.

»Ich bin zu müde, um zu essen, Madame.«

Ah, er hatte zum erstenmal Vorwände bei ihr gemacht.

»Ich glaube, Sie sind krank, Monsieur.«

»Wirklich? Wie interessant.«

»Möchten Sie zu Abend essen?«

»Nein danke, Madame. Ich nehme aber an, daß es hier einen gutbestückten Keller gibt. Eine Flasche Wein. Nach oben. Die Wahl überlasse ich Ihnen. Etwas« – er zögerte – »Trockenes.«

Ein winziger Funke glühte in ihren Augen auf. Sie und der Trunkenbold hatten sich wahrscheinlich oft auf subtile, verstockte Art gestritten.

Er nahm seinen Mantel auf. Er hielt Hamels Brief noch in der Hand, und er steckte ihn in die Manteltasche. Er ging auf die Tür zu, und Madame Tienne trat zur Seite, um ihn vorbeizulassen.

»Oh, Madame ..., diese de Lagenays ..., wer sind sie?«

Sie reagierte nicht mit irgendeiner Emotion. Das war nur natürlich, denn er hatte ihr lange Zeit gelassen, in der sie sich eine Antwort hatte zurechtlegen können.

»Kümmern Sie sich nicht allzusehr um Gerüchte, Monsieur Dorse. Die Dorfbewohner sind auf ihre Art ausgezeichnet, und sie werden Ihnen gut dienen. Aber ungebildet, ohne Wissen. Die de Lagenays? Nun, das sind sozial Ausgestoßene, Monsieur. Ihre Familie hat vor langer Zeit wahrscheinlich irgend etwas getan, was die Dorfbewohner verurteilen oder fürchten. Solche Menschen vergessen nie. Also werden die de Lagenays Generation um Generation wie Leprakranke behandelt.«

»Und warum«, sagte er, »warnt man mich wohl vor ihnen?«

»Wer hat Sie gewarnt?«

Das kam sehr schnell und wachsam.

»Mein Anwalt, Madame. Monsieur Hamel.«

»Es sind sicher ungehobelte Menschen. Vielleicht –«

»Ja, Madame?«

»Es gibt da eine Geschichte über Blutbande zu dem Schloß, Monsieur, aber das liegt schon Jahre zurück. Ein Mädchen ist vergewaltigt worden. Ein illegitimes Kind war die Folge. Aber in solchen feudal geprägten Orten gibt es derartige Geschichten immer.«

Sie sagte das kühn, und ihre Augen blitzten.

Er dankte ihr und ging auf dem Weg in die große Halle an sich selbst in einem Spiegel vorbei.

Das bunte Glasfenster in der Nähe der Decke hatte sich nun indigo verfärbt. Gaslampen beleuchteten die Wände und die geschwungene Treppe.

Sie war ihm aus dem Salon nachgegangen und beobachtete ihn, wie er anfing, hochzusteigen. Die Stufen waren niedrig; es war nicht unerträglich. Er erinnerte sich aus dem Plan, den

Hamel ihm geschickt hatte, wo die große Suite war: an der Balustrade entlang hinter einem Gang.

Als er die Spitze der Treppe fast erreicht hatte, brachte ihn ein Klimpern von Kristall dazu, sich umzudrehen und den nächsten der beiden Kronleuchter anzusehen. Irgendein Luftzug mußte ihn erwischt haben, denn er zitterte an seiner Oberfläche wie bewegtes Wasser.

Madame Tienne stand in der Halle, eine seltsam starre und bedrohliche Gestalt in ihrer makellosen Schürze.

3. KAPITEL

Der Hund

Der Wein war ein herber Roter, der aber eine resonante Schwere besaß, wie sie bei herben Weinen sonst nicht sehr verbreitet ist. Die Winzerei war keine zwanzig Kilometer weit entfernt und hatte früher einmal dem Schloß gehört. Auch der Name auf dem Etikett war ungewöhnlich: *Sang-de-Seigneur*.

Er trank zwei Gläser davon, während er sich die große Suite ansah. Sie bestand aus fünf Zimmern, eines davon war ein riesiges, eiskaltes Bad, in das allerdings das Wasser aus dem Kupferkessel von der Küche hergeschleppt werden mußte. Im Schlafzimmer hing ein zwei mal drei Meter großer Wandteppich. Auch das Bett war riesig und – wie sollte es anders sein – mit einem Baldachin ausgestattet. Wahrscheinlich war es der Schauplatz zahlloser Empfängnisse, Geburten und Tode gewesen.

Endlich stellte sich Christian vor den großen Spiegel, der den Toilettentisch aus Mahagoni beherrschte, und betrachtete sich selbst. Wie andere war auch er nicht von seinem Erscheinungsbild ungerührt. Er musterte sich selbst mit objektiver Sinnlichkeit und Bestürzung. Die Klarheit seiner Augen und seiner Haut, sein fülliges Haar, das elegante Gegengewicht einer rein männlichen Schlankheit. Er war für sich selbst eine Quelle schwermütiger Faszination, denn er war Künstler genug, um physische Vollkommenheit zu erkennen und ihren Verlust zu beklagen. All das sollte verschwendet werden. Vielleicht schrecklicher als alles andere war die Tatsache, daß die Krankheit, die ihn durchsetzte wie ein Stück faules Fleisch, seine Schönheit bisher nur gesteigert hatte.

Was nutzte das alles? Vielleicht war es eine Art Lockreiz zum Selbstschutz, wie eine sterbende Pflanze, die sich schmückt, um Tiere anzulocken und sich von ihnen zu ernähren, die so hilflos in ihre Kreise gezogen werden.

Es hatte schon immer Menschen gegeben, die ihm ihre Zuneigung schenkten. Sein Bedürfnis für sie war gering gewesen, und er hatte sich bemüht, besitzergreifenden Eltern, hungrigen Freundinnen und Liebhaberinnen zu entkommen. Dann hatte die Krankheit ihn gefunden. Er stellte sich vor, wie sie ihn in all den engen Gassen und breiten Boulevards der Stadt suchte und an Türen klopfte: »Ist Christian hier? Nein? Dann muß ich weitersuchen!«, und wie sie dann endlich lautlos durch die Gänge des Konservatoriums glitt, einen Studenten nach dem anderen links liegenließ, bis sie die Noten hörte, die aus seinem Flügel flossen wie ein steigender See. Ja. Sie hatte ihn *gefunden!*

Am Anfang war er dankbar dafür gewesen, daß ihn Annelise und ihr Mann untergebracht hatten. Er hatte sogar ein unpersönliches sentimentales Interesse an den Kindern entwickelt. Und dann mußte er sich eingestehen, daß das, was ihn da gefunden hatte, nicht mehr von ihm weichen würde. Ohne daß er es wußte, hatte ihn irgendwann nachts die Krankheit geheiratet. Er schien ständig in eine andere Dimension hinüberzuwechseln, in ein Land, in dem keine Wahrheit wahr blieb, kein Symbol und keine Tatsache wie vorher war. Als sei er blind oder taub geworden; so war es gewesen.

Über Annelise hatte er sich kaum Gedanken gemacht. Über ihre Güte zu ihm war er froh gewesen, nicht überrascht natürlich, sondern froh. Es lag jedoch auch in der Natur der Krankheit, die ihn gefunden hatte, daß sie widersinnigerweise eine fordernde Lüsternheit stimulierte. Als würde sich das Leben bemühen, den Tod zu verjagen, durchraste der Sexualtrieb, durchdringend süß wie ein verletzter Nerv in einem Zahn, seinen Körper. Es war eine Art Folter, die unangenehm erotische Phantasievorstellungen von einer Kreuzigung heraufbeschwor, der Körper aufgebäumt und nach hinten gebogen wie eine Kuppel, die Grenze zwischen Ekstase und Qual nicht mehr ziehbar, die durch Handflächen und Füße gestoßenen glühenden Nägel, und der letzte Nagel, der, mit seinen eigenen Säften pulsierend, am Treffpunkt der Oberschenkel nach außen geschlagen war.

Der Ehemann war weggewesen, und der kranke junge Mann, zu schwach, um irgend jemand etwas tun zu können, lag auf dem Sofa ausgestreckt, während die hübsche Cousine um ihn herum ihren scheinbar harmlosen Aufgaben nachkam. Ganz abrupt hatte er ihre Augen gesehen, und alles, was in ihnen geschrieben stand. Ohne ein Wort hatte er sie zu sich herabgezogen, und schon nach Augenblicken, nach der Uhr vielleicht nach weniger als einer Minute, hatten sie einander an die Grenzen ihrer Muskulatur gedrängt, als wollten sie sie einen steilen Berg hochschieben, hatten ihre Lust hinausgeschrien und alles andere vergessen.

Als der Ehemann zurückgekehrt war, hatte Annelise, in den Klauen eines schrecklichen Schuldgefühls, ihn bedient wie eine Sklavin. In ihren Augen spiegelte sich Scham, aber auch Vorfreude. Ihre Augen sagten nun Christian mit jedem Blick: »Unsere Verworfenheit ist schrecklich, weil wir weiter sündigen werden. Morgen, mon amour, und wieder morgen.«

Sie liebte seinen Tod. So schien es Christian. Schlimmer als Ehebruch, Nekrophilie. Bei der ersten Gelegenheit, die zufällig das Schloß war, rannte er weg.

In der großen Suite brannten alle Gaslampen, und in jedem Kamin flackerte ein Feuer. Die Anordnung der Suite war ganz einfach. Ein Wohnzimmer mündete in ein Schlafzimmer, und das wiederum in ein Ankleidezimmer und das Bad. Von dem Wohnzimmer führte links eine Tür in eine beachtliche Bibliothek.

Der Zugang zu der Suite war auch durch die Bibliothek möglich. Dahinter führte ein Gang zu den Stein-Bastionen aus dem 14. Jahrhundert, die noch in jenen Tagen gebaut worden waren, bevor der Tod auf seinem hageren, fahlen Pferd durch Europa geritten war.

In einem Winkel zum Gang öffnete sich eine Tür. Drei Stufen, dann eine zweite Tür. Verstohlen in einen Raum zwischen zwei Mauern, eine mittelalterlich und eine von modernem Bau, hineingezwängt, ein Zimmer, geformt wie ein Tortenstück: das Musikzimmer.

Die Wände bestanden aus einem blaßgold gefärbten Holz, das in Licht getaucht war, denn selbst hierher hatten Madames Vorahnungen ihm einen Lampenanzünder vorausgeschickt. Hier gab es traurige, vernachlässigte Geräte, drei oder vier Mandolinen und Gitarren, die an Haken an der Wand hingen, sowie eine große Harfe mit gebrochenen Saiten. Das Klavier aber war massiv und lebte. Es war nicht nur gestimmt, sondern dazu noch poliert. Es stand bei einem schmalen Fenster ohne Vorhänge; ein glänzendes, schwarzes Ungeheuer, das darauf wartete, jede Beute zu verschlingen, die sich in seine Nähe wagte. Das Klavier nämlich war das tüchtigste aller Raubtiere. Es lockte durch Zurückhaltung; es bot sich nur denen an, die sich abmühen würden, es zu meistern. Und wenn sie dann zu ihm kamen, geschmückt mit den Spitzen des Erlernten, klebte es ihre Finger wie mit Magneten an seinen Elfenbeinzähnen fest und saugte ihnen durch die nackte, fiebernde Haut die Seele aus. Kurz gesagt, ein Vampir.

Er leerte sein Weinglas (der Wein war als Blut Christi bekannt. Warum nicht?) und stellte es auf einen Tisch. Als er sich hinter die flachen Stufen der Tasten setzte, spürte er eine vertraute Erregung. Der Sprung in den Abgrund.

Er begann mit einer Transkription aus einem Klavierkonzert von Rachmaninov, die er im letzten Jahr angefertigt hatte. Eine Sekunde lang, bevor seine Finger die Tasten in ihren Griff bekommen hatten, hatte er Angst davor gehabt, sich in dem Labyrinth zu verlieren. Dann aber kehrte die Stärke in seine Finger- und Handgelenke und in seine Wirbelsäule zurück. Düstere Akkorde von den tieferen, weißen Tasten rollten aus den höheren Oktaven; eine Folge von melodischen Entwicklungen, die sich auseinander wie seltsame

Fächer öffneten. Er war in dem Labyrinth und kannte den Weg.

Zunächst lenkte ihn das Gefühl, er würde beobachtet, nicht ab. Vor einem Jahr wäre er daran gewöhnt gewesen, denn damals wurde er beim Üben oder Komponieren oft beobachtet. Er hatte sogar eine Gefolgschaft gehabt, die bereit gewesen war, ihm eine ganze Stunde lang dabei zuzuhören, wie er Variationen von Tonleitern durchspielte.

In dem Zimmer war jedoch niemand außer ihm.

Also lauschte jemand an der Tür. Renzo, oder eine der Frauen aus dem Dorf, Sylvie oder die Köchin? Sicher nicht! Und sicher nicht Madame Tienne. Als seine Gedanken eindringlicher wurden und auseinanderbrachen, wurde er desorientiert und schwindlig. Das Schwindelgefühl erregte in ihm Angst, denn es war das Vorspiel für seine Krankheit und ihren schrecklichsten Aspekt gewesen. Ein titanischer Akkord schien ihm direkt durch die Schädeldecke zu schmettern. Er hörte sofort auf zu spielen und preßte in der schauderhaften Stille seine Stirn und seine Unterarme an die senkrechte Fläche des Klaviers, wo sonst die Noten gestanden hätten.

Christian blieb einige Minuten lang in dieser Position, während ihm der eiskalte Schweiß herunterlief. Jegliche Festigkeit, das Zentrum seiner Schwerkraft, schien ihn verlassen zu haben. Das Klavier hatte sie verschlungen.

Schließlich bewegte er sich, und zwar nicht, weil er das Gefühl hatte, er sei dazu in der Lage, sondern weil ihm nichts anderes übrig blieb.

Er stand auf, taumelte zu der Tür und riß sie auf. Niemand war draußen. Er hatte eigentlich auch niemand mehr erwartet.

Er wendete sich von der Tür ab und ging lustlos zu dem Klavier zurück, das ihm nun so unzugänglich war, als hätte er nie spielen gelernt. Hinter dem Klavier das Fenster.

Christian lehnte sich auf den Fenstersims. Es gab keine Läden, und die Glasscheibe stieg mühelos aus ihrem verschiebbaren Rahmen auf. Eine Scheibe aus eisiger Kälte trat an ihre Stelle. Äste eines großen, kahlen Baums, der nur Zentimeter von der Mauer entfernt wachsen mußte, reflektierten das Licht, das aus dem Zimmer kam, und waren auf den Himmel gestickt. Schnörkel aus Sternen waren sichtbar, die zusammengeschrumpften, harten, brillanten Sterne des Winters, die blitzend an und aus gingen. Unten schien undeutlich ein Garten zu liegen. Geschnittene Bäume oder Hecken, die Rundung einer Urne zeigten sich in undeutlichen, milchigen Umrissen.

Irgend etwas bewegte sich, erschien in den Lücken zwischen den Baumzweigen und verschwand wieder. Einige Lichtflecken huschten über einen langgestreckten Rücken. In einer Lücke zwischen den Ästen blieb es stehen und hob den Kopf wie aus einem Wasserbecken.

Die Augen blitzten und sprangen geradezu lächerlich aus der Perspektive heraus, zwei flache, grüne Flammen, scheinbar nur Zentimeter von dem Fenster entfernt, während der Hund zwanzig Meter weiter unten auf der Terrasse blieb.

Irgend etwas in Christians Kopf änderte die Richtung. Er zog sich von dem Fenster zurück und berührte mit seinem Handrücken sein Gesicht. Aus seinem linken Nasenloch war ein einzelnes makelloses Juwel aus Blut gefallen.

Er wartete in dem Musikzimmer, bis die schwache Blutung aufhörte, schloß dann das Fenster, nahm sein Weinglas und ging weg.

Er träumte, der Hund wäre in seinem Schlafzimmer. Er ging zwischen dem Toilettentisch und den hohen Fenstern hin und her und schwenkte seinen Schwanz langsam wie ein Löwe. Offensichtlich war es kein Hund. Er war auch nicht allein in dem Bett. Eine menschliche Gestalt lag eng an seine rechte Seite gedrückt; ihr langes Haar war unter seiner Wange auf dem Kissen ausgebreitet. Ein Duft von Rosen war bemerkbar. Als er ihn bemerkte, registrierte er auch die leisen Atemzüge eines weiteren Schläfers auf seiner linken Seite.

Christian wachte ungefähr um zwei Uhr früh mit einem vertrauten Heißhunger auf. Kein gesunder Hunger, sondern ekelerregend und beherrschend.

Aus Hamels Plan kannte er die Lage der Küche genau, aber er hatte keine Lust, sie aufzusuchen – das Zimmer, selbst das Bett waren eiskalt. Außerdem würde er auf der Treppe – wie ein Kind, das sein Essen verweigert und dann erwischt wird, wie es sich den Bauch mit Süßigkeiten vollschlägt – Madame treffen. Er dachte über diese Möglichkeit nach und fügte in seinem Bild von Renzo und Sylvie, die wie gerupfte Hühner aufgehängt waren, seine eigene Person hinzu.

Schließlich stand er auf, zog den Hausmantel aus exotisch gefärbten Seidenstücken an, den ihm seine Cousine geschenkt hatte (ein Preis? eine Bestechung?) und ging zu der Tür seiner Suite. Auf einem kleinen Tisch stand eine Öllampe, und Streichhölzer lagen daneben. Christian steckte die Lampe an und ging in die dunklen Gewässer des Hauses hinaus.

Nirgendwo war auch nur eine einzige Gaslampe angelassen worden.

Der Korridor, die Balustrade, die große Halle, alles lag in undurchdringlicher Schwärze. Wie ein lebendes Wesen, oder ein Rudel davon drang die pelzige Dunkelheit auf ihn ein und wurde nur von seiner kleinen Lampe zurückgehalten. All das kam ihm mit seinem *Memento Mori* unerträglich banal vor, verärgerte ihn sogar.

Ein Gang zweigte von der Halle ab, Stufen führten nach unten. In den tieferliegenden Bereichen des Schlosses herrschte eine zusätzliche Gruppe toter Geräusche.

Plötzlich wurde er in Verwirrung gestürzt, und die Einzelheiten des erinnerten Plans verließen ihn. Er blieb stehen. Sein Invalidenhunger erstarb allmählich in seinen Eingeweiden. Wenn er sich darüber Gedanken gemacht hätte, wäre er zu dem Ergebnis gekommen, daß er zweifellos vom Wein betäubt worden war. Außerdem war da noch das Betäubungsmittel des Buchs, das auf seinem Nachttisch lag.

Christian lehnte sich an die Wand. Eigentlich könnte er auch zurückgehen. Die Sinnlosigkeit irgendwelcher weiterer Bewegungen deprimierte ihn aber. Er stellte die Lampe auf den Boden, richtete sich auf, drehte sich um und ließ seine Stirn an dem naßkalten Gips der Wand ruhen.

Ungewöhnliche Gedanken durchzogen seinen Kopf, und dazwischen mischte sich die rauchige Stimme eines Mädchens, die zwischen Gelächter und Bösartigkeit schwankte.

Die Stimme des Mädchens kam jedoch nicht aus seinem Kopf; sie war weder eine Einbildung noch eine Erinnerung. Irgendwie kam die Mädchenstimme durch den Gang und summte körperlos durch die Wand. Er konnte keine Worte erkennen, nur den Tonfall, dieses seltsame Gemurmel, fast eine Einladung, fast etwas anderes, gegensätzliches.

Christian lächelte. Ein Dienstmädchen, vielleicht eine der zwei Frauen aus dem Dorf oder Sylvie; die andere Köchin nämlich, die er noch nicht gesehen hatte, war zweifellos älter. Das hier war eine junge Stimme. Außerdem hatte sie etwas unverkennbar Sexuelles an sich. Diese Qualität war es vor allem gewesen, die ihn aus der Dunkelheit erreicht hatte. Er reagierte sogar schon voller Erstaunen auf die Stimme. Sein Puls wurde schneller, und seine Trägheit verließ ihn. Im Salon hatte er einen Traum gehabt, der so ähnlich gewesen war – nein, ganz anders.

Christian schob sich von der Wand weg.

Die Aussicht auf eine versteckte Handlung stimulierte ihn. Es war widerwärtig, zur gleichen Zeit aber verlockend. Er hatte nicht die Absicht, sie zu enthüllen, sondern nur, sie in der Finsternis zu teilen. Sylvie und Renzo vielleicht. Er verspürte bei dem Gedanken eine leichte, kleinliche Empörung. Auf der anderen Seite hatte er keine andere Stimme gehört, und ihr Tonfall war zwar provokativ gewesen, hatte aber nicht ganz wie die einer Liebhaberin geklungen.

Er ließ die Öllampe in dem Gang stehen und folgte mit lautlosen Schritten dem Verlauf der Wand. Er sah dabei sich selbst vor sich, einen unangenehmen Fremden, aber schon seit recht langer Zeit war es ihm eigentlich gleichgültig geworden, was aus ihm wurde. Parasit, Voyeur. Es war gleich.

Die Schwärze war fast greifbar und drängte sich tief in seine Augen. Dann enthüllte eine Kurve in dem Gang den Eingang zu der großen Küche. Ein weiches, unstetes Licht, das von einer offenen Flamme ausging, löste an der Tür, den Wänden, dem Boden und der Decke ein lautloses Erdbeben aus.

Das Mädchen in der Küche sprach wieder. Heiser, verspielt, lockend. Sie benutzte den Dialekt, aber entweder gewöhnte sich Christian an ihn, oder seine aufgewühlten Sinne waren geschärft, denn er konnte ihr folgen.

»Möchtest du das nicht«, sagte sie, »Möchtest du das nicht haben? Gut ist das, gut ...! Saftig und zart. Und alles für dich ..., das willst du doch, oder? Soll ich nett zu dir sein und es dir geben?«

Christian kam zu der Kante der Wand und sah durch die Tür.

Der längliche gemauerte Raum erschien wie eine Art Bild vor ihm, weiß getüncht, geschrubbt, mit geisterhaften Zwiebelbünden und Knoblauchzöpfen geschmückt, Töpfe und Messer, der gedrungene Kupferkessel, der Kamin mit seinen unbeweglichen Bratspießen. Eine dicke Kerze ließ ihre Feuerknospe über einem langen Tisch schweben. Der Raum zuckte in dem ständig wechselnden Licht, aber er sah das Mädchen sofort und trat offen in die Tür, denn er wußte, daß sie ihn nicht bemerken würde.

Es war tatsächlich Sylvie, aber nicht so, wie er sie beim letztenmal gesehen hatte. Sie hatte ihre ordentliche Metzger-Rolle gelöst, und ihr Haar lag auf ihren Schulterblättern; grobes, gelbes Bauernhaar, aber stark und galvanisch. Ihr Nachthemd bestand aus einem durchsichtigen gelblichen Batist, zu fein für das Dorf, geerbt oder hergeschickt, sorgfältig im Schloß getragen. Die Fischhorn-Knöpfe standen offen, und während sie hin und her schwankte, zeigte sie immer wieder kurz ihren glatten Körper, ihre spitzen Brüste und das schmutzige Gelb-Weiß ihrer Haut.

»Das möchtest du doch«, sagte sie. Sie sagte es zu dem kalten, schwarzen Vorhang der Nacht vor dem Fenster, zu dem Nichts hinter den offenen Fensterläden und dem hochgeschobenen Fenster. »Schau her«, sagte sie. »Schau mich an.« Und sie schüttelte ihre Brüste, so herrlich schwer wie das Haar auf ihrem Rücken, und sie lachte, spielte mit einer Hand mit den Knöpfen und hob mit der anderen das zweite unpassende Objekt hoch: ein rötlich triefendes Stück Fleisch.

Christian verspürte den fast unüberwindlichen Wunsch, zu lachen. Er begann, durch die Küche auf sie zuzugehen, auf den Mittelpunkt des Kreises von überwältigender Sinnlichkeit, die sie wie Moschus verstrahlte. Da das Fenster hochgeschoben war, würde sie nicht einmal sein Spiegelbild im Glas sehen, und sein Schatten würde von dem ihren verdeckt, der sich hin und her schob und tanzte. Sie schien die Kälte nicht zu spüren, aber er konnte sich vorstellen, wie kühl ihr Körper sich anfühlen mußte, wie sanfter und glatter Winter-Marmor, und ihr Haar wie Gras, das nach Frost schmeckte.

Er konnte sich das blutige Stück Fleisch nicht erklären, oder ihr Ritual. Das war ihm ein Rätsel, störte ihn aber nicht, bis er nahe genug gekommen war, um an ihr vorbei in die Nacht hinaussehen zu können.

Eine eigenartige Architektur hatte die Küche ein Stockwerk über dem Hof unter ihr angelegt. Er konnte gerade noch eine Treppe ausmachen, die an einer unsichtbaren Tür begann und schräg an der Wand entlangführte, dabei aber einige Meter weit von dem Fenster entfernt war.

Wo die unterste Stufe den Hof traf, hingen zwei olivgrüne Funken regungslos in der leeren Seite der Nacht.

»Bin ich schlecht zu dir?« sagte das Mädchen und lehnte sich zu dem offenen Fenster hin.

Die beiden grünen Lichter schienen durch einen verborgenen geometrischen Faden mit den ovalen Spitzen ihrer Brüste verbunden. Dann verloschen die Lichter und gingen wieder an, und Christian formte wie ein Bildhauer aus dem

Lehm der Dunkelheit die Gestalt, die zu den Augen des Hundes gehören mußte.

Der Hund bewegte sich leicht, aber seine Augen blieben völlig bewegungslos. Und Sylvie spielte mit den Knöpfen ihres Nachthemds, und der Saft von dem Fleisch lief ihr am Arm herunter.

Christian begann zu würgen, aber dabei nahm er dem Mädchen das Stück Fleisch aus der Hand und schleuderte es weit in den Hof hinaus. In einer halben Minute hatte er die Läden zugezogen und das Fenster heruntergezurrt, bevor er sich über den Tisch beugte, als wolle er mit seinem Husten seine Seele selbst von seinem Körper lösen.

4. KAPITEL

Das Schlafzimmer

Auf dem Wandteppich gegenüber dem Bett neigten sich zwei geharnischte Ritter auf Pferden von der Farbe einer Lilie und eines Knochens. Als er sie mit seinem Blick erfaßte, brachten sie einen rotgesichtigen jungen Mann mit sich, der in einem Sessel schnarchte.

Es war hell, und Renzo war im Schlaf unter den silbernen Hufen zusammengebrochen. Christian lag da und beobachtete ihn eine Weile mit giftiger Belustigung. Der junge Mann war als Wache oder Krankenpfleger oder eine Kombination davon in sein Zimmer gesteckt worden, und hatte in beiden Aufgaben jämmerlich versagt. Christian bewegte sich leicht; sein Körper war verkrampft, und seine Haut unangenehm empfindlich. Der wahre Schmerz stellte sich beliebig ein und schnitt ihm in unregelmäßigen Abständen wie eine zuschlagende Kobra durch den Brustkorb.

Nach einigen Minuten verlor die Beobachtung von Renzo ihren Reiz. Christian streckte vorsichtig eine Hand aus und stieß das Buch, das er auf dem Bett liegengelassen hatte, absichtlich auf den Boden.

Auf das saftige Klatschen hin zuckte der junge Mann zusammen und war wach. Er stand auf und sah Christian bestürzt an.

»Monsieur, soll ich einen Doktor holen?« platzte er heraus.

»Warum sollten Sie das? Sind Sie krank?«

Sein Humor belustigte ihn selbst. Er lachte, aber das schmerzte ihn, und er ließ es wieder bleiben. Der Junge wand sich.

»Gestern nacht sollte ich Monsieur Claut aus dem Dorf herholen, aber davon wollten Sie nichts wissen, Monsieur.«

»Tatsächlich? Ich erinnere mich nicht daran.«

»›Kein Arzt!‹ haben Sie immer wieder gesagt, Monsieur. ›Kein Arzt, kein Arzt!‹«

»Dann sieht es wohl so aus, als könnte ich Ärzte nicht leiden, Renzo.«

»Sie sind ohnmächtig geworden, Monsieur. Sylvie hat Sie in der Küche gehört, Monsieur. Sie ist heruntergekommen, um nachzusehen, was Sie brauchen, aber sie hat Sie an den Tisch gelehnt vorgefunden und ist zu Madame gelaufen, um Hilfe zu holen, Monsieur.«

Christian sah den Gobelin an, sah aber nur sich selbst, wie er die Schloßtreppe hinaufgetragen oder geschleppt wurde. Es war ein verworrenes Bild. Er erinnerte sich nur noch sehr wenig an das, was geschehen war, nachdem das Mädchen hastig zwischen den Zwiebelschlotten verschwunden war. Er war – beschäftigt gewesen. Er sah sich verstohlen um, aber die Kissen und Bettücher waren makellos.

»Ich möchte gern wissen, was ich in der Küche wollte«, sagte er. »Es war wirklich Glück, daß Sylvie mich gehört hat. Vielleicht hat sie sich wegen dem Hund Sorgen gemacht.«

Renzo blinzelte.

»Hund, Monsieur?«

»Ja. Wegen dem großen Hund, den ich gestern nacht draußen gesehen habe. Wem gehört er übrigens? Sarette?«

»Nein, Monsieur.« Renzo begann, sich zur Tür hin zurückzuziehen. »Ich werde Madame sagen, daß Sie wach sind.«

»Gehört der Hund vielleicht Madame?« fragte Christian.

Renzo stand an der Tür und drehte nervös an ihrem Griff.

»Hier gibt es keinen Hund, Monsieur.«

»Doch, doch, den gibt es! Er hat außerdem ein Stück Fleisch gestohlen, glaube ich, oder jemand hat es ihm gegeben.«

»Nein, Monsieur.«

»Oh doch, Monsieur.«

Renzo öffnete die Tür und sagte hastig: »Die de Lagenays haben einige Jagdhunde für die Kaninchenjagd. Vielleicht war es einer von denen.«

»Dann hat er aber auf meinem Land nichts zu suchen, oder?«

»Ihr … nein, Monsieur. Ich werde es Madame sagen.«

Christian richtete sich in seinen Kissen höher auf und ignorierte den irrelevanten Schmerz. »Sagen Sie Sylvie, sie soll Kaffee bringen.«

Renzo nickte und verschwand.

Christian lag fast vollständig bewegungslos und betrachtete die Ritter auf dem Gobelin oder die steinernen Hunde, die den Kamin bewachten, bis er die leisen Schritte auf dem Teppich des Wohnzimmers und dann das Klopfen hörte. Die Tür ging auf, aber es war Madame Tienne, die mit dem Tablett mit Kaffee und den Brötchen in den Händen wie mit Salomes Teller hereinkam.

»Es freut mich zu sehen, daß es Monsieur besser geht«, sagte sie. »Ich würde aber trotzdem empfehlen, daß Doktor Claut Ihnen einen Besuch abstattet. Er ist zwar nur Landarzt, aber ein sehr vernünftiger Mann. Zuverlässig. Gewissenhaft.«

»Madame«, sagte Christian, »offensichtlich bin ich gestern nacht hier hochgeschleift worden und habe dabei gebrüllt, daß ich auf keinen Fall von einem Arzt aufgesucht werden wollte. Daran hat sich nichts geändert. Stellen Sie jetzt bitte Ihr Tablett ab, suchen Sie Sylvie und lassen Sie sie herkommen, wie ich das verlangt hatte.«

»Sylvie hat Arbeit, Monsieur.«

Die Augen der Frau waren wie schwarzes Glas. Es wäre leicht, möglicherweise sogar erholsam, ihr nachzugeben. Er sah ein neues Bild vor seinem geistigen Auge: Sarette trug den Körper, und Madame Tienne ging aufgerichtet mit Lippen aus Emaille vor ihm her.

»Tun Sie, was ich Ihnen gesagt habe, Madame«, sagte Christian. »Ich habe nicht vor, das weiter zu diskutieren.«

»Sehr wohl, Monsieur.«

Sie ging, und er goß sich den Kaffee ein. Seine Kehle war überempfindlich, und das Trinken bereitete ihm einen exquisiten Schmerz, der mit seinem Nachlassen seine eigene Wonne in sich trug.

Es dauerte fast zwanzig Minuten, bis das Mädchen klopfte.

Als sie hereinkam, war sie wieder die ursprüngliche Sylvie. Die unerschütterliche Schlichtheit, die Figur von Korsetten zusammengepreßt, der Dienstboten-Rock, die niedergeschlagenen Augen. Sie errötete sogar leicht, wie sie das schon einmal in seiner Gegenwart getan hatte.

Er hatte erwartet, daß sie etwas von der furchterregenden Aufregung der letzten Nacht mit sich bringen würde, aber das war nicht der Fall. Er fand sich, wie er kühl und kaum interessiert zu ihr sagte: »Es ist mir eigentlich ziemlich gleich, welche Lügen Sie erzählt haben. Ich dachte nur, das möchten Sie vielleicht gern wissen.«

»Ich weiß nicht, was Sie meinen«, sagte sie.

»Sie wissen ganz genau, was ich meine.«

»Nein, das weiß ich nicht.«

Und weil sie bereit war, ihm Widerstand zu leisten, klang irgendwo in den zerbrochenen Überresten seiner Lust weit entfernt ein Ton auf.

»Wenn ich Sie bitten würde«, sagte er, »heute nacht zu mir in mein Zimmer hier zu kommen, was würden Sie darauf sagen?«

Sie hob langsam ihren Blick.

»Was ist, wenn ich ablehne?«

»Ich könnte der strengen Madame Tienne erzählen, wie Sie sonst ihre Nächte verbringen.«

Sie wurde tiefer rot, aber diesmal vor Angst.

»Ich habe nichts gemacht. Mir ist nur eingefallen, daß das Fleisch noch draußen war, und nicht in der Speisekammer.«

»Wem gehört der Hund?«

»Niemand.«

»Und warum spielen Sie dann mit ihm herum?«

»Ich habe nicht mit ihm herumgespielt«, sagte sie in dem Dialekt.

»Warum«, fragte er, »sind die de Lagenays verhaßt, und warum ist ihr Hund auf dem Gelände des Schlosses?«

Ihre Augen glänzten, bemerkte er, glänzten fiebrig, wie seine eigenen.

»Ich werde in Ihr Zimmer kommen, Monsieur«, sagte sie. Und ihm wurde klar, daß der Glanz in ihren Augen von Tränen stammte.

Sie hatte Angst, und er wollte sie nun doch nicht. Gestern nacht hatte er sie begehrt, und sie hatte keine Angst gehabt. Auch er selbst spürte eine Art Furcht. Eine Art elektrische, urtümliche Furcht, ja geradezu Entsetzen. War es wirklich Entsetzen, oder war gar nicht allzuviel passiert? War seine Wahrnehmungsfähigkeit so verzerrt, so gefärbt, daß die alltäglichsten Ereignisse, durch seine Augen gesehen und mit seiner Vernunft aufgeschlüsselt, grotesk wurden?

»Machen Sie sich nicht die Mühe«, sagte er. »Ich entschuldige mich dafür, daß ich Sie darum gebeten habe.«

»M'sieur«, sagte sie, drehte sich schnell um und ging hinaus.

Er lag den ganzen Tag in dem Schlafzimmer der großen Suite. Er verfolgte das Sonnenlicht, das wie eine Sonnenuhr über dem Baldachin über die Decke wanderte. Vor den Fenstern und dem Geländer des Balkons war eine Andeutung des dunklen Waldes zu sehen, der das Schloß wie ein Ring umgab, undeutliche Bilder von weit entfernten Kiefern.

Später gab es Regen, der wie Hände voll Zucker an die Fensterscheiben geworfen wurde.

Renzo räumte die unberührten Brötchen und den nicht fertiggetrunkenen Kaffee weg und ließ den nicht ausgetrunkenen Wein stehen. Christian überlegte, was er mit ihnen anfangen sollte, mit den Dienstboten. Er hatte sich selbst wie einen Kieselstein in den beschaulichen Tümpel ihrer Ruhe hineingeworfen. Eigentlich sollte er sie wegschicken, nein, er müßte es sogar. Irgendjemand würde wie durch Zauberei kommen, dem sein Wohl am Herzen lag. Manchmal fiel sein

Blick auf die verschlossene Kiste, die seine Bücher enthielt, seine Notenblätter, und ganz tief unten das winzige Kügelchen des leichten Todes, das darauf wartete, das gnadenlose Vorrecht der Natur an sich zu reißen.

Nacht. Er träumte, Sylvie läge bei ihm im Bett, aber auch der Hund wäre mit im Schlafzimmer. Sylvie stützte sich auf ihren Ellenbogen und deutete auf den Hund. Sie lächelte, und das Leuchten ihrer Zähne erfüllte die Dunkelheit.

»Das ist kein Hund«, sagte sie. »Du siehst doch, daß es kein Hund ist.«

Ja, dachte er, *ich sehe, daß es keiner ist.*

Hustenkrämpfe rüttelten ihn einmal wach, zweimal, dreimal, viermal. Er trank etwas von dem abgestandenen, unverkorkten Wein, um seine Kehle zu befeuchten. Er wachte jedoch noch ein fünftes und sechstes Mal auf. Schließlich konnte er nicht mehr einschlafen. Er lag allein in dem unbekannten Bett in dem unbekannten Haus. Überall umgaben ihn unbekannte Mächte. Sie pulsierten in dem Zimmer. Er hatte noch keinen Teil des Hauses wirklich angesehen, und damit hatte er ihm Macht gegeben.

Er fragte sich, ob der Hund unter seinem Fenster war, dachte über die Idee ruhig und rational nach, und schließlich stand er auf, um nachzusehen.

Eine Ranke hatte den Balkon eingefangen und seine Wurzeln in die Backsteinmauer bei dem Schlafzimmerfenster geschlagen; er hatte dieses schöne Anzeichen für Verfall vorher noch nicht bemerkt.

Die Entfernung hatte sich in der Nacht aufgelöst. Die Perspektive reichte nur ungefähr vierzig Meter hinter die Schloßmauer. Als er jedoch heruntersah, konnte er in eine Ecke des Gartens mit den geometrisch beschnittenen Hekken sehen, des Gartens, in dem der Hund gestanden hätte, als würde er Rachmaninov hören.

Der Hund war jedoch nicht da. Statt dessen wanderte ein Phantom auf und ab.

Sie war wie ein Rauchfetzen, während sie zwischen den dunklen Flecken der Eiben umherstreifte; wenn sie aber stehenblieb, glich sie einer Statue. Sylvie. Wer sonst als Sylvie.

Er beobachtete sie sehr lange. Dann und wann verlor er sie in einem Schatten oder hinter der Masse des grimmigen Turms, der den Garten beherrschte und den größten Teil seiner Wege und Lauben verdeckte. Sie war jedoch blasser als die Urnen mit ihren Witterungsflecken und tauchte so unausweichlich wieder auf wie eine mechanische Figur aus einer Uhr.

Die Nacht war kurz vor der Morgendämmerung so kalt, daß man hätte meinen können, sie würde bei einem leichten Schlag wie ein Weinglas ein feines Klingen von sich geben. Trotzdem durchstreifte sie Sylvie, nur mit Batist und Haut und grasähnlichem Haar bekleidet, tanzte mit ihr. Ein Gefühl von Aberglaube und Panik erfüllte Christian, während er ihr zusah.

Sie war ein Traum seines Fiebers, und er würde sie wegschicken. Er würde sie alle wegschicken.

5. KAPITEL

Der Ausflug

Christian stand in seinem Wintermantel vor einer der leeren Feuerstellen in der Halle. Irgend etwas war direkt unter dem riesigen Sims in den gemauerten Felsen geritzt, der bis zu dem Rost herabreichte. Er konnte es nicht entziffern. Sarette kam durch die offene Eingangstür des Schlosses herein. Der schornsteinähnliche Zylinder saß fest auf dem Kopf des Mannes. Es war offensichtlich kein Anzeichen von Respektlosigkeit, daß er ihn nicht absetzte. Er nickte auf seine steife, formale Art. Wenn Sarette nicht gerade eine militärische Haltung annahm, lehnte er sich leicht nach vorne und vermittelte damit einen bizarren Eindruck schwankender Größe, der sich bei näherer Prüfung als falsch erwies.

»Der Wagen ist bereit, Monsieur.«

Sarette ging vor, um das Fahrzeug als erster zu erreichen, und als sie die Terrasse überquerten, erschien Madame Tiennes Gesicht im Fensters des Salons. Sie beobachtete Christian, wie er die fünfundvierzig Stufen bis zu dem Wagen hinunterging, und er spürte ihre Augen auf sich. Die Diener waren in seinem Schloß überall (gehörte sie etwa nicht ihm, die ganze weitläufige, zerfallende Anlage?). Wie Puppen in einem Puppenhaus drangen sie in seine Zimmer, Treppen und Gänge ein. Sylvie mit ihren Putzlappen und ihrem Wachs, Renzo mit einem Besen oder mit einem geheimnisvollen eiligen Auftrag betraut. Die ungesehene Köchin lauerte in der Küche wie eine Spinne, mühte sich an dem Herd mit seinem eisernen Rost ab und fühlte sich von dem Neuankömmling gekränkt, weil er ihre Mahlzeiten nicht aß. Und Madame patrouillierte die Gänge, klopfte mit ihren weißen Ahorn-Knöcheln an die Türen und war selbst in ihrer Abwesenheit allgegenwärtig.

Der Wagen pulsierte hellwach und war von einem Aroma von Benzin umgeben, als Christian einstieg.

Sarette fuhr von dem Schloß weg, über die Brücke über dem Graben, der mit Flüssigkeit gefüllt war oder nicht, und in das Schloßgelände hinaus.

Nachmittags sah alles genauso aus. Die verkrüppelte Linde, die Steinhaufen in dem Gras, die Zypresse, die den Hang beherrschte. Sogar das schwere, weiße Licht. Es sah aus, als sei die Zeit seit dem Morgen, an dem er angekommen war, stillgestanden. Christian starrte auf einen Fleck aus Farben, die nicht mit der Umgebung harmonierten und bemerkte, daß das anscheinend die Überreste eines zerfleischten und halb gefressenen Hasen waren. Ein leichter, dumpfer Schock durchzuckte ihn, und er dachte sofort an den Hund der de Lagenays. Als der Wagen jedoch weiterglitt, beschloß er bei sich, daß das ebensogut nur ein rostiger Farn gewesen sein konnte, der ungefähr in der suggestiven Form eines toten Tiers verfaulte.

»Soll ich Sie zu Clauts Haus fahren, Monsieur?« fragte Sarette abrupt.

»Nein. Der Marktplatz im Dorf reicht mir.«

»Der Marktplatz?«

»Irgendeine Gaststätte wird ja wohl offen sein. Sie können dort warten, wenn Sie sicher sind, daß man den Wagen ohne Gefahr stehenlassen kann.«

»Ganz sicher, Monsieur. Das Schloßeigentum wird respektiert.«

»Dann gehen Sie in das Gasthaus. Hier, das ist für Sie.«

Sarette fuhr langsam weiter und drehte sich weder um, um einen Blick auf das Geld zu werfen, noch machte er eine Bewegung, um es anzunehmen.

»Das ist nicht nötig, Monsieur.«

»Sie werden doch sicher ein oder zwei Gläser trinken wollen, während Sie auf mich warten, oder nicht?«

»Vielleicht, Monsieur Dorse, aber ich bin von Ihrem Agenten schon ausreichend bezahlt worden.«

Christian sank in seinen Sitz zurück. Die geschäftigen

Dienstboten seines Vaters in dem Hotel, die Concierges, Kellner, Dienstmädchen und Chauffeure in der Stadt hatten nichts gegen ein Trinkgeld gehabt oder es sogar erwartet. Annelise war oft gezwungen gewesen, ihr Dienstmädchen zu bestechen, indem sie ihm für den Einkauf von frischem Gemüse auf dem Markt genug Geld mitgab, daß es noch für Süßigkeiten oder billigen Gesichtspuder ausreichte.

Es wäre natürlich ein Fehler, das Schloßpersonal wie die wandernden Diener in den Wohnungen und Cafés der Stadt zu behandeln. Christian beschäftigte sich mit der Frage, warum er einen solchen Fehler gemacht hatte. Er war sich über seine Motive nicht im klaren. Hatte er vorgehabt, Sarette zu ärgern oder zu verletzen?

»Ich habe Sie verletzt«, sagte Christian schließlich mit dem halbherzigen, aber nun bewußten Wunsch, ihn weiter zu provozieren.

»Keineswegs, Monsieur.«

Christian schloß die Augen. Er war todmüde, und sie waren noch nicht einmal angekommen.

»Vor ungefähr einem dreiviertel Kilometer sind wir an einem halb aufgefressenen Hasen vorbeigekommen, der im Gras lag.«

»Füchse, Monsieur.«

»Oder Hunde.«

»Wie Sie meinen, Monsieur. Wir müssen besser aufpassen, daß das Haupttor nach Einbruch der Dunkelheit verschlossen bleibt. Renzo geht nach Sonnenuntergang nicht gern hinaus.«

»Wen könnte ich im Dorf am besten nach den de Lagenays fragen?« sagte Christian.

Sie fuhren nun die Allee mit den Linden entlang, und zwischen ihren nackten Skeletten kamen das hohe Tor und die heraldischen Hunde in Sicht.

Sarette tat so, als fordere es seine ganze Aufmerksamkeit, den Wagen aus dem Schloßgelände heraus in den Wald zu lenken und gab keine Antwort.

Christian lächelte, denn er wußte, daß der Mann ihn sehen konnte.

»Wie merkwürdig, daß sie solch ein Tabu entwickelt haben«, sagte Christian. Er berührte die versteckte Brusttasche seines Mantels. »Aber ich habe Hamel zu dem Thema einen Brief geschrieben. Er hat mich schließlich als erster vor diesen Leuten gewarnt; jetzt kann er mir auch meine Fragen beantworten, da Sie es ja nicht tun.«

Um den Wagen herum stieg der Wald auf. Christian starrte in ihn hinaus, bemerkte aber nur Sarettes beharrliches Schweigen. Der Brief war in Wirklichkeit eine Erfindung. Der lokale Postdienst, der daraus bestand, daß Säcke in die ab und zu vorbeifahrenden Züge geworfen wurden oder sie aus ihnen herausflogen, lag in den Händen des Gepäckträgers Peton. Wenn der Schnee kam, blieb die Post oft aus. Christian hatte unter keinen Umständen daran gedacht, Briefe zu schreiben.

Die Bäume in der Entfernung sahen wie Kirchtürme aus. Neben der Straße neigten sie dazu, nahe beieinander zu wachsen, so daß sie einer praktisch undurchdringlichen Hekke glichen. Zweifellos gab es auch in dem Wald selbst Wege und Pfade, aber es schien ebenso natürlich, sich in ihm zu verlaufen, wie im Meer zu ertrinken. Die plötzlich erscheinenden Lichtungen und Schluchten machten ihn heute schwindlig, als würde sich der Boden des Wagens auflösen.

Bald kam die Kurve, und die Kirche an ihrem phantastischen Standort erschien.

Sarette hielt auf dem Marktplatz an, der verlassen war. Er stellte den Motor ab, sprang hastig aus dem Wagen, rannte um ihn herum und öffnete Christians Tür. Als Christian ausstieg, sagte Sarette: »Vielleicht brauchen Sie mich als Führer, Monsieur.«

»Nein«, sagte Christian. Er stand da und spürte, wie die Welt um ihn herum nach der Bewegung des Wagens wie Sand in einer Flasche langsam zur Ruhe kam. »Gehen Sie in das Gasthaus. Oder setzen Sie sich in das Auto.«

Er begann, wegzugehen, und Sarette sagte: »Seien Sie vorsichtig, Monsieur.«

Christian sah sich um und grinste Sarette zu. Ebenso wie Renzo, der von der Anziehungskraft des Lächelns des jungen Mannes verblüfft gewesen war, war nun auch Sarette von der satanischen Qualität des Grinsens deutlich beunruhigt. In diesem Augenblick hatte Christian Dorse etwas entschieden Bösartiges an sich, als würde er plötzlich wie durch ein Wunder etwas reflektieren, das in der Luft lag. Das Bild, das Sarette in seinem Zylinder neben dem schwarzen Wagen bot, war jedoch viel zu perfekt. Christian drehte sich um und ging weg.

Der Platz lag an einem Hang wie die Kirche und machte wie sie den Eindruck, als sei er fast senkrecht. Er ging an dem Brunnen vorbei, dem Denkmal – ein obskurer Obelisk mit merkwürdigen eingemeißelten Mustern. Um ihn herum führten Straßen aus Pflastersteinen und festgestampftem Lehm steil nach unten, und er sah eine Reihe von Dächern und verschiedene aktive Schornsteine. Er bemerkte das Gasthaus, das wie ein rauchverhangener Holzschnitt in einer gewundenen Straße gefangen war; man hätte Männer in Kettenpanzern erwarten können, die aus ihm herauskamen. Irgendwo klapperten Schafsglocken feierlich. Kein menschliches Wesen war zu sehen.

Er erreichte die Kirche und betrachtete sie. Sie war mit dem weißlichen Teig aus Gips verputzt, der so viele der umliegenden Häuser bedeckte, aber hier schien er viel neuer zu sein als bei allen anderen Gebäuden, und seine unregelmäßigen Linien waren sauberer und prosaischer. Der Wald war zuerst dagewesen, dann vielleicht ein Vorläufer der Straße, ein Seitenarm eines anderen Verkehrswegs. Dann das Schloß, zu dem schließlich die Straße hingeführt worden war. Dann hatte sich unter dem Schutz des Schlosses das Gasthaus und das Dorf wie Muscheln an alles gehängt. Zuletzt war vor zweihundert Jahren – älter sah sie nicht aus – die Kirche gekommen. Ein Nachgedanke.

In dem Kirchturm war die Glocke zu erkennen. Der weiße, bleierne Himmel wusch irgendwelche möglichen Färbungen aus den Fenstern heraus.

Früher mußte ein anderes Gebäude das Dorf beherrscht haben und der Anlaß für die Anlage des uralten Platzes gewesen sein, auf dem nun die Kirche stand.

Er ignorierte die breite, geschotterte Straße und ging von dem Platz aus in eine der schmaleren Straßen, die eigentlich kaum mehr als ein Fußweg war und auf beiden Seiten von Hausmauern begrenzt wurde.

Er wußte nicht genau, weshalb er hergekommen war. Möglicherweise war es für ihn ein Experiment, mit dem er herausbekommen wollte, was passieren würde. Oder er wollte nur seinen Dienstboten entkommen. Auf der anderen Seite fühlte er sich so sehr erschöpft; seine Gliedmaßen schienen mit Sägespänen gefüllt. In der Seitenstraße war niemand. Er ging auf eine alte Holztür zu, die so fest verschlossen war wie ein Sargdeckel.

Er konnte nun nicht einmal mehr die Schafsglocken hören.

Die Werkstatt des Schmieds, die er plötzlich über eine niedrige Mauer sah, war so still und verschlossen wie die Tür, und der Schirm aus Rauch über ihrem Dach fehlte.

Die schmale Straße endete kompromißlos mit einem Misthaufen, dessen Gestank nur durch die schneidende Kälte unterdrückt wurde.

Das Stadtleben hatte ihn keimfrei gemacht; er konnte an den archaischen Misthaufen nicht so recht glauben und zog sich hastig zurück.

Als Christian den Platz wieder erreichte, war Sarette verschwunden. Wahrscheinlich hatte er das Gasthaus aufgesucht, wie Christian es ihm vorgeschlagen hatte. Allein hatte das Auto, ein Symbol für Schutz vor der Witterung, eine Schwärze angenommen, die für die verschwommenen Winterfarben zu schwarz war, so daß es nun zweidimensional wirkte.

Nun, da Sarette verschwunden war, sah das Gelände trotz

des Rauchs aus den Schornsteinen und den hier und da verteilten Hinweisen auf die Anwesenheit von Bewohnern – eine zerbrochene, braune Flasche auf dem Pflaster, ein Rechen, der an den verriegelten Fensterläden eines Hauses lehnte – verlassen aus.

Alle Fensterläden waren verriegelt.

Offensichtlich machte das Wetter eine solche Maßnahme notwendig. Vielleicht hatten sie hier draußen in der Wildnis nicht einmal Glas in den Fenstern …

Er stellte sich vor, wie Renzo früh am Morgen in das Dorf rannte. Während Christian sich vor dem Spiegel rasierte, flüsterte Renzo eindringlich auf das Dorf ein. Während Sarette den warmen, schnurrenden Wagen zum Fuß der Terrasse fuhr, wurden die Türen und Fensterläden des Dorfs in einer Kakophonie vorgeschobener Riegel zugeworfen.

Auch die Kirchentür war mit einem Vorhängeschloß verriegelt, was für ein solches Gebäude ein ungewöhnlicher Anblick war.

Christian hustete. Er drückte eine Hand an seine Lippen, um den Husten in sich zu halten. Als er nachließ, schlenderte er wieder den Hang des Platzes hinauf zu dem Denkmal. Das wollte er sich ansehen, und dann würde er in aller Ruhe zu dem Gasthaus zurückgehen. Er würde ein Glas von dem rauhen, lokalen Essig trinken, Sarettes Verhalten beobachten und ihn damit beunruhigen.

Morgen würde sich Christian zu dem heruntergekommenen Bahnhof fahren lassen, damit dort das Signal aufgestellt würde, das dem Zug sagte, er solle halten. Er brauchte niemand von ihnen wegzuschicken. Er konnte selbst abreisen.

Ich kann in die Stadt zurückfahren. Nichts von dem hier spielt eine Rolle. Ich habe meinen Besitz gesehen und ihn untersucht. Ich könnte ihn verkaufen. Ich könnte in die Schweiz fahren. Man sagt doch, die Schweiz ist der richtige Platz dafür. Ihre eiskalten schneebedeckten Gipfel drängen sich in die Sehnerven und das Herz und halten die Blutungen auf. Dort ist es fast so kalt, wie es in dieser verdammten Gegend sein wird, wenn mitten im Winter der Schnee kommt.

Er konnte nicht erkennen, was das Denkmal darstellen sollte. Er sah nur verzerrte Formen, aus denen weiter oben so etwas wie ein mittelalterlicher Wasserspeier aufstieg. Seine Augen schwammen und brannten, und er wandte sich von der Widersinnigkeit des Steingebildes der Widersinnigkeit des unbewohnten Dorfs zu und ging auf die abschüssige Straße mit dem Gasthaus zu.

Eine Tür schlug zu.

Christian sah sich um.

Zunächst sah er niemand. Dann bemerkte er eine Gestalt, die aus den von dem Wintertag hergestellten weichen Holzkohle-Schatten zusammengesetzt schien und sich in scharfem Kontrast von der Blässe der Kirchenfassade abhob. Christian wußte nicht mit Sicherheit zu sagen, ob sie aus einer Seitentür der Kirche gekommen war. Ihre Bekleidung aus locker hängendem Stoff reichte fast bis auf den Boden, und die hätte ebensogut die Soutane eines Priesters oder ein ländlicher, langer Frauenrock sein können – das Geschlecht der Gestalt war unbestimmbar.

Er könnte zu der Kirche hinübergehen und diese Erscheinung ansprechen – wenn er sich durch den Schlamm des lokalen Dialekts durchkämpfen und sich ihr verständlich machen konnte. Christian verspürte keinerlei Lust dazu. Das Fragespiel war zu Ende. Nicht einmal die de Lagenays kümmerten ihn mehr, weil das momentane Interesse, das sie bei ihm erregt hatten, zu Tode geredet worden war.

Er drehte sich wieder dem Gasthaus zu und stockte abrupt. Der gleich unterdrückte leichte Schock durchzuckte seine Brust wie bei dem verfaulenden Farn, der ihm wie ein zerfleischter Hase vorgekommen war. Eine weitere Gestalt war wie durch Zauberei ebenso plötzlich erschienen wie die erste. Sie stand in der zurückgesetzten Tür eines Hauses drei Meter weit von ihm entfernt. Diesesmal war er sicher, daß es eine Frau war. Sie hatte ihr schwarzes, ländliches Tuch über ihren

Kopf gezogen und um sich gebunden, so daß der Eindruck entstand, sie hätte keine Arme. Und wieder war da diese unbewegliche Holzkohlen-Schwärze, als sei sie in die Papierstraße hineingezeichnet worden, während sein Blick abgelenkt gewesen war.

»Guten Tag«, sagte Christian zu ihr.

Er suchte nach ihren Augen, aber nur der Halbmond des Kinns war sichtbar, der aus dem Schatten ihres schweren Tuchs herausgemeißelt schien.

»Darf ich mich vorstellen«, sagte Christian. »Ich bin der gegenwärtige Besitzer des Schlosses.«

Diesesmal fing er die Bewegung mit seinem Blick auf, reagierte schnell und sah einen Mann aus dem Haus kommen, an dessen Läden der Rechen lehnte. Der Mann kam zwei Schritte auf Christian zu, bevor auch er zu einer bewegungslosen Zeichnung wurde.

Nadeln bohrten sich in Christians Augen. Wasser bildete sich in ihnen und brachte alles auf dem Platz zum Schwanken, als läge er unter Wasser. Christian drehte sich auf dem Absatz um und verbeugte sich zu der Frau in der Tür hin.

»Hocherfreut, Madame.«

Er ging in die gewundene Seitenstraße, in der das Gasthaus stand, und als er der Neigung der Straße folgte, schien er direkt auf ein aufgehängtes Schild zuzulaufen, auf das mit schwarzer Farbe ein Zeichen gemalt war. Das riesige und seltsam beunruhigende Zeichen bestand aus zwei körperlosen Händen, bei denen der geneigte Zeigefinger der rechten und der Daumen der linken Hand ungeschickt ein Kreuz schlugen.

Dieses Symbol der größten Güte hatte in dieser Form eine unverkennbare Bedrohlichkeit angenommen. Das beunruhigendste an ihm aber war seine Neuheit. Es sah aus, als wäre es nicht früher gemalt als … heute morgen.

Es war albern, aber Christian verspürte einen törichten, unerklärlichen Impuls, wegzulaufen. Die Tür des Gasthauses war jedoch nur dreißig Schritte weit entfernt. Er ging zu ihr hin, legte eine Hand auf ihr Holz und machte sich erst eine Sekunde davor klar, daß er auch sie verschlossen finden würde.

Er schlug einmal mit der Faust an die Tür, aber mehr aus kindischem Ärger als aus irgendeinem anderen Grund. Kurz darauf stand er an das Holz gelehnt und glotzte dumm auf das Wirtshausschild, das bewegungslos über ihm hing. Dieses Zeichen war fast so eigenartig wie das andere. Es zeigte eine irgendwie monströse Lilie, die doch bestimmt als Schild für ein Gasthaus nicht geeignet war, auch wenn es so sicher verschlossen war.

Die Kirchenglocke begann, bleiern zu läuten. Die Glocke für Seuchen, Krieg und Begräbnisse.

Libera me, Domine.

Plötzlich überfiel ihn eine nagende Gier nach einer der ägyptischen Zigaretten, die er an dem Tag, nachdem er in der Stadt das Konservatorium verlassen hatte, zu rauchen aufgehört hatte. Es ging ihm dabei nicht so sehr um die Droge Tabak, sondern um ihre unangreifbare *Modernität.*

Was geschah nun? Der Himmel hatte sich verdüstert, und die Seitenstraße war ein Schacht voller Schatten, in dem die Töne von der Glocke und die übersinnlichen Dämpfe von der Lilie umeinanderwirbelten. Das Licht war am Erlöschen.

Christians Herz schlug nacheifernd mit harten Adagio-Schlägen.

So würde es sein, wenn er starb. Es war nicht unangenehm. Er hatte keine Schmerzen, und eigentlich auch keine wirkliche Angst mehr.

Der Fleck einer Holzkohle-Schattierung kroch wie ein weicher schwarzer Schneeball auf ihn zu und gewann an Tiefe, als er näher kam … Christians Augen waren fast vollständig geschlossen. Die Gasthaustür schien zu zittern. Er glitt durch Jahre oder Jahrhunderte in einen Morast aus unendlicher Zeit hinein, und der Schneeball aus Dunkelheit rollte über ihn weg und packte ihn am Arm. Ein kahl werdender, mittelalterlicher Ritter glotzte ihn aus seiner Rüstung heraus an, und knollenförmige Lippen mühten sich ab, um sich klar auszudrücken.

»Sarette sagt, Sie hätten einen Brief, den Sie in die Stadt geschickt haben möchten, Monsieur.«

Christian riß die Augen auf, und die Kälte und Überraschung ließen ihm Tränen über das Gesicht herunterströmen. Peton, der Gepäckträger, der die Post einsammelte, stand vor ihm und streckte eine Hand aus, um den nicht existenten Brief an Hamel in Empfang zu nehmen.

6. KAPITEL

Der Wald

Es gibt keinen Brief.«
»Wie bitte, Monsieur?«

»Kein Brief. Eine Erfindung. Ich habe mir mit Sarette einen Scherz erlaubt, aber er hat ihn offensichtlich ernst genommen.«

Peton schürzte die Lippen. »Ah.« Er verstand nichts, nur, daß Christian den Brief zurückhielt. »Ich bin autorisiert«, sagte Peton schließlich. »Der Zug, der morgen kommt, wird den Brief mitnehmen.«

Christian schüttelte sich abrupt. Was er für den Bruchteil einer Sekunde als Kettenhemd gesehen hatte, waren die ringähnlichen Maschen von Petons Wollmantel. Als Christian vor drei Morgen an dem Bahnhof angekommen war, hatte Peton ihn nicht angesehen. Nicht ein einziges Mal. Nun schob er sich, ohne zu blinzeln, auf Christian zu. Seine dünnen Haarsträhnen waren durcheinander, und sein Atem roch sauer nach Wein (ein anderes Gasthaus?).

Christian fragte sich beiläufig, ob die von der Kälte verursachten Tränen Peton wohl zu der Meinung gebracht hatten, er würde weinen. Sollte er einen überwältigenden Kummer vortäuschen? Sich mit der Hand an die Stirn schlagen, schwanken, sich laut über ein ungerechtes Schicksal beklagen?

»Sagen Sie mir bitte«, sagte er zu Peton, sorgfältig artikulierend, »das Zeichen auf dem Schild dort. Was bedeutet es? Der Finger und der Daumen, die so ungeschickt ein Kreuz bilden?«

Peton sah zu dem Schild hinüber. Er murmelte: »Das Lysinth – das hat nichts zu bedeuten. Die Leute hier sind verrückt«, sagte er. »Abergläubisch.«

»Ein Zeichen gegen den bösen Blick?«

Peton nickte unsicher.

Christian seufzte und ließ seinen Kopf gegen die Gasthaustür sinken. Petons Kopf zuckte nach vorne, als sei er mit einer Schnur mit ihm verbunden. Christian wußte zwar, wie abgedroschen das Thema war, sagte aber: »Ich kann wohl annehmen, daß die de Lagenays den bösen Blick haben?«

Peton warf seinen Kopf zurück und lachte.

»Ja, Monsieur. Da habt Ihr recht. Den doppelt bösen Blick.«

»Und wo könnte ich sie finden?«

Peton wurde wieder ernst. Er leckte sich über die Lippen. »Im Wald.«

»Das weiß ich. Wo?«

»Möchtet Ihr sie besuchen?«

Christian stand da und beobachtete ihn. Christians Augen leuchteten, fast so, als seien sie aus Silber, und Peton schien allmählich in ihren Bann gezogen, als würde er sich langsam verlieben.

»Ihr seid nicht stark genug, Monsieur«, sagte Peton schleppend. »Der Weg ist zu Fuß zu weit für Euch.«

»Wie kommen Sie darauf?« sagte Christian sanft. »Weiter als Sie kann ich jeden Tag im Jahr laufen, Sie versoffener Kerl!«

Peton richtete sich zuerst empört auf, und dann lachte er leise. »Kommt mit, Monsieur. Ich zeige Euch den Weg.«

Wie er sich das fast vorgestellt hatte, war es in dem Wald wie auf einer großen Wasserfläche. Ein Wind, scharf wie eine Säge, war aufgekommen, und alles befand sich in Bewegung – die hohen, schlanken Wipfel der Kiefern, ihre Äste, die dikken Säulen ihrer Stämme, und damit auch das Licht und der Schatten, die zwischen jedem Baum spielten. Auch die Geräusche klangen nach Wasser, nach dem Meer und erinnerten mit ihrem hastigen, seufzenden Bombast an Wellen und Gezeiten.

Die Kälte erstickte den scharfen, würzigen Geruch nicht

vollständig, wie die Schatten des Waldes auch den Weg nicht ganz versteckten. Er war allerdings zum größten Teil zugewachsen, ein uralter Fußweg, den anscheinend seit vielen Monaten kein Fuß betreten hatte.

Sie waren seit ungefähr zehn Minuten unterwegs. Peton ging etwas vor und räumte dann und wann unterwürfig Hindernisse – einen Stein, einen herabgefallenen Ast – aus dem Weg, räumte ihn weg für Christian, als sei er ein empfindliches und gefährdetes adliges Kind. Am Anfang waren sie durch das Dorf gekommen, das nun wieder völlig menschenleer war, an dem schwarzen Wagen vorbei – noch immer verlassen – auf der geschotterten Straße zurück in Richtung Schloß, bis sie in die Bastionen der Kiefern hinausgetreten waren.

Nach ungefähr einem halben Kilometer hatte Peton jedoch die geschotterte Straße abrupt verlassen und sich zwischen die eng beieinanderstehenden Bäume und das dichte Unterholz geschoben. Kaum ein Rascheln zeigte seinen Weg an. Obwohl Christian weit schlanker und beweglicher war, hatte er viel mehr Schwierigkeiten und war lauter. Die Nadeln und Büsche mit ihren scharfen Krallen rissen an ihm und versuchten, ihn festzuhalten. Eine weitere Minute wurde mit der Bewältigung der dicken Stämme der uralten Bäume verloren, die direkt am Rand der Straße die Nachhut zu bilden schienen. Danach waren sie in das Meer des Waldes eingebrochen und bewegten sich durch seine vom Wind erzeugten Strömungen.

Der Pfad brach plötzlich aus der Erde heraus, wie ein Bach oder eine Quelle, die er wahrscheinlich auch einmal gewesen war. Für einige Schritte besaß er eine narbenähnliche Nacktheit, aber dann war er wieder fast völlig mit Vegetation bedeckt – nie aber ganz – die den hellen, staubigen Boden versteckte, aus dem der Weg bestand.

Nun zögerte Peton erneut, denn es lag wieder etwas auf dem Weg, das weggeräumt werden mußte. Er machte sich jedoch nicht an die Arbeit, und als Christian näherkam, sah er, daß das neue Hindernis auf dem Weg aus zwei langen, gelben Knochen bestand, die beide groß genug waren, um von einem Stier oder einem Pferd stammen zu können. Sie waren ungeschickt und schief kreuzförmig ausgelegt, aber so provisorisch ihre Anordnung auch war, so war doch mit brutaler Deutlichkeit klar, was mit ihnen gemeint war.

»So weit, Monsieur«, sagte Peton.

»So weit?«

»Nun, von hier ab geht Ihr allein weiter.«

»Ich dachte, Sie wollten mich führen.«

»Von hier ab braucht Ihr keinen Führer. Folgt dem Weg. Folgt ihm, wenn Ihr wieder zurückkommt. Er wird Euch führen.«

»Wohin?«

»Wohin Ihr wolltet.«

»Wohnen die de Lagenays neben dem Weg?«

»Möglich«, sagte Peton. Er sah auf die gekreuzten Knochen herab.

»Begleiten Sie mich nicht weiter? Ich dachte, Sie wären mutig, Peton. Läßt die Wirkung des Weins nach? Los! Kommen Sie mit mir! Wenn wir wieder in das Dorf kommen, kaufe ich Ihnen noch eine Flasche.«

»Geht allein. Für Euch ist es vorausbestimmt. Ich habe damit nichts zu schaffen.«

Peton zog sich, den Blick noch immer auf die Knochen gerichtet, feierlich von ihnen zurück, ging an Christian vorbei, setzte vorsichtig einen Fuß hinter den anderen und verließ dabei nie den Pfad.

Christian wendete sich von dem Gepäckträger ab. Seine Manöver machten ihn ungeduldig und ärgerten ihn, aber zur gleichen Zeit stimulierten sie ihn auf eine unangenehme Weise, die ihm fremd war. Als er über die Knochen ging, stampfte er heftig mit einem Absatz darauf. Keiner der Knochen zerbrach oder rührte sich auch nur unter dem Druck.

»Monsieur«, rief Peton plötzlich. Es klang, als sei er bereits weit weg. Christian drehte sich nicht um, sondern blieb nur stehen und wartete. »Monsieur«, rief Peton, »der Himmel ist jetzt hell, aber es bleibt Euch weniger als eine Stunde, Monsieur.«

Christian wartete noch etwas länger, aber es wurde ihm nichts mehr zugerufen. Er ging weiter.

Weniger als eine Stunde? Bis zum Sonnenuntergang, wahrscheinlich. Sicher würde der Wald nach Sonnenuntergang, wenn seine Dunkelheit sich weiter verdüsterte, in seiner Enge noch enger werden, um eine schier undurchdringliche Einheit von Land, Bäumen und Nacht zu bilden, eine äußerst feindliche Atmosphäre annehmen. Es sei denn, man war ein Einheimischer.

Warum bin ich hier? Was mache ich überhaupt? Ich verfolge einen Stamm von untermenschlichem Gesindel, so abscheulich, daß selbst die abscheulichen Bewohner dieses Landstriches ihn nicht mehr akzeptierten.

Die Vision, die ihn so bitter amüsiert hatte, fiel ihm wieder ein – grobe, knurrende Tölpel mit Stöcken, Messern und einer einzigen Muskete.

Nein, damit hatte es nichts zu tun. Die überhängenden Fels-Balkons der bewaldeten Hänge, die plötzlichen Täler waren von dem Pfad aus nicht sichtbar. Die ihn umgebenden Bäume schwankten und neigten sich, und Hell und Dunkel schillerten in schnellem Wechsel durch die Landschaft. Das ganze Land schien zu beben, und er erinnerte sich daran, daß die Kerze in der großen Küche die gleiche Wirkung gehabt hatte, als Sylvie mit ihrem aufgeknöpften Nachthemd sanft auf den Hund unter dem Fenster eingeredet hatte. Den Hund der de Lagenays.

Ich bin allein im Wald. Genau davor hat mich Hamel in seiner melodramatischen Bemerkung gewarnt.

Unglück mußte ihn anziehen. Wie die kleine Pille in der Kiste. Ein Bedürfnis, etwas vorwegzunehmen …

Als er aber weiterging und sich dabei sorgfältig an den Weg hielt, wie Peton das getan hatte – er war natürlich verwunschen; wenn man ihn verließ, so bedeutete das ewige Verdammnis – brachte ihn irgend etwas dazu, in seine Manteltasche zu greifen und Hamels Brief herauszuziehen, der dort hineingesteckt worden war, als solle er genau für diesen Moment bereit sein.

Er ging weiter und faltete währenddessen das Papier auseinander. Die Wellen aus Hell und Dunkel flossen darüber. Er überflog unter den unruhigen Kiefern die Abschnitte.

Genau wie vorher: Die Legalität. Der Klavierstimmer. Der finanzielle Aspekt. Der gute Wunsch.

Christian erreichte die letzten Zeilen. Er las.

Er blieb stehen, bewegungslos wie ein weiterer Stein auf dem Weg. Er hob unwillkürlich die zweite Hand hoch, damit sie half, das gewichtslose Blatt zu tragen. Er las ein zweitesmal.

... »Was die Grenzen der Ländereien des Schlosses betrifft, so ist es eine traurige Tatsache, daß darüber nur wenige Dokumente übereinstimmen oder vor Gericht anerkannt werden würden. Es kann kaum ein Zweifel daran bestehen, daß im Mittelalter die gesamte umliegende Gegend das Eigentum des Schloßherrn war, aber inzwischen fehlt es an der richtigen juristischen Grundlage, und ich bin sicher, daß auch Sie es nicht vorhaben, auf einer solchen Herrschaft über die lokale Bevölkerung zu bestehen. Wenn Sie jedoch in dem Wald etwas schießen oder Fallen aufstellen möchten, so würde sich dagegen natürlich kein Einwand erheben. Ich möchte Sie mit dieser Mitteilung nicht beunruhigen oder verwirren, sondern es verhindern, daß verfrüht irgendwelche Ansprüche erhoben werden.«

Christian starrte auf das Blatt. Ein Gedanke durchzuckte seinen Kopf: die Dienstboten im Schloß hatten den Brief gestohlen, ihn kopiert und dabei absichtlich die ursprüngliche Warnung vor den de Lagenays ausgelassen. Aber nein, das war zu phantastisch!

Wie sollten sie sich Hamels Briefpapier beschaffen, seine Schreibmaschine mit dem kleinen Fehler in dem »e«, den Christian vorher bemerkt hatte, die Unterschrift mit ihren

Schnörkeln, hinter der Hamel sich und seine wahre Persönlichkeit wie hinter einer Hecke versteckte?

Nein, keine Kopie. Das war der einzige Brief.

Wo waren dann die Worte, die Christian unausweichlich auf diesen verwunschenen Pfad geführt hatten? Die Worte, die er an jenem ersten Tag in dem düsteren Licht des Kaminfeuers gelesen hatte, und die gelautet hatten:

... »Die de Lagenays – irgendwelche Ansprüche, die sie auf den Besitz erheben – hypothetisch – daß Sie das Schloßgelände nicht ohne Begleitung verlassen.«

Es schien, als wäre das alles für ihn, der als Fremder in seinem eigenen Haus unpassend im Salon aufgewacht war, ein Traum, eine Halluzination, eine Einbildung gewesen.

Die Verwirrungen seiner Krankheit.

Woher hatte er aber den Namen de Lagenay, der so grob, aber so gut in das Muster paßte? Das Murmeln eines Dienstboten, das er unbewußt mitgehört hatte? Irgendeine zufällige Bemerkung von Hamel, die er in der Stadt nicht beachtet hatte und die ihm nun hier wieder ins Bewußtsein gedrungen war, um ihn zu verfolgen? Oder vielleicht nur ein anderes Wort, das er in seinem müden und deprimierten Zustand falsch gehört hatte – ein unheimlicher Zufall? Plötzlich kam ihm alles unerträglich vor. Es reichte nicht, daß ihm sein Talent verlorenging, sein Leben in zwei Stücke zerrissen und weggeworfen wurde, nein, jetzt mußte er auch noch verrückt werden! Es durfte nicht zugelassen werden, daß ihm auch noch der letzte Rest von Würde und Vertrauen in seine eigene Person oder sein Selbstwertgefühl geraubt wurde.

Er wußte einfach nicht, was er tun sollte, ob er weitergehen oder umkehren sollte, oder ob er sich einfach auf den Boden legen sollte.

Während er so gedankenverloren dastand, drang allmählich das Gefühl in sein Bewußtsein ein, daß er beobachtet wurde. Seine Haut zog sich zusammen, als sei jemand mit einer Feder darübergefahren, seine Muskeln spannten sich an und seine Augen, mit denen er keine Schwierigkeiten mehr gehabt hatte, fingen wieder an zu tränen. Verwirrt sah er auf, und der gleiche leichte Schock, den er an diesem Tag schon zweimal gespürt hatte, durchzuckte ihn ein drittesmal.

Eine schüttere, riesige Schierlingstanne stieg zwischen den anderen Tannen in der Nähe des Pfads auf. Gegen diese urtümliche Pflanze stand eine männliche Gestalt gelehnt. Sie war noch nicht dagewesen, als Christian stehengeblieben war, und sie hatte bei ihrer Ankunft seitdem nicht das leiseste Geräusch gemacht. Sie – er.

Er war nicht mehr als fünfundzwanzig oder sechsundzwanzig Jahre alt, was man an seinem Körperbau und seinem äußeren Erscheinungsbild erkennen konnte, aber er hatte etwas Jugendlicheres, etwas von einem Halbwüchsigen an sich. Seine völlige Unbeweglichkeit dagegen lieferte vielleicht einen weiteren Widerspruch und schien eher auf Alter hinzudeuten. Eine Unbeweglichkeit, die mit seiner eigenen Unbeweglichkeit absolut nichts zu tun hatte, sondern mit dem Eindruck, den er vermittelte, er würde mit dem riesigen Baum zusammen aus dem Boden herauswachsen.

Zunächst war er in den Wellen von Himmel und Schatten, die die Farbaufnahmefähigkeit der Sehnerven störte und alles weiß tünchte, monochrom. Kühles Grau, kühlstes Braun, Blässe und dunkle Farben.

Christian war unzufrieden, nachdem er sein Starren von dem Brief auf die Erscheinung gelenkt hatte. Es war notwendig, daß etwas an die Stelle des Niemandslands in seinen Gedanken trat, und so verließ er mit einer Art Ärger den Pfad und ging direkt auf die Gestalt zu. Sie bewegte sich weder vorwärts, um ihn zu begrüßen, noch zog sie sich zurück, sie veränderte nicht einmal ihre Haltung, wie das jemand automatisch in nervösen Bewegungen der Gliedmaßen oder des Kopfes tut, wenn jemand auf ihn zukommt.

Sie – *er*.

Als Christian noch zwei Meter entfernt war, blieb er stehen. Inzwischen waren Farben und Texturen deutlicher geworden. Die grau-braune Kleidung war im Vergleich zu dem winterlich weißen Gesicht zugleich verblaßt und tiefer geworden. Das Haar, das bis auf die Schultern herabhing, war plötzlich ein dunkles Rotbraun, die Farbe der angebrannten Früchte und Blätter des Herbstes, eine Farbe, die in dem sonst immergrünen Wald nicht mehr existierte. Die Augen waren groß und von dem geisterhaften Blau von Rauch, und irgend etwas an ihnen war merkwürdig …

Diese hellen Augen schienen der einzige Teil von ihm zu sein, der sich bewegte, und sie führten eine eigenartige, verächtliche leichte Verbeugung durch. Die Augenlider senkten sich und hoben sich dann wieder wie zwei weiße Rolläden – das linke Lid war ein wenig länger als das rechte, was vielleicht die rätselhafte Merkwürdigkeit erklärte.

»Wohin geht es zum Haus der de Lagenays?« sagte Christian.

Es war eine Formalität, eine Herausforderung. In einer solchen Situation durfte kein Irrtum zugelassen werden.

»De Lagenay?« wiederholte der junge Mann. Seine Augenbrauen hoben sich, als sein Mund sich zum Sprechen öffnete. Seine Stimme war trocken und ohne irgendwelchen Akzent. »Niemand besucht die de Lagenays.«

»Das habe ich auf dem Schloß schon gehört. Womit haben Sie sich einen solchen Haß zugezogen?«

»Ich?« Das schöne Gesicht begann zu lächeln. Der Mund wurde breiter, und eine dünne Reihe blitzender Zähne wurde enthüllt. Die Augen waren träge. »Heiße *ich* de Lagenay?«

»Etwa nicht? Oh doch, ich denke schon.«

»Oh, Sie sind sehr schlau. Was mich wohl verraten hat?«

Die Konfrontation ließ in Christian die bizarre Erregung aufsteigen, die er irgendwie erwartet hatte. Die Zweifel, die er an sich selbst gehabt hatte, waren verschwunden. Die Luft empfand er nicht mehr als kalt, sondern als prickelnd. Von der Erde her schien eine elektrische Vibration durch seine Knochen hochzusteigen. Was war das? Vielleicht nur die Aura von Unsicherheit, die das Wesen vor ihm jenseits aller sterblichen Wahrscheinlichkeit zu exemplifizieren schien.

Höchstwahrscheinlich gehörte er zu einer Nebenlinie des Schlosses. Die Pigmentierung, das Gesicht, und die Haltung gehörten ebensowenig zu dem Dorf wie die präzise Sprache und Diktion. Vielleicht hatte er einen Lehrer aus der Stadt gehabt. Und nun wanderte er in Kleidern aus Fuchs- und Kaninchenfellen durch den Wald wie eine Gestalt aus einem Kinderbuch. Und nun zog er einen Handschuh aus und enthüllte eine Hand, die von dem Handgelenk bis zu den ersten Fingerknöcheln kurz war, aber lange Finger besaß. Die spatenförmigen Fingernägel waren deutlich ausgeprägt, zeigten das matte, schwere Rot von Terrakotta, das wie bei jedem anderen menschlichen Nagel heller wurde, wo sie aus der Haut herauswuchsen. Offensichtlich natürlich, wenn sich eine solche Bezeichnung darauf anwenden ließ. Mit dieser Hand griff de Lagenay nach oben und begann, am Kragen seines Mantels zu zupfen. Es war auf keinen Fall eine Geste der Unsicherheit, sondern sie war bewußt so geplant, daß mit ihr der Typ der Hand deutlich vorgeführt wurde.

Christian sah auf die rostigen Nägel und dann wieder in das lächelnde, abenteuerliche Gesicht.

Und er spürte, wie die Erregung ihn durchdrang und alles andere beseiteschob. Wie Wein. Fast wie das Bedürfnis Hunger oder Sexualität.

»Sie besitzen zwei Hunde, glaube ich«, sagte Christian.

»Hunde? Hat man Ihnen das erzählt? In Ihrem Schloß?«

»Wenn Sie klug sind, halten Sie sie von meinem Land fern.«

»Ihrem Land?«

»Es sei denn, Sie wollen, daß sie erschossen werden.«

Der de Lagenay lachte, ein leises, heiseres Knurren.

Etwas Erstaunliches passierte. Er schien sich nicht zu bewegen, und doch bewegte er sich; er war an einer anderen Stelle, näher. Er streckte seine unbehandschuhte Hand aus und legte sie Christian sanft auf die Schulter.

»Oh«, sagte er. »Das würde ich gern sehen, wenn Sie versuchten, sie zu erschießen. Meine beiden Hunde.«

Er war so groß wie Christian, und ihrer beider Augen waren abrupt auf der gleichen Höhe und nur noch Zentimeter voneinander entfernt. Es war so, als würde er in etwas sehen, das glühte, ein einziges Objekt, nicht zwei. Die Pupillen waren nicht mehr getrennt, sondern Augenhöhle verschmolz direkt über der Nasenwurzel mit Augenhöhle.

»Übrigens«, sagte der de Lagenay, »fand ich den Abend kürzlich sehr unterhaltsam. Hier draußen im Styx hört man Rachmaninov selten so kraftvoll gespielt.«

Die Hand auf Christians Schulter drückte sich zusammen und vermittelte einen Eindruck von Stärke, und dann war die Gestalt plötzlich drei oder vier Meter weit entfernt. Es war ein Sprung, wie ihn ein großes Tier vielleicht geschafft hätte.

Christian wischte sich ruhig und beleidigend die Schulter seines Mantels ab. Er starrte dem jungen Mann nach, aber die schwarzen Teile des Waldes begannen, ihre ewige Schlacht mit den hellen zu gewinnen. Formen verschwanden oder verwandelten sich.

»Ich hoffe, Sie denken an meine Warnung«, sagte Christian bestimmt in den Wald hinaus.

»Ich hoffe, Sie denken an meine«, antwortete die trockene Stimme aus dem Wald. »Sie sollten besser zurückgehen, Herr! Bevor die Sonne untergeht. Bevor es dunkel wird.«

Die Silhouetten der Kiefern schienen sich auseinanderzuschieben, so daß er wie Dampf durch sie streichen konnte. Bis er verschwunden war.

Christian war allein im Wald. Sofort fühlte er sich dumpf, kalt. Er drehte sich um, um nach dem Weg zu suchen, den er verlassen hatte, und die Kralle kratzte in seinem Hals.

Er war ein ganzes Stück gegangen, bis er es akzeptierte, daß er bis jetzt sein Ziel hätte erreicht haben müssen. Wegen des nachlassenden Lichts oder eines Fehlers in seiner Wahrnehmung war der verwunschene Pfad verschwunden.

7. KAPITEL

Der Teufel

Es schien so, als würde nicht die Sonne versinken, sondern als würde der gesamte Himmel sich herabsenken und die Wipfel der Bäume berühren. Der Wald saugte sich mit der hereinbrechenden Dunkelheit voll. Die noch übrigen Flecken und Oasen aus Licht wurden fliederfarbig und gingen dann ganz aus. Mit einem ungeheuren, unhörbaren Seufzer wurde die Welt schwarz.

Christian war nicht in der Lage gewesen, eine Spur von dem Pfad zu finden. Er war nicht beunruhigt, aber die Sinnlosigkeit und Albernheit der Situation brachte seine Hände zum Zittern.

Seine vorherige Erregung war verflogen. Dann und wann hustend und sterbensmüde hatte er begonnen, in die Richtung zu marschieren, in der der Pfad eigentlich hätte sein müssen. Er suchte nach einer Lücke zwischen den Bäumen, die ihm vielleicht einen Hinweis darauf liefern könnte, wo die geschotterte Straße verlief.

Es war nicht weiter verblüffend, daß die schnell hereinbrechende Dämmerung den halb zugewachsenen Fußweg versteckte. Keineswegs. Während er jedoch durch die Schwärze watete und seine zitternden Arme um seinen Körper schlang, um sich vor der Kälte zu schützen, ließ ihm der Haß auf all das, auf die Dunkelheit, den Wald, den jungen Mann, mit dem er gesprochen hatte, auf sich selbst, ein Grinsen auf das Gesicht treten.

Es war eiskalt. Jeder Atemzug war eine Art Folter.

Und unausweichlich kam ihm der Gedanke: wenn er sich den Abschnitt mit der Warnung in dem Brief eingebildet hatte, warum nicht auch den Pfad? Warum nicht Peton, der ihn zu ihm geführt hatte? Warum nicht die Gestalt unter der Schierlingstanne?

Er klammerte sich an einem Zweig fest und hustete, bis er würgte. Als er wieder atmen konnte, kauerte er sich dort zwischen die Zweige, und der dumpfe Harzgeruch erinnerte ihn, das Kind der Zivilisation, das er war, an weit entfernte Weihnachten und die grünen Wunder der Kiefern, die herausgerissen und hereingebracht wurden, um in Feuern und Girlanden zu sterben.

Großer Gott, was tue ich eigentlich hier? Steh' auf. Die Straße ist in dieser Richtung. Wahrscheinlich.

Er könnte sich einen Ausweg durch diese riesigen, nackten, lebenden Weihnachtsbäume erzwingen, sie beherrschen, wie Peton das getan hatte. Nur die Nacht war es, die den Wald undurchdringlich erscheinen ließ, wie ein Labyrinth, aus dem der, der einmal in ihm seinen Weg verloren hatte, nie mehr entkommen konnte.

Oder war er völlig von der geschotterten Straße weggeführt worden? Er mußte sich vor jenen schluchtartigen Senken und Tälern hüten, die er von dem Wagen aus gesehen hatte.

Stolperte er nun im Kreis herum? Die Bäume, die ihn auf allen Seiten wie eine blinde Mauer umgaben, lieferten ihm keinerlei Hinweise. Sie besaßen nicht einmal mehr eine Gestalt. Sie waren nur noch *Dunkelheit.*

Rechts von ihm brach etwas durch das Unterholz. Er war neidisch auf seine Sicherheit, die Einfachheit seines Geschäfts und seiner Hoffnungen.

Dann war er in eine Art Dickicht gestolpert. Er stieß gegen seine struppige Form, gegen Dornen, Krallen, diamantharte Zweige wie Säulen. Während sich zwischen ihm und den Bäumen dieser wortlose Kampf abspielte, kam aus den Tiefen des Waldes wie vom Boden eines abgrundtiefen Brunnens das schreckliche, langgezogene Geheul eines Hundes.

Es war wirklich ein entsetzliches Geräusch. Die Entfernung oder die akustischen Verhältnisse hatten es irgendwie verzerrt, so daß es zur gleichen Zeit lauter und weniger greifbar klang als irgendein anderer solcher Schrei, den er je zuvor gehört hatte.

In dem Dickicht gefangen wie ein Opfertier blieb Christian bewegungslos stehen, hing dort, ließ das Geräusch in seinen Ohren und seinem Kopf verklingen und wartete auf eine Wiederholung, die bald kam.

Einer der Hunde der de Lagenays, der Laut gab? Konnte ein solches Geräusch aber der Kehle eines Hundes entstammen?

Diable chasse avec des chiens.

Das Sprichwort, das in sein Bewußtsein hochgestiegen war, erschreckte ihn vage, denn irgendein primitives Nervenende hatte es als seine Reaktion auf das Geheul des Hundes hochgeholt.

Christian lächelte in schmerzlichem Ekel und nahm sein Duell mit dem Dickicht wieder auf. Eine weitere, makaber absurde Idee kam ihm. Er sah den jungen Mann vor sich, den er eine halbe Stunde vor Sonnenuntergang getroffen hatte, wie er seinen Kopf zurückwarf, seine starke Kehle entblößte – sein rostfarbenes Haar hatte in der Dunkelheit die Farbe von Ebenholz angenommen – seinen blassen Mund öffnete, dann die noch blasseren Zähne, und durch die Chöre und Galerien des Waldes heulte.

Bei dem Hindernis gab etwas von der Breite von Christians Körper nach. Er war durch eine der verwebten Häute des Waldes durchgebrochen, war dabei halb gefallen, aber das Netz des Gebüschs hatte ihn aufgefangen, bevor er auf den Boden aufgeschlagen war. Er hing halb in der Luft und klammerte sich mit beiden Händen an den zerbrechlichen Zweigen fest. Vor sich erwartete er einen Abgrund, aber statt dessen bemerkte er vor sich ein schwaches, unheimliches Leuchten hinter den Stämmen und Zweigen vor ihm, das wie eine Nebelbank aussah, die über einem Flußbett hängt. Während er mühsam aufstand, wurde ihm mit einer plötzlichen Verschiebung seiner Wahrnehmung klar, daß die leuchtende Nebelbank der helle Schotter der Straße war.

Diese Erkenntnis reichte aus, um ihn mit erneuter Heftigkeit gegen das Gestrüpp ankämpfen zu lassen wie ein verzweifelter Schwimmer, der das Land erreichen will. In wenigen Augenblicken hatte er sich aus den Kiefern freigeschlagen. Als er auf dem Kies stand, bemerkte er, daß er schwer und gierig nach Luft keuchte, als sei er lange gerannt.

Ein dürftiger Sternenhimmel beleuchtete die Straße. Sie bedeutete für ihn Festland, erfüllte aber die nächtliche Szene mit einer einsamen und verlassenen Öde. Reisende schienen ihr nicht sonderlich willkommen.

Christian nahm den Verlauf der Straße auf. Ein Gefühl für die Richtung stellte sich wieder bei ihm ein. Er befand sich hier etwas oberhalb des Dorfs auf dem Weg zu den Schloßtoren. Vielleicht erwartete Sarette ihn auf dem Platz. Sarette hatte aber vorher den Wagen verlassen und sich in einem Phantom-Gasthaus versteckt – sollte er doch warten.

Es dürfte kein allzu langer Fußmarsch sein, wenn er in entgegengesetzter Richtung zu dem Schloß ging. Vielleicht eine Viertelstunde, allerdings bergauf ... Bei diesem Gedanken spürte Christian wieder die bekannte Kraftlosigkeit. Es schien ihm, als könne er nicht weiter, aber an solche Verluste von Energie und Mut war er gewöhnt. Er ignorierte seine Befürchtungen und begann, unter den dürftigen Sternen bergauf die Straße entlangzugehen.

Seine Schritte waren laut.

Zum Teil störte ihn dieser Lärm. Er war verwundbar, ein bewegliches Wesen auf einer hellen Straßenfläche, ohne Tarnung oder Deckung. Also hatte er wahrscheinlich einen Angriff zu erwarten.

Wen könnte er treffen, der eine Bedrohung für ihn darstellen könnte? Noch einen de Lagenay? Oder das ursprüngliche Modell? Wenn Christian die frühere Warnung nur geträumt hatte, so war die zweite, persönlich ausgesprochene, implizit gewesen. Merkwürdigerweise hatte der junge Mann ihn mit dem archaischen Titel angesprochen: Herr – *Seigneur*. Dieser Ausdruck des gehorsamen Respekts hatte voller Bösartigkeit gesteckt.

Der Wald auf beiden Seiten war schwärzer als der Himmel. Der Wald war nun still geworden, denn der Wind war mit der Sonne gestorben. So still, als halte er die Bewegung absichtlich zurück und unterdrücke seinen Atem, und damit eine kolossale, unvorstellbare Kraft. Dann und wann allerdings hörte er neben seinen zu lauten Schritten aus dem Unterholz ein trockenes Rascheln oder von den ragenden Gipfeln am Rand ein Schaben – ein Tier, das sich bewegte, oder ein weit entfernter Lufthauch, der vorbeizog.

Zunächst hatten diese Geräusche nichts an sich, was ihn beunruhigt hätte. Nur die Stille selbst war irgendwie nicht angenehm, als sei sie ein leeres Gefäß, das mit unangenehmeren Geräuschen gefüllt werden würde. Dann aber, nachdem er ungefähr fünf Minuten lang oder etwas mehr gelaufen war, schien sich ein bestimmter Rhythmus einzustellen. Zwischen all den leisen, sich ändernden Geräuschen schien ein noch leiseres sich nicht zu ändern. Es war eine Art feines Tapsen, wie weiche Pinselstriche, das aber nicht aus den Bäumen oder Büschen, sondern von der Straße hinter ihm kam.

Mit einem schon fast belustigenden Gefühl, er befände sich in einem entsetzlichen Alptraum, blieb Christian stehen und sah sich um.

Als er das zum erstenmal tat, sah er nichts, obwohl die leisen Geräusche wie auf ein Stichwort hin aufhörten.

Die Straße zog sich hinter ihm unter einer Woge aus Bäumen in Kurven hin und glitt in Richtung auf das unsichtbare Dorf außer Sicht. Der Schotter war leer. Die mondlose Nacht schien sich jedoch in den Augen zu sammeln und den Blick so zu trüben, wie die Sicht vor einem Ohnmachtsanfall nachläßt.

Christian zögerte nur einen Augenblick, drehte sich dann wieder seinem ebenso unsichtbaren Ziel zu und ging weiter.

Die leichten Pinselstriche kehrten zurück.

Diable chasse avec des chiens.

Die Albernheit seiner Notlage kam ihm voll zum Bewußtsein. Er war jedoch die ganze Zeit im Nachteil gewesen, denn er hatte nie wirklich an den Hund geglaubt, obwohl er ihn gesehen hatte. Selbst nachdem dieser den Wald mit seiner Stimme durchdrungen hatte. Und selbst jetzt nicht –

Er fuhr herum. Der Kies hinter ihm war für eine kurze Strecke eben, aber leer war er nicht mehr. Er war da.

Er schien der Mittelpunkt der Nacht zu sein, all das matte Schwarz der Nacht in seinen schlanken Leib und seinen langen Kopf gegossen. Und dann gingen die Augen an wie zwei grüne Gasflammen.

Er war vierzig Schritt weit entfernt, was für ihn so gut wie nichts wäre.

Sicher war er wild, und wahrscheinlich hielt man ihn halb ausgehungert. Außerdem war es möglich, daß er hier in der Wildnis mit Tollwut infiziert war.

Er war allein mit ihm zwischen dem Wald und dem Himmel. Unbewaffnet. Ohne Schutz.

»Fahr zur Hölle, du widerliches, stinkendes Vieh«, flüsterte er.

Trotzdem hätte er nicht sagen können, er habe Angst. In ihm brannte eine unbezähmbare Lust, den Hund anzugreifen, oder unter lautem Schreien vor ihm zu fliehen. Ob diese Impulse aber aus Schrecken entsprangen, oder aus einem außergewöhnlichen, primitiven Unterbewußtsein, das in der modernen Welt keinen Namen hat, wußte er nicht mit Sicherheit zu sagen.

Dann ging der Hund einen langsamen, fast höflichen Schritt auf ihn zu, und Christian dachte daran, er könnte vielleicht auf einen Baum klettern, wenn er einen erreichen könnte, wenn er nur schnell war. Eine Welle von Lachen, Lachen ohne Gelächter, überfiel ihn, und auf sie folgte das nackte Entsetzen.

Er rannte nicht weg, weil er damit das Tier nur dazu angereizt hätte, ihm nachzulaufen. Sobald er sich aber bewegte, brach es in einen häßlichen, springenden Galopp aus. Der Hund raste auf ihn zu, und dann rannte er ein halbes Dutzend Sätze, bis er wieder wie von einem unwiderstehlichen Drang gelenkt herumfuhr, um ihn zu konfrontieren.

Und er sah, wie er einen Satz in die Luft machte, als wolle er wegfliegen, und er hörte sich wie aus weiter Entfernung um Hilfe rufen, die nicht mehr kommen konnte.

Das Tier stürzte wie vom Himmel auf ihn herab, tonnenschwer, ein Pfeil, der ihm durch die Brust gejagt wurde. Er spürte, wie er mit dem Gewicht auf sich zu Boden stürzte. Der Schotter krachte gegen seinen Rücken, seinen Kopf. Das schöne Gesicht von etwas, das jenseits von allem Bösen war, schwebte dicht über seinem eigenen. Ein Maul, breiter als eine Vision, blitzte zwölf oder dreizehn Zentimeter über ihm. Entsetzen stellte sich ein. Christian kannte das Entsetzen, den Schrecken. Sie waren sinnlich, verlangten eine Hingabe mit zuckenden Gliedmaßen, wortlose Schreie. Krampf. Ein Orgasmus von schmerzlichem Tod unter dem warmen Körper seines gnadenlosen Liebhabers.

Christian bemerkte, daß er seinen linken Arm über seinen Hals geworfen hatte. Er schlug mit seinem rechten Arm zu. Der Schlag krachte gegen die Tiermaske und riß den ganzen Kopf zur Seite.

Wieder schlug Christian zu, und eine urtümliche Emotion kochte in ihm hoch, die Angst oder Wut überstieg und ihn mit zusammengebissenen Zähnen und starrem Blick hochhob. Als er mit beiden Händen die zottelige Kehle packte, gab er ein Geräusch von sich, das viele Jahrhunderte in die Zukunft gehörte.

Ein gelber Blitz zuckte vor Christians Augen auf, breitete sich aus, blendete ihn und blieb wie festgefroren. Das Wesen, das er fest gepackt hatte, riß sich von ihm los. Die Wärme und der Druck seines Körpers waren verschwunden wie ein heißer Wind.

Christian lag gestrandet mit einem Arm über den Augen am Boden.

»Monsieur – Monsieur, kommen Sie schnell zu dem Wagen und steigen Sie ein.«

Sarette beugte sich in seinem lächerlichen Zylinder über ihn. Er wurde von den Scheinwerfern des Autos beleuchtet, das weniger als einen Meter entfernt angehalten hatte.

Christian setzte sich auf. Zu mehr war er nicht fähig.

»Helfen Sie mir«, befahl er Sarette. Sarette gehorchte, hob ihn halb auf die Füße, zu dem Wagen und in ihn hinein. Sarette schob sich hastig auf den Fahrersitz und beschleunigte den bereits laufenden Motor. Das Fahrzeug setzte sich mit einem Ruck in Bewegung.

»Er ist weggelaufen«, sagte Christian. »Das Auto muß ihn erschreckt haben.«

»Ja, Monsieur. Ich bin so nahe herangefahren, wie ich konnte. Ich habe die Straße nach Ihnen abgesucht.«

Christian hustete. Es war eine Formalität. Sein Körper besaß keine Festigkeit, seine Muskeln waren flüssig. Trotzdem war eine solche Klinge von Leben in ihn gefahren; er brannte, rutschte hin und her, konnte nicht stillsitzen, zu schwach, sich aufzurichten. Er zitterte, und die Schläge seines Herzens erschütterten ihn.

»Sie sind doch nicht verletzt, Monsieur?«

»Nein.«

»Es war ein Hund, Monsieur. Manche der Bauernhöfe hier haben solche Bestien. Es ist unvorsichtig, nachts zu Fuß unterwegs zu sein.«

Christian begann, deutlich und beeindruckend zu fluchen; Obszönitäten, fast ein Gebet. Und während er so betete, verließ ihn die Schwäche.

Sarette sagte nichts mehr.

Die Scheinwerfer beleuchteten die Steinhunde neben der Straße, und dann die heruntergekommenen Außenmauern des Schlosses.

8. KAPITEL

Das Festmahl

Madame Tienne stand mit auf ihrer Schürze gefalteten Händen im Licht des Feuers.

»Die Frau ist ins Dorf zurückgekehrt«, sagte sie.

Sie sprach von der angestellten Köchin. Gemeint war damit: Monsieur hat in den drei Tagen seiner Anwesenheit in dem Schloß gar so wenig gegessen, hat die für ihn vorbereiteten Mahlzeiten zurückgeschickt, und es hat kaum etwas von ihnen gefehlt, und außerdem hat er die Sitte des Dinierens vollständig ignoriert, als sei sie nie erfunden worden.

»Dann werden Sie sich wohl besser selbst darum kümmern, Madame.«

Wie schon einmal glühten die Funken in ihren Augen auf.

Christian saß bequem in dem Sessel, beobachtete sie, und in einer Hand hielt er das Cognac-Glas nachlässig geneigt – sein Eigentum, sowohl das Getränk als auch das Glas, und er konnte es ausgießen oder zerbrechen, wenn er das wollte. Seine Hand war jedoch völlig ruhig.

»Ist es Monsieur recht, wenn um neun Uhr gegessen wird? Es wäre sonst unmöglich, alles so vorzubereiten, wie Sie es wünschen.«

»Doch, das ist mir recht. Damit bleiben wir noch zwei Stunden, nicht wahr, in denen ich mir das Schloß ansehen kann. Ich habe noch nichts davon gesehen. Könnten Sie mir vielleicht die Schlüssel geben? Und schicken Sie Renzo mit einer Öllampe her. Soviel ich weiß, ist das Gas nicht in alle Räume verlegt.«

Ihr Gesicht, eine glatte, geschälte Mandel, die dünnen Lippen, die aussahen, als seien sie aufgetragen, die Augen, nun unbeweglich und scheinbar aus Serpentin bestehend – nichts änderte sich. Sie sah aus, als sei sie einbalsamiert.

»Teile des Schlosses sind sehr alt, Monsieur. Es gibt da enge Treppen, Gänge, und der alte Hof ist in schlechtem Erhaltungszustand. Selbst mit einer Lampe ist es nachts nicht sicher.«

»Ein unsicherer Abend. Hat Sarette Ihnen nichts von meinem Abenteuer mit dem Hund erzählt?«

»Doch, Monsieur.«

»Meinen Sie, ich sollte Anzeige erstatten, Madame?«

»Es wäre schwierig, Monsieur, es dem Besitzer nachzuweisen. Es gibt in der Gegend hier drei oder vier Bauernhöfe, die aus dem Wald herausgerodet worden sind. Sie haben alle Hunde.«

»Also gut«, sagte Christian. Er lächelte ihr mit dem brillanten, rasiermesserscharfen Charme zu, der ihn ebenso sehr erregte wie die, für die er ihn einsetzte, wenn er ihn gebrauchte. »Außerhalb der Schloßtore habe ich keine Befugnisse. Hier drinnen werden Sie aber das tun, was ich verlange, nicht wahr, Madame? Das Essen soll in der großen Halle serviert werden. Renzo soll mit der Lampe herkommen. Die Schlüssel.«

»Sehr wohl, Monsieur.« (Bei *mir* erreichst du mit deinem Charme nichts, Monsieur.)

Er stand auf und nahm ihr den Schlüsselring aus der Hand, nachdem sie ihn gelöst hatte. Nachdem sie gegangen war, drehte er sich langsam um und betrachtete das Zimmer, als hätte er es noch nie vorher gesehen. Vielleicht war das auch so. Alles schien leicht verändert. Seine Reaktion auf den Wald war verflogen; nur die Woge von Leben in ihm blieb: Hunger, Durst, die wachsame Neugier einer Person, die er einmal gewesen war, nun aber nicht mehr.

Wer bist du eigentlich wirklich?

Er schaute zu einem der Spiegel hinüber, der aus seinem vergoldeten Rahmen zu ihm zurücksah und ihm sich selbst vorführte. Wie immer hatte sie ihn fasziniert, diese schlanke, leuchtende Hülle aus Fleisch. Er ging langsam zu dem Spiegel. Er war von sich selbst fast verwirrt, aber in diesem Augenblick nicht verärgert. Wie seltsam er war, wie seltsam, in diesem Mantel aus Zellen zu leben! In dem Wunsch, durch das Medium Glas mit sich selbst in Verbindung zu treten, legte er seine ausgebreitete Handfläche an die Handfläche des Spiegelbilds. Und wie eigenartig die Krankheit war, die, während sie ihn tötete, alle Unreinheiten aus seiner Haut und seinem Haar zu verbannen schien und ihm einen Glanz verlieh, der an den Hochglanz von schönem Emaille oder Satin erinnerte. Und die klaren Augen, die wie zwei selbständige Lebewesen in seinem Kopf Wohnung bezogen hatten. Er lehnte seine Stirn an die Stirn in dem Spiegel, wie er das als Kind manchmal getan hatte. In dieser Stellung prüfte er mit seinem geistigen Auge noch einmal Hamels Brief und den eingebildeten Absatz darin, und er konstatierte, daß er ihm gleichgültig geworden war. Und als er an das Tier dachte, das hart und schwer auf ihm gelegen hatte, war er weder bestürzt, noch erstaunt darüber, daß der Stachel der Sexualität in ihm hochstieg wie Wasser in einem Krug.

Nach ungefähr einer Minute hörte er, wie Renzo hinter ihm in das Zimmer kam, und etwas Neues zuckte über den Spiegel – das Licht der Öllampe.

Christian drehte sich um und ließ sich von der Lampe das Gesicht mit Gold überspülen.

Der junge Mann wich seinem Blick aus.

»Soll ich mit Ihnen gehen, Monsieur?«

»Nein.«

Nein. Auch dieses Festmahl sollte ohne Begleitung verschlungen werden. Vorher hatte er keine Lust gehabt, etwas davon zu essen oder es auch nur anzusehen. Es war ihm gleich gewesen. Und was hatte nun seine Meinung geändert? Der lange Kopf über seinem eigenen, die beiden Hände voller Sehnen und Haare, die er gepackt hatte?

Er trug die Öllampe mit einer Hand und das randvolle Glas mit der anderen. Hamels komplizierter Plan des Schlosses, Christians Passierschein in seine alternativen Bereiche, starrte aus seiner Westentasche, wurde ab und zu herausgezogen und konsultiert und dann wieder wie eine dünne Platte zurückgesteckt.

Überall auf diesen Plan waren historische Daten gekritzelt worden, aber Daten interessierten Christian nicht, und auch eigentlich kein bestimmter einzelner Teil des Komplexes. Worauf er traf, was er durchschritt, blieb eine Mischung. Die Bestandteile dieser Mischung waren riesige, höhlenartige Räume voller Möbel, die unter ihren Staubschutzdecken jeglicher Persönlichkeit beraubt worden waren und geschnitzte Balken über dem Kopf, die in dem tiefen Wasser ihrer Höhe versenkt waren. Die älteren Teile des Schlosses führten stufenweise in die Vergangenheit zurück. Die Türme, Anbauten aus Stein und zerfallenem Lehm. Schmale Fenster, in ihren Rahmen lebendig begraben. Auf einem Fensterbrett lagen die Knochen eines kleinen Vogels, der irgendwann einmal von einem Windstoß hereingeweht worden war, nicht mehr den Weg hinaus hatte finden können, und sich dann an dem dicken Glas des Fensters zu Tode gestoßen hatte. Strikke von Spinnweben, Spitzen aus Wachs baumelten an den spinnenähnlichen Kronleuchtern, die an Seilen von dem Dach herabhingen. Gewundene Treppen führten in die dunklen Höllen der Kellergewölbe und endeten an kahlen Wänden, wo alte Gänge zusammengestürzt und verputze Räume zugewachsen waren.

Selbst da, wo die Auflösung nicht offensichtlich war, herrschte eine Atmosphäre der Vernachlässigung, denn das Schloß war oft vernachlässigt worden – ganz abgeschlossen, oder, wenn offen, von dem reduzierten Personal ignoriert, seine Tiefen unberührt von Stimmen oder menschlichem Besuch.

Von einer Reihe von Fenstern aus fand er sich in der Lage, in den alten Hof zu sehen. Er war weit kleiner als der Hof unter der Küche und lag wie eine Zisterne aus Dunkelheit am Fuß von vier Steinmauern. Durch die hinterste von ihnen führte ein schmiedeeisernes Tor, das von Schlingpflanzen verschlossen war, in eine weitere geisterhafte Ecke des Gartens mit den beschnittenen Pflanzen, dessen bucklig verzerrte Eiben gerade noch auszumachen waren. Ein uralter Brunnen beherrschte den Mittelpunkt des Hofs. Auf seinem breiten Rand und dem großen Rost daneben waren früher einmal die Eimer und Töpfe aufgereiht gewesen. Der Brunnen war aber schon seit langem nicht mehr in Gebrauch, denn die Quelle darunter war durch die Tanks des Hauses umgeleitet worden. Diese Konstruktion war in der Zeit seines Großvaters beschlossen und durchgeführt worden.

Als Christian in den Hof herabsah, verspürte er ein leises Bedürfnis, ihn zu betreten, obwohl er sich weder mit seiner Vergangenheit noch mit seiner Gegenwart verbunden fühlte. Eigentlich wäre es leicht, einen Ausgang zu finden und einen der Schlüssel in dem Schloß herumzureißen. Er spielte eine Zeitlang mit dieser Vorstellung, stellte sich vor, wie er in dem Hof herumging, die Schlingpflanzen abriß und durch das eiserne Tor in diesen geheimnisvollen und unbesuchten Garten ging, in dem er letzte Nacht Sylvie wie eine seltsame weiße Krähe hatte herumflattern sehen. Und der Hund, der Hund aus dem Wald, der durch die weitgeöffneten Tore des Schloßgeländes hereingetrabt kam, über die schwarzen Bilder des Geländes, seine grünen Augen vor ihm her –

Ja, der Gedanke an den Hund stimulierte ihn. Der Hund, der plötzlicher Tod war oder sein könnte. War es die gleiche seltsame Lust, die das Mädchen angetrieben hatte?

Der goldene Cognac brachte ihn dazu, sich mit feierlicher Zärtlichkeit zu überlegen, ob der Hund oder sogar der Tod real waren. Kurz darauf riß er seinen Blick von dem Hof los, und nachdem er noch einmal Hamels Plan zu Rate gezogen hatte, machte er sich wieder auf den verschlungenen Weg, zurück in die bewohnten Bereiche des Schlosses.

Er gestand sich ein, daß ihm sein Erkundungsgang nichts über die Eigentumsverhältnisse, seine Vorfahren oder jene vieldiskutierten Wurzeln verraten hatte. Er konnte sich daran erinnern, daß er das Schloß einmal erwähnt hatte, viele Jahre bevor er auch nur daran gedacht hatte, es sich anzusehen, und daß er von seinem Großvater gesprochen hatte –

»Mein Großvater« – als sei er eine irrelevante historische Persönlichkeit, die mit ihm selbst nicht das geringste zu tun hatte. Ihn hatte er natürlich auch nie gesehen. Und nun waren da seine Gefühle für das Haus, denn auch das Haus war wie der Wald – Dickichte aus Holz, schluchtartige Treppen, Balken wie Äste, Decken aus bedecktem Nachthimmel. Wenn er zu den Teilen des Hauses zurückkehrte, die erschlossen waren – gerodet und gezähmt – so war das, als kehrte er zu einem Lagerfeuer mitten im Wald zurück. Geschützt von dem Feuer des Cognacs und der Lampe konnte der Fremde nachweisbar die Stelle ohne Gefahr passieren, denn diesesmal war ihm nichts gefolgt. Sicherheit und Bequemlichkeit waren aber nicht mehr als eine Illusion.

Es spielte also keine Rolle, daß er noch immer nicht wußte, ob der Graben Wasser enthielt, und daß ihm die Strukturen der Verhältnisse im Haus und draußen, die landschaftlichen Merkmale und Geheimnisse unbekannt waren.

Als er durch einen der wurmähnlichen Gänge wieder vom Archaischen ins Moderne trat, kam er am Eingang zu dem Musikzimmer vorbei und zögerte. Ein im Wald gestrandetes Klavier; Melodien, die wie Schrotkugeln die Schatten zwischen ihren Augen trafen. Er war jedoch von einem gierigen Hunger besessen, dem wahnsinnigen Hunger, der ihn manchmal überkam. Er ging weiter.

In der großen Suite brannten Feuer in allen Kaminen und winkten ihm von ihrem Rost her zu. Als er zwischen den ballerina-ähnlichen Verrenkungen der Geländer der großen Treppe hinabging, sah er, daß auch in den beiden riesigen Kaminen der Halle Feuer glühten. Ihr Licht spielte über den roten Mahagoni-Tisch mit seinem Gedeck aus Kristall und Silber, warf Flecken auf die Kronleuchter und traf das runde Fenster mit dem bunten Glas weit oben, fand und fand es immer wieder mit einem singenden Strahl von einem fast unerträglichen Blau.

Renzo kümmerte sich bereits nervös um den Wein. Madame hatte ihm zweifellos ihre Anweisungen erteilt.

Prompt mit dem Schlag der Uhr wurden um neun die Gerichte hereingetragen.

Christian hatte sich gefragt, was La Tienne wohl zuwege bringen würde; sie stand unter Druck und hatte nur das Mädchen als Hilfe. Es sah jedoch so aus, als seien schon gewisse Vorbereitungen getroffen worden, bevor die unsichtbare Köchin weggeschickt worden war. Eine Suppe und Pâté, ein Ragout, ein Brathähnchen und ein Braten, beide mit drei oder vier Beilagen, eine Marmorpyramide mit verschiedenen Käsesorten, Marzipan und kalte grüne Früchte, die – außerhalb der Saison – importiert worden waren.

Es war mehr, als selbst sein Hunger bewältigen konnte; ein Gemisch von Düften und Geschmäcken. Gerichte, die einfach herzlos und unästhetisch verschlungen wurden.

Er aß wie ein zehn- oder elfjähriger Junge, der den ganzen Tag ohne Nahrung auf der Straße seiner Kindheit gerannt und geritten war, geboxt und gerauft hatte. Wenn sein Appetit einmal erwachte, stellte er sich ihm in dieser Form dar.

Renzo kam und ging mit dem Wein, oder er brachte als Ersatzmann Gerichte mit. Auch Sylvie erschien mit Gerichten, stellte sie zwischen die Kerzen und Kristallgläser, und die Bewegungen ihrer Hände, das Beugen und Aufrichten ihres schlangenähnlichen Halses, begann Christian zu hypnotisieren.

Als der Hunger gestillt war, beobachtete er sie immer mehr, wie sie umherschlich, denn ihr Gang glich wirklich einem Schleichen. Er beobachtete ihren Hals, ihre Finger, die wechselnden Ebenen ihres Gesichts und die grobe Wurst ihres Haares, über das das Licht glitt, als sei es naß. Der Hund war etwas, das sie miteinander teilten, dieser Bauerntrampel und er. Er hatte von ihr etwas über den Hund hören wollen.

Jede Bewegung ihres Körpers, der nicht besonders grazil war, wurde zur Provokation, weil sie eine Andeutung auf diese geheime Beziehung darstellte. Sie war wie eine zum Leben erweckte Puppe, hinter der sich ein Tier verbarg, das geschickt auswich, sich immer gerade noch außer Reichweite hielt, aber trotzdem immer kurz davorstand, sich zu zeigen. Irgend etwas daran rief ihm den Traum ins Gedächtnis zurück, den er am ersten Tag in dem Salon gehabt hatte. Das blonde Mädchen, das ihre Arme schützend vor ihrer Kehle verschränkt hielt. Irgend etwas an dieser Erinnerung war auf eine perverse Weise erotisch. Genau wie Sylvie.

Zwei leere Weinflaschen waren weggebracht worden, und der Cognac war wieder da.

Zu solchen Zeiten kannte er sich selbst nicht wirklich. Das war das Schöne an ihnen.

Madame war nicht wieder aufgetaucht, und Renzo war hinausgeeilt. Das Mädchen lehnte sich vor, um eine sterbende Kerze in dem silbernen Halter zu erneuern. Ihre Lippen waren leicht geöffnet, als wolle sie den wächsernen Rauch einatmen.

»Sylvie.«

Sie richtete sich auf und sah starr ins Leere.

»Drehen Sie sich zu mir um, Sylvie.«

Sie gehorchte langsam. Noch langsamer hob sich ihr Blick zu seinem Gesicht hoch. Halbmond-Augen, denn die Lider hingen schwer herab, als sei sie müde. Sie erinnerten ihn unverkennbar an die weißen Lider des jungen Mannes im Wald, des de Lagenay. Christian überlegte, ob sie ihn bewußt provozieren wollte; die Neigung ihres Kopfs, ihre geöffneten Lippen, der schläfrige Blick.

Er deutete auf die Karaffe mit Cognac. »Sehen Sie das?«

»Ja, Monsieur.«

»In einer Viertelstunde«, sagte er, »bringen Sie das in das Schlafzimmer in der großen Suite.«

Es folgte eine Pause.

»Ich nehme an, Sie haben mich gehört«, sagte er.

»Ja, Monsieur.«

Er ging in das Musikzimmer und ließ dabei alle Türen, durch die er kam, offen, ging zu dem Vampir dort, fuhr mit einer

Hand über seinen tierischen schwarzen Panzer und mit der anderen über seine knochenfarbigen Tasten.

Er war bei weitem nicht betrunken. Er setzte sich und begann, Donnerkeile von Liszt von dem Klavier aus durch den Raum zu schleudern, in den dunklen Korridor draußen, helle Splitter, gnadenlose Arpeggios, Musik, die nur bei Hunger verzehrt werden konnte, wie das auch bei dem festlichen Mahl gewesen war. Und als diese Feuerwerkskörper, nachdem sie in Lichter und Geräusche explodiert waren, zu Boden fielen, griff er in tödlicher, wonnevoller Ironie auf Chopin zurück. Die Verzweiflung des vierundzwanzigsten Präludiums drängte sich durch die Mauern. Er konnte fühlen, wie seine Gerüchte und sein Getuschel zwischen jeden Stein gejagt wurde. Und bald ruhte der herrliche Schrecken des Todes über allem, die größte aller Ausschweifungen. Während er durch die letzten Atemzüge des Präludiums hochschwamm, stellte er sich das dumme, dickliche Mädchen vor, auf der Treppe, in dem Schalfzimmer, wie sie in ihrer Robe des Lebens selten, exotisch, magisch wurde.

Er schlug auf dem Klavier eine letzte Entwicklung an, eine Improvisation, als wolle er dem toten Chopin ins Gesicht schlagen. Der Vampir hatte diesem Mann schon vor langer Zeit das Blut ausgesogen. Dann stand er auf, ging von dem Instrument weg, aus dem Zimmer heraus und durch den Korridor in die große Suite.

Das Gas brannte niedrig in dem Schlafzimmer.

Sylvie stand neben dem kleinen Tisch, auf dem sie die Karaffe und das Glas abgestellt hatte. Das Licht vom Kaminfeuer betastete seine Facetten; das Mädchen betastete es weniger wählerisch. Trotzdem war sie idealisiert, wie eines jener flämischen Gemälde, in denen weibliche Haut in das Licht von Feuer oder Lampe oder Kerze getaucht wird, und die ewig an den Wänden des Hotels seines Vaters gehangen hatten. Auch ihre Augen besaßen das gleiche polierte Aussehen. Offensichtlich standen keine Tränen mehr in ihnen, und auch ihre Handgelenke oder Gliedmaßen zitterten nicht mehr.

Er ging zu der Karaffe und füllte das Glas. Sie reagierte nicht auf seine Nähe oder seine Handlungen.

»Hast du das mit dem Hund der de Lagenays gehört?« fragte er. Keine Antwort. »Der mich angegriffen hat«, fügte er hinzu: Ihre Lider bewegten sich. »Tue ich dir nicht leid?« sagte er. Er streckte eine Hand aus und zog ihr Gesicht herum. »Tut es dir nicht leid, zu hören, daß ich von dem Hund angegriffen worden bin?«

Sie starrte unverwandt auf den Boden und sagte deutlich: »Nein, Monsieur.«

Er schob ihr den Kopf sanft wieder in die ursprüngliche Position und trank aus dem Glas.

»Eigentlich sollte ich dir leidtun. In einigen Monaten, wenn du mit einem der Bauern hier gemütlich verheiratet bist oder in der Stadt rosa Strümpfe trägst, werde ich tot sein.«

Sie lachte. Es war ein kurzes, abgehacktes Bellen von Spott, und es interessierte ihn. Er nahm ihre Hand und gab ihr das Glas mit Cognac.

»Trink das.«

»Es macht auch keinen Unterschied, wenn Sie mich betrunken machen«, sagte sie. Sie hob jedoch den Cognac hoch und trank ihn. Wahrscheinlich bedienten sie sich alle schon seit Jahren aus dem Keller.

»Sie haben doch zu mir gesagt«, begann sie dann, »es wäre nicht nötig. Sie würden es von mir nicht verlangen.«

»Ich habe meine Meinung geändert. Ich verlange es doch.«

Sie lächelte in einer Art Zorn noch immer ins Nichts und sagte: »Ihr Blut verlangt es.« Sie goß sich einen zweiten, sehr großen Cognac ein und kippte ihn hinunter wie Milch.

9. KAPITEL

Die Verführung

Das gefiel ihm. Er wußte nichts damit anzufangen, eine Art Spiel. Im allgemeinen kamen die Frauen bereitwillig zu ihm und sagten kultivierte und theatralische Dinge. Diese aber war schlüpfrig, wich ihm aus und rückte ständig näher, trank seinen ausgezeichneten Cognac wie Medizin gegen ihn. Sklavisch und ablehnend. Elektrisch.

»Laß dein Haar herunter«, sagte er und ging ungefähr einen halben Meter zurück, um sie zu beobachten, und als sie begann, ihm zu gehorchen, ihr hartes, alltägliches Gesicht voller dumpfer Ablehnung, fand jede ihrer Bewegungen mit den Fingern, den Armen und dem Körper ihr Echo in seinem eigenen Körper.

Ihr Haar lockerte sich in einem zischenden Strom; er hörte das statische Knistern, als die letzte Nadel gelöst wurde. Dann öffnete sie, ohne darum gebeten zu sein, ihr Dienstmädchen-Kleid, wand sich aus ihm heraus und begann dann, die phantasielosen Unterkleider darunter, Schicht um Schicht ablösend, auszuziehen. Die Vorführung war jedoch rein funktional, nur etwas, das getan werden mußte. Das häßliche Korsett hatte die üblichen Streifen in ihrem Fleisch hinterlassen, aber im Gegensatz zu anderen Frauen, die ihrem Schaum aus Spitzen und Bändern entstiegen, präsentierte sie ihm sogar noch diese Abdrücke mit einer nüchternen Unverschämtheit.

Nackt zeigte sie das schwere Weiß von Quark. Das Feuer leckte über sie, nippte an ihr und beschrieb sie ihm immer wieder. Er war in einer ungeheuren, pochenden Lethargie gefangen, unfähig, sich zu bewegen, hypnotisiert. Er brauchte ihr nicht zu sagen, sie solle zu ihm kommen, denn sie begann, die kurze Entfernung zu ihm zu überbrücken. Als sie an dem Spiegel des Ankleidetischs vorbeikam, war sie für einen kurzen Augenblick verdoppelt. Nun sah sie ihn an. Nun lächelte sie. Sie kam auf ihn zu, als wolle sie ihn mit dem undurchsichtigen Leuchten ihres Körpers, der Myrrhe ihrer Haare und den Schatten von dem reflektierten Feuer, die wie Blätter an ihr auf und ab tanzten, verletzen.

»Du möchtest mich haben«, sagte sie. »Soll ich nett zu dir sein und es dir geben?«

Es waren die gleichen Worte, die sie zu dem Hund gesagt hatte. Ein plötzlich aufwallendes Gefühl von Freude stieg fast unerträglich in ihm hoch. Ihre Hände griffen zuerst nach ihm, und ihre erste Berührung informierte ihn, daß sie genug wußte, um ihre vorherigen Ablehnungen Lügen zu strafen. Seine eigenen Hände wurden von ihr gefüllt. Der seltsame Kampf darum hatte begonnen, mit Gewalt oder Verschmelzung durch die Atome des anderen einen Weg hinein zu finden.

Als er in sie eindrang, lag sie unter ihm auf dem Teppich ausgebreitet, hatte den Kopf zurückgeworfen, schrie bereits wortlos und zog mit ihren Armen an ihm, um ihn zu sich herab auf sie zu zerren.

Am Anfang riß ihn ihre Heftigkeit mit, das Hochdrängen ihrer Lenden, die beiden besessenen Arme, die ihn hielten und nach ihm packten, ihr Gesicht, das auf der Unterlage ihrer Haare hin und her rollte. Das Verlangen hatte sie scheußlich gemacht, und damit schön. Als sei sie von Teufeln besessen. Am Anfang grub ihn jeder Stoß, jede Kollision von Bewegungen tiefer und tiefer in den Boden ihres Körpers, näher und näher an die Folge von Augenblicken, wenn jegliche Vernunft aussetzt.

Und dann begann wie eine unaufhaltsame Flut die Vernunft zurückzukehren. Sie kam in niedrigen, eisigen Wellen, überflutete ihn aus dem Boden, dem Gefühl des Teppichs, ihrem Fleisch, dem Donnern seines eigenen Pulsschlags, der plötzlich wie eine zerbrochene Uhr zu stocken begann. Er bemerkte, daß er sie beobachtete, wie sie sich unter ihm wand und kreischte. Er prüfte sie und schätzte innerlich die langen

Krämpfe ein: er sezierte sie. Unbeteiligt. Ein Wissenschaftler. Sein Experiment: Sylvie, die zu Tode gequält wurde.

Als sie abrupt ruhig und betäubt dalag, fand er sich auf dem Wellenkamm von nichts. Seine Wirbelsäule war noch immer albern gekrümmt, um eine Ekstase zu erleben, die nicht mehr glaubhaft oder erreichbar war.

Eine gerechte Bestrafung. Ein lokaler Fluch.

Es war recht unterhaltsam.

Er lag mit dem Gesicht nach unten, die Wärme des Feuers auf seinen Schultern nahm zu und wieder ab, und er registrierte, wie sie wortlos aufstand und sich anzog.

Ja. Ein Witz. Der Seigneur gierig und das Mädchen widerwillig, eine Vergewaltigung, die damit endete, daß das Mädchen befriedigt und der Mann von seinem eigenen Körper betrogen war. Die Kulmination der Reihe von Festen – des Schreckens, des Essens, der Musik – das Fest der Lust – ein umgestürzter Turm. Vielleicht würde er ihm jetzt immer den Dienst versagen, die letzte fiebrige Forderung seiner Krankheit. Vielleicht hatte der dunkle Wald ihn mit dem Fluch der Impotenz belegt. Immer Sehnsucht, nie Erfüllung. Wie in einer geheimnisvollen Geschichte.

Er hörte, wie die Tür leise zuschlug. Er stellte sich ihr Gesicht vor, aus dem die Krämpfe jeden Ausdruck, fast noch die Züge herausgewaschen hatten. Er schlief auf dem Boden ein, an seine muskulöse Unnachgiebigkeit gepreßt.

In dem Traum war es Annelise, die sich an ihn klammerte, ihre Unterröcke zwischen ihnen zusammengedrückt; sie hatten es zu eilig gehabt, um sich die Zeit zum Ausziehen zu lassen. Und als er sich blind vorwärts schob, als wolle er die Knochen ihres Beckens brechen, schrie auch sie immer wieder, aber ihre Schreie waren weit entfernt, draußen in einem gefrorenen Garten unter den schrillen Wintersternen.

Am Morgen kam Renzo nicht mit dem heißen Wasser für das Bad herauf. Kein Tablett mit Hörnchen, Marmelade und Kaffee kam. Das elegante Hotel war außer Takt geraten.

Der Himmel war gegen das Fenster geschwollen. Zum Land hin waren die Entfernungen grau; der Rand des Waldes glomm. Kein Zweig der Eiben bewegte sich, nicht die leiseste Andeutung von Wind oder Geräuschen. Sarette patroullierte hutlos um den Rand des alten Turms und verschwand in militärischer Haltung zwischen den schwarzen, sich öffnenden Hügeln des Gartens mit den geschnittenen Hecken.

Das Klopfen von Madames Ahorn-Knöcheln an der Wohnzimmertür war unverkennbar. Christian ging zu der Tür, öffnete sie, stand da und sah sie an. Er war unter dem Samt-Bademantel nackt, aber sie war vielleicht unter all ihren Kleidern nicht nackt.

»Verzeihen Sie mir, Monsieur, daß ich Sie störe. Ich habe mir die Freiheit erlaubt, Monsieur, Doktor Claut holen zu lassen. Sarette wird mit dem Wagen hinfahren. Es hat – Schwierigkeiten gegeben.«

»Welche Schwierigkeiten?«

»Das sehen Sie sich besser selbst an, Monsieur.«

Sie trat zur Seite, und er ging in den Gang hinaus. Sie folgte ihm bis zur Treppe und bedrängte ihn dabei, ohne ihn zu berühren. Als er zögerte und in die Halle hinabsah, kam sie zu ihm und deutete, damit er das Bündel nicht übersah, das auf dem langen Tisch lag, an dem er gestern abend diniert hatte.

»Was ist das?«

»Es hat eine Art schrecklichen Unfall gegeben, Monsieur.«

Er ging die Treppen hinunter, und Madame kam direkt hinter ihm her. Mit jeder Stufe hörte er Annelise in Ekstase schreien. Er dachte an die weitverbreitete Anekdote von dem Kind, das solche Schreie aus dem elterlichen Bett voller Entsetzen aufwachen ließen, diese Geräusche der Lust, die mit denen des Schmerzes identisch sind.

Das Bündel auf dem Tisch war trüb weiß. Vielleicht ein Bettuch, das hastig aus einem der Leinenschränke geholt worden war. Die Konturen waren undeutlich.

Christian war sich klar darüber, daß die Frau hinter ihm es

erwartete, daß er das Tuch inspizierte. Auf der untersten Stufe blieb er stehen.

»Schauen Sie es sich bitte an, Monsieur!«

Annelise, die rhythmisch in irgendeinem Garten schrie.

»Meinen Sie das Tuch?«

»Ja, Monsieur.«

»Sagen Sie mir, was darunter ist?«

»Ich würde es lieber sehen, wenn Sie sich selbst überzeugen würden.«

Er trat von der untersten Stufe herab. Er ging mit grimmigem, entschlossenem Schritt auf das Bündel zu und streckte bereits seine Hand aus, um die Falten auseinanderzuziehen. Er hatte schon vorher Blut gesehen, eines Tages im Konservatorium. Es hatte an einem heißen Sommertag Streit gegeben, und als er voller Wut Klavier spielte, hatte der Husten, der ihn zu plagen begonnen hatte, ohne jegliche Warnung den Fächer der Tasten rot übersprüht. Er hatte es damals nicht glauben können, sich vorgelehnt und mit an den Mund gepreßtem Taschentuch das Blut berührt. Der metallische Geschmack, aber kaum Schmerzen, hatten diese Enthüllung begleitet; es war so leicht, daß er es kaum bemerkt hätte.

Christian zog die Falten des Tuchs auseinander.

Ein flüssiges Leuchten schlug zu ihm hoch, das blaue Licht durch das Fenster mit dem bunten Glas, das auf vornehmen Silbertellern blitzte.

Er fuhr herum, und Madame sagte zu ihm: »Sylvie, Monsieur. Ich fürchte, ihr ist die Idee gekommen, mit diesen Tellern und Schalen wegzulaufen, und mit allem, was sie in der Nacht finden konnte, ohne Lärm zu machen.«

»Eine Diebin?« sagte er.

Sylvie, die sich wand, während sein eigenes Fleisch schlaff wurde. Sylvie, die Diebin oder die Hure.

»Bedauerlich, Monsieur. Ein lächerlicher Plan. Wohin hätte sie es denn schaffen können …? Sie ist aber natürlich nicht viel weiter als bis zu dem Hof unter der Küche gekommen. Das ist eine schreckliche Angelegenheit, Monsieur. Das Tier muß gefunden und erschossen werden.«

»Das Tier?«

»Der tolle Hund, Monsieur.«

Die Luft schob sich kalt gegen Christian, und er drehte sich um, diesesmal zu der offenen Tür, die auf die Terrasse führte.

Renzo stand in der Tür. Er hielt stolz einen von Sylvies Schuhen in der Hand.

»Sarette hat ihn gefunden«, sagte er. »Unter den Bäumen.«

»Geh in die Küche zurück«, sagte Madame brüsk. Sie glitt auf Renzo zu. »Wie konntest du es wagen, durch diese Tür hereinzukommen!«

»Entschuldigung, Madame.«

Er umklammerte den Schuh, an dem noch Fäden eines zerrissenen Strumpfs hingen. Von dem Leder und seiner umklammernden Hand brachen große Flocken von verkrustetem, getrocknetem Blut ab und fielen wie ein Schauer auf die Platten des Bodens.

2. Teil

Verlorene Kinder

10. KAPITEL

Das Begräbnis

Wie das manchmal geschah, hatte sich ein Student am Konservatorium das Leben genommen, und man hatte Christian gebeten, an dem Begräbnis teilzunehmen, obwohl er den Selbstmörder kaum gekannt hatte. Als er da in dem Frühlingsregen gestanden hatte, die modischen schwarzen Pferde mit ihren Federn auf einer Seite, überall die dampfenden und triefenden Regenschirme, hatte er sich feierlich geschworen, daß das nächste Begräbnis, an dem er teilnehmen würde, sein eigenes wäre. Es war ein Scherz gewesen, der ein äußerst unglückliches Ende finden sollte; eine Prophezeiung. Und doch war er nun wieder hier und folgte einem zweiten Sarg, der nicht sein eigener war, zu seinem Loch in der Erde. Es regnete allerdings nicht. Es war wieder ein trockener, öder Wintertag mit tiefhängendem Himmel und abrupt aufkommenden Winden. Die Trauergesellschaft hatte auch nichts Modisches an sich, und er war nicht dazu eingeladen worden, obwohl er der Seigneur war.

Er hatte vorgehabt, das Schloß sofort zu verlassen. Er hatte sich entschlossen, es diesesmal wirklich zu tun. Der Arzt – ungesehen wie die Köchin – war dagewesen und wieder weggegangen. Das Gesetz war nicht vertreten. Einige Männer waren zwar beim Kücheneingang eingetroffen und die Stufen vom Hof hochgestiegen; er hatte sie jedoch nur für Träger gehalten, denn sie hatten einen Karren und einen hölzernen Sarg mitgebracht. Dann aber hatte eine zufällige Bemerkung von Renzo in seiner wichtigtuerischen Hysterie, die Christian hinter einer Tür gehört hatte, enthüllt, daß zwei der Männer Verwandte der Leiche waren. Es schockierte Christian, erst so spät davon zu erfahren, daß sie einen Vater und einen Bruder gehabt hatte, die im Dorf wohnten. Wie viele der Kinder war sie in die Stadt auf die Schule geschickt worden. Danach war sie wieder nach Hause gekommen, war aber dann ins Schloß geschickt worden. Der Trunkenbold hatte sich aus seinem Haus herausgetrunken. Der neue Besitzer war angekommen. Sylvie war sechzehn gewesen, als sie unter ihm auf dem Teppich gelegen hatte. Sechzehn, als die Reißzähne der Bestie sich in ihrer Kehle geschlossen hatten. Kurz darauf war Sarette in militärischer Haltung wie eine Taube hereinstolziert und hatte sich bei Christian im Namen ihrer Verwandten dafür bedankt, daß sie ihre Überreste hatten abholen dürfen. Sie waren offensichtlich zu ängstlich, um selbst herzukommen.

Nachdem die Leiche weggefahren worden war, kam das große Haus in völliger Gleichgültigkeit zur Ruhe, als würde es sich auf einem Sofa niederlassen.

»Wann soll das Begräbnis stattfinden?« wollte Christian von Sarette wissen.

»Morgen, Monsieur.«

»Ist das üblich – so schnell?«

»Manchmal.«

Wahrscheinlich war nur noch sehr wenig übrig, um in den Sarg gelegt werden zu können. Christian hatte Renzos Geplapper gehört, obwohl er die Leiche selbst nicht gesehen hatte. Außer natürlich vor seinem geistigen Auge, und das hatte ausgereicht, um ihn sich übergeben zu lassen. In einem solchen Ort gab es sicher keinen Leichenbestatter, niemand, der hätte reparieren oder etwas ersetzen können. Der Sarg würde zubleiben und hastig begraben werden, damit ihn niemand mehr sah. Wahrscheinlich würde die Vertretung des Gesetzes, die für die Gegend hier zuständig war, über ihren Tod informiert werden. Irgendein Beamter in der Stadt würde die Sache dann untersuchen und zu den Akten legen, denn wer wollte schon die Mühe auf sich nehmen, für eine Untersuchung in einen solchen Ort zu reisen? Clauts Verdikt, wie es auch ausgesehen haben mochte, würde für ausreichend gehalten werden. Vielleicht würde die Angelegenheit auch für eine spätere Prüfung abgelegt und dann vergessen werden, weil das für alle am bequemsten war.

»Was wollen ihr Vater und ihr Bruder denn jetzt unternehmen?« fragte Christian.

»Unternehmen, Monsieur?«

»In der Sache mit diesem verdammten Hund.«

»Was können sie denn schon tun, Monsieur?«

»Mein Gott«, sagte Christian. »Ist es hier denn so schlimm? Das elende Vieh erschießen lassen, bevor es zu spät ist, natürlich.« Aber während er sprach, sah er Sylvie vor sich, wie sie in dem nächtlichen Fenster und durch den nächtlichen Garten getanzt war. Eine Verführerin. Was sonst? Irgend etwas ließ es ihm kalt den Rücken herunterlaufen, das gleiche, was in ihm den Ärger über die Apathie des Dorfs hatte aufsteigen lassen, das ihn überlegen ließ, ob er nicht noch etwas länger bleiben sollte. Vielleicht seine *Schuld.*

»Diese de Lagenays«, sagte Christian, »müssen festgenommen und vor ein Gericht gestellt werden. Wenn nicht hier, dann in der Stadt. Und die beiden Hunde müssen getötet werden. Sie könnten Tollwut haben. Herrgott nochmal.«

»Ja, Monsieur.« Sarette stand höflich da und sagte dann: »Brauchen Sie den Wagen, Monsieur Dorse?«

»Morgen, wenn ich zu dem Begräbnis fahre«, sagte Christian.

Sarette reagierte. Etwas wie ein Gesicht schimmerte durch seine Pose. Ein mürrisches, störrisches Gesicht.

»Ich glaube nicht, daß Ihnen das gefallen würde, Monsieur. Unkultivierte Leute, Monsieur.«

»Ich weiß. Der Styx.«

Hier draußen im Styx, hatte der junge Mann unter der Schierlingstanne zu Christian gesagt, *hört man Rachmaninov selten so kraftvoll gespielt.*

»Und wie sie solche Feiern durchführen –«

»Wahrscheinlich schneiden sie einem Huhn die Kehle durch und lassen das Blut auf das Grab laufen.«

»Nicht ganz. Aber – Sie sind ein Fremder.«

»Und deshalb bin ich unter Umständen nicht willkommen, was? Sicher nicht. Das haben sie mir gestern überdeutlich demonstriert. Mit Ihrer Unterstützung. Dieser Steinhaufen hier gehört aber mir. Wenn es sich der Seigneur in den Kopf setzt, das Begräbnis eines seiner Dienstboten durch seine Anwesenheit zu beehren, können sie mich ja wohl kaum daran hindern. Sehen Sie die Sache einmal so: die Leute sind mittelalterlich genug, um die Polizei nicht zuzuziehen. Damit bin ich das einzige Gesetz.«

Sarette machte ein skeptisches Gesicht, aber seine Augen waren wie eingefroren, als müßte er etwas zugeben, was ihm ganz und gar nicht paßte. Er kannte sich in dem Dorf aus, wenn er nicht sogar hier geboren war. Er war gegen Könige, die sich in die Werktagsriten ihrer Untertanen einmischten.

»Nun«, sagte er, »Ich würde meinen –«

Christian war blaß vor halb vorgetäuschter Wut, die er aufbaute, um seine eigene Unsicherheit entweder zu verstärken oder zu vertreiben. Er schlug heftig mit der Faust, um die er sich früher einmal mehr Gedanken gemacht hätte, auf einen Tisch, dessen Ornamente daraufhin angemessen klapperten und schwankten.

»Ich will kein Wort mehr von Ihnen hören. Sehen Sie zu, daß der Wagen morgen rechtzeitig bereitsteht. Wann ist das?«

»Das Begräbnis beginnt um elf Uhr, Monsieur.«

»Also zwanzig vor elf. Ach ja, Sarette –«

»Ja, Monsieur.«

»Wahrscheinlich gibt es in dem Riesenhaus hier irgendwo ein Gewehr. Ich erinnere mich zwar nicht daran, eines gesehen zu haben, aber vielleicht habe ich auch die richtige Tür verpaßt. Wenn eines oder mehr von den Gewehren funktionsfähig ist, bereiten Sie und Renzo zwei für mich vor. Und laden Sie sie.«

Sarette sah ihn an. Er war wirklich kein Freund.

»Es gibt Gewehre. Ich werde mich darum kümmern.«

Christian verzog sein Gesicht, als er sich von Sarette abwandte. Christian hatte trotz der energischen Bemühungen seines Vaters, ihm das beizubringen, noch nie in seinem Leben ein Gewehr benutzt. Blaugraue oder braune Vögel, die an einer Schnur baumelten, oder Rehe, die an roten Nähten aufgerissen waren, hatten ihn nicht dazu inspirieren können. Trotzdem konnte er, wenn er sich die Bestie vorstellte, die ihn in der Dunkelheit angesprungen hatte, und den warmen Druck ihres Körpers, den schlanken Stamm eines Gewehrs und die Erschütterung fühlen, wenn das Geschoß den Lauf verließ. Pervers, phallisch, rachedurstig, wie auch immer die Bilder sich darstellten, existierten sie nebeneinander. Und Sarettes feindseliges Gesicht, seine Abscheu, sein unsteter Blick zeigten, daß auch für den Chauffeur die Symbole auseinander entstanden.

Wo aber war die arme, verrückte Sylvie in diesem Morast von Impulsen? Wo war sie gewesen?

Die Glocke klang durch die trübe Luft als sie ankamen, aber Sarette war langsamer denn je gefahren, und sie hatten sich verspätet. Christian bedrängte den Fahrer nicht, er solle sich beeilen. In der letzten Minute hatte sich eine Angst über Christian gesenkt. Die Vorstellung von der muffigen, eiskalten Kirche, dem dampfenden Atem der Trauergäste, dem Ritual mit Erdkrumen und Weihrauch um die Wunde in der Erde herum erregte Abscheu in ihm.

Die Glocke hörte gerade auf zu klingen, als sie den Platz erreichten. Der Hintergrund war genau wie vorher, weiche Schwarz- und gedämpfte Weiß-Töne, aber diesesmal war der Platz belebt. Menschen drängten sich durch die offene Tür der Kirche herein.

Der Wagen hielt an, und Christian stieg aus und ging mit einer Vorahnung von Klaustrophobie auf die Kirche zu. Eine ungeheure Stille drang aus der Kirchentür. Als er eintrat und dabei das unausweichliche Gefühl hatte, eine Flüssigkeit schlösse sich über seinem Kopf zusammen, registrierte er die Menschenmasse drinnen, die offensichtlich ausnahmslos stand. Es schien, als habe sich das ganze Dorf versammelt, um sein verlorenes Kind zu feiern.

Die Fenster, die von außen keine Farben gezeigt hatten, liefen als scharfkantige Leitern nach unten. Die Farben waren jedoch süßlich, und die reichen Karmesin-, Smaragd- und Saphir-Töne, für die alte Glasfenster bekannt sind, fehlten deutlich. Diese Farbtöne stammten aus einer Zeit, in der das Geheimnis der Farben entweder verlorengegangen war oder nicht mehr benutzt wurde. Auch die Bilder waren ähnlich anämisch und verwirrt. Nur eines in der Nähe bildete eine Ausnahme. Es zeigte die Jungfrau Maria, von Schleiern umhüllt, die Arme von Lilien überquellend.

Trotz der Fenster war die Kirche düster, als sei sie tatsächlich mit Wasser gefüllt. Die Kerzen brannten als isolierte Perlen. Das ewige Licht schien sich wie die Buglampe eines sinkenden Schiffs immer weiter zu entfernen.

Er hatte einen flüchtigen Eindruck von dicken Steinsäulen und von einem Dach, das kurz davorstand, zusammenzubrechen und Pfeiler wie Menschen unter seiner Last zu begraben.

Da fast alle Besucher standen, mußten die Sitzplätze auf Bänken bechränkt und weiter vorne sein. Christian, der sich hinten hingestellt hatte, bereitete sich darauf vor, die Zeremonie stehend zu verbringen. Die Nähe des Ausgangs war ihm ein gewisser Trost dafür.

Die Tür hinter ihm wurde jedoch mit einem donnernden Krachen geschlossen, und eine Atmosphäre von noch tieferen Schatten hüllte die Kirche ein. Wer könnte aus einer solchen Falle entkommen?

Ein heller Fleck, der am Rand seines Gesichtsfelds schwamm, informierte ihn, daß sich ein Kopf umgedreht hatte, um ihn anzusehen. Als er hinsah, war nichts Besonderes daran. Es war wie ein Gesicht in einer Zeichnung, die nicht fertig war, nicht mehr als eine Andeutung von Licht und Schatten. Und dann begannen sich viele von diesen unfertigen Gesichtern wie auf einen telepathischen Befehl hin zu ihm umzudrehen. Wie Blätter, die vom Wind umgedreht werden und eine graue Unterseite zeigen. Blatt auf unfertigem Blatt.

Zunächst hatte ihn das Dorf ignoriert, und dann war es ihm ausgewichen. Nun wurde er angestarrt. Etwas packte in seinem Innern sein Herz oder seine Rippen. Vielleicht das unbestimmte Schuldgefühl. Er hatte das Mädchen vergewaltigt, und sie hatte, von obskuren Motiven angetrieben, Silber aus dem Haus gestohlen, war weggelaufen und war in der Nacht dem Tod begegnet. Es war in bestimmter, unsicherer Hinsicht seine Schuld. Der Blick der grauen, unfertigen Gesichter schien auf Wissen, sogar Verurteilung hinzudeuten. Die Tür würde sicherlich aufgehen. Sie war bestimmt nicht abgeschlossen.

Er rührte sich jedoch nicht, und nach einem Augenblick begann die Menge selbst, ihre Anordnung zu ändern. Er brauchte einige lange Sekunden, bis er begriff, daß sie ihm Platz machten und ihm einen Weg öffneten. Er wollte ihn natürlich nicht benutzen, aber das schien nun unvermeidlich. Sie bildeten höflich einen Gang wie im Theater, damit er zu dem Bereich mit den Bänken im vorderen Teil der Kirche neben dem Altar und dem Sarg gehen konnte.

Das ist albern. Trotzdem begann er, nach vorne zu gehen.

Sicher waren die Bänke alle besetzt. Die Menge machte ihm weiter Platz, und das glimmende ewige Licht kam immer näher. Er hatte den vorderen Teil der Kirche erreicht. Unwillkürlich zuckte sein Kopf hoch, denn da standen keine Bänke. Nur ein großer, schwerer Holzstuhl, der höchstwahrscheinlich vier Jahrhunderte alt war.

Der Stuhl des Seigneurs, daran konnte kein Zweifel bestehen. Eine kuriose Sitte. Beleidigend kurios.

Er spürte ihr Warten wie eine Art Leere. Wenn er das tat, worauf sie warteten, würde er in diese Leere stürzen. Eine einsetzende Panik ließ ein Schwindelgefühl in ihm hochsteigen. Er sah zornig auf den Sarg, den Altar. Die Flammen der Kerzen waren wie eine Halskette vor seinen Augen aufgereiht.

Nun gut.

Er ging zu dem Stuhl hinüber und setzte sich darauf. Es war

zur gleichen Zeit eine Erleichterung und bedrückend. Er seufzte langsam und hörte, wie sein Atem zitterte, als er ihn verließ. Es war kein anderes Geräusch zu hören. Ihm schwamm der Kopf, aber er wagte es nicht, in einer solchen Situation die Kontrolle über sich selbst zu verlieren, und er packte die alten Armlehnen des Stuhls und blinzelte wiederholt, um klare Sicht zu bekommen. Als er das tat, wurde die Jungfrau mit den Lilien in dem Fenster deutlich und verzerrte sich wieder: der Sessel stand ihr direkt gegenüber.

Der Priester kam herein, ein einziger, und ein einzelnes Kind mit dem Weihrauchfaß.

Was danach geschah, wahrscheinlich der Begräbnisgottesdienst, konnte Christian kaum aufnehmen. Seine gesamte Konzentration galt der Bemühung, sich trotz seines Anfalls von außergewöhnlicher Nervosität zusammenzunehmen, eines Schreckens, zu lächerlich, um ihn identifizieren, zu groß, um ihn abtun zu können. Daher schien das, was er in zufälligen Bruchstücken von dem Gottesdienst aufnehmen konnte, bizarr. Das war zweifellos auf das Abschweifen seiner Gedanken und die seltsamen Spannungen zurückzuführen, die in seinen Muskeln auftraten und wieder vergingen.

Es wurde überreichlich Weihrauch abgebrannt. Er stieg wie Ätherwolken auf, wurde über Heilige Schrift und Kerzen und Sarg geschüttelt – nicht korrekt in einer solchen Messe, wie ihm schien, in der der Weihrauchschwenker sicher zu anderen Zeitpunkten eingesetzt werden sollte ... Auf der anderen Seite war er jedoch seit seiner Kindheit nur selten in der Kirche gewesen. Und doch schien das Latein, das, verzerrt durch den lokalen Akzent, von dem Priester ausgesprochen und von der Bevölkerung in der Kirche nachgemurmelt wurde – er konnte sich nicht dazu überwinden, mitzusprechen, selbst dann, wenn er sich an die Worte erinnerte – stellenweise ganz falsch.

Hostias, quaesumus, Domine, quas tibi pro animabus famulorum famularumque tuarum offerimus ... Sieh gnädig auf dieses Opfer herab ...

Er wurde wie besessen von der Gestalt der Maria in dem Fenster. Ihr Gesicht war nur eine Andeutung in dem ausgebleichten Glas. Ihre Augen waren wie leere Höhlen, ihr breiter Mund zeigte keine Güte, sondern er war grausam und eigentümlich unmenschlich. Dann und wann schien er ihm entsetzlich zuzulächeln, wenn die Rauchschwaden ihn verzerrten. Auch die Lilien, die über ihre Hände fielen, waren falsch. Haarige, fleischige Blumen, unrein und häßlich –

Hostias quaesumus, Domine …

Am Altarrand herrschte ein ständiges Kommen und Gehen. Der Priester – woran erinnerte er ihn? Ach, richtig. Eine kleine graue Maus. Männer und Frauen bewegten sich. Lichtflecken spielten auf dem verschlossenen Sarg. Es war wie ein Spiel, das sie für einzelne Zuschauer aufführten – einer auf seinem geschnitzten Stuhl, eine in dem blassen Fenster.

Daran werde ich mich ewig erinnern, und doch an nichts davon gut. Warum ist es leicht obszön?

Ihre Angst, wahrscheinlich. Ihre scheußliche, uralte Angst.

Oder meine.

Er sah einen schwarzen Kasten, der in dem Hotel abgegeben wurde. Ein Paket für Sie, Monsieur. Sein Vater, den er seit zehn Jahren nicht gesehen hatte, stellte sicher, daß er in Satin eingepackt wurde. Ja, das Geld, die Einkünfte, Investitionen und die seltsamen, kleinen Geschäfte, die mit dem Schloß verbunden waren, sie würden dafür bezahlen.

Was passierte jetzt? Sie hoben den Sarg auf. Sechs Männer, einer von ihnen der Bruder des Mädchens, erkenntlich, weil er beschrieben worden war; eine bei einem Kampf gebrochene Nase.

Die Tür im hinteren Teil der Kirche öffnete sich wieder und ein Block aus grellweißem Licht fiel in das Mittelschiff.

Die Träger setzten sich mit Sylvie auf den Schultern in Bewegung.

Der Priester ging vor ihnen her, und das Licht schoß Pfeile

durch den spitzenverzierten Chorrock über seiner Soutane. Selbst der Chorrock war nicht richtig.

Die Kirche befand sich in Bewegung, und die Gemeinde strömte hinter dem Sarg her, nun, da der Stöpsel wieder aus der Türöffnung gezogen worden war.

Christian stand langsam auf. Der Weihrauch brannte ihm im Hals, und während die letzten Trauergäste langsam zur Tür hinausgingen, hustete er heftig in die Stille. Niemand sah sich um. Er ging hinter ihnen her, blieb aber auf der Schwelle stehen. Er sah zurück. Die Jungfrau war zu einer Nadel aus trübem Licht ohne eine wie auch immer geartete Persönlichkeit geworden.

Die düstere Prozession wand sich über den Platz und die geschotterte Straße hinunter. Der Friedhof lag offensichtlich außerhalb der Gemeindegrenzen. Er mußte auch abseits der Straße liegen, denn er erinnerte sich nicht daran, ihn bei seiner Ankunft gesehen zu haben. Im Wald also.

Sarette stand neben dem Wagen. Er hatte aus Respekt seinen Zylinder abgesetzt.

Die Glocke begann wieder zu läuten.

All das für Sylvie. Wer hatte sie wohl beachtet, solange sie noch am Leben war? Christians Schuldgefühl löste sich in Gefühlen auf. Seine Augen füllten sich mit Tränen, aber er wußte, daß er nur um sich selbst weinte.

Er ging zu dem Wagen.

»Geben Sie mir den Sack«, sagte er zu Sarette.

»Monsieur«, sagte Sarette.

»Vorsicht, das ist nicht klug. Ich weiß, Sie haben es mir gesagt.«

»Was ist in der Kirche passiert, Monsieur?«

Christian lehnte sich einen Augenblick an das Auto. »Sie haben mich sehr höflich in den Stuhl des Feudalherren gesetzt. Seit dem Vortrag bei Brach habe ich nicht mehr so viele Augen auf meiner Person gespürt. Damals hat man sich auch nicht mehr für mich persönlich interessiert. Ich bin fasziniert. Geben Sie mir den verdammten Sack aus dem Auto.«

Sarette gehorchte. Der Sack war schwer. Sarette lenkte seinen Blick ab.

»Ich nehme an«, sagte Christian, »wenn ich Sie jetzt darum bitten würde, mich zu begleiten, würden Sie das ablehnen.«

»Monsieur bezahlt meinen Lohn. Ich stehe zu seiner Verfügung.«

»Hamel zahlt Ihren Lohn aus den Einkünften dieses Besitzes, der durch einen posthumen Trick meines Großvaters mein Eigentum ist.«

»Soll ich Ihnen mit einem der Gewehre folgen, Monsieur?«

»Das würde sich gut machen neben ihrem Grab. Nein, bleiben Sie bei dem Wagen. Dieses Mal erwarte ich, daß Sie *da sind,* wenn ich zurückkomme.«

Er konnte dem letzten Trauergast in ausreichender Entfernung die Kiesstraße hinunter und dann weg von ihr bis etwas unterhalb des Dorfs folgen. Es war eine Stelle direkt hinter und gegenüber von dem Bauernhof, wo der Markstein aus dem Boden aufstieg. Eine Piste von zwei Metern Breite begann zwischen den Bäumen; er hatte sie beim letztenmal vom Wagen aus nicht bemerkt. Am Ende der Piste, nach einer Strecke von ungefähr zwanzig Metern stand ein moosbedecktes Kreuz, das wie ein riesiges Unkraut aus dem Boden emporschoß. Es bewachte den Eingang zu einer großen Lichtung, die auf allen Seiten von Lärchen und jungen Kiefern umringt war. Verfaulte Baumstümpfe stiegen aus dem wuchernden Gras auf und mischten sich unter die schiefen Grabsteine, die die Elemente über die Schultern und an den Seiten mit einem dichten schwarzen Rand umrahmt hatten. Noch eine Zeichnung.

Christian stellte sich neben das Kreuz und beobachtete das Begräbnis. Selbst jetzt, da er in der frischen Luft wieder einen klaren Kopf bekam, schienen die Riten am Grab verzerrt. Da war der Priester, der in alle vier Himmelsrichtungen deutete, oder so schien es zumindest. Und nun flog aus seiner Hand eine kleine Wolke von weißen Krümeln auf den

Sarg, während er in der Erde verschwand. Heiligung durch die Hostie?

Sie waren weit genug weg, und er verstand kein Wort, nur dann und wann ein Gemurmel, das sich in dem plötzlich lauten Rauschen der Bäume verlor.

Selbst der Wind war merkwürdig. Isolierte Windstöße, die durch Minuten voneinander getrennt waren. Als würden unsichtbare Wesen mit riesigen Flügeln vorbeiziehen, alle in der gleichen Richtung und vom selben Ausgangspunkt aus.

11. KAPITEL

Das Gewehr

Das Begräbnis löste sich offensichtlich ohne Subtilität auf, als zwei Männer mit Spaten vortraten und zu graben anfingen. Der Junge mit dem Weihrauchfaß, der mausähnliche Priester und die Dorfbewohner begannen sofort, über die Lichtung zurückzugehen. Wieder identifizierte Christian Sylvies Bruder ohne Schwierigkeiten. Er war ein grobschlächtiger Halbwüchsiger, und es war vielleicht riskant, ihm gegenüberzutreten. Aber da war noch einer, der der Vater sein mußte. Er hielt sich an seinem Sohn fest, und sein Altmännergesicht war in Verzweiflung zusammengebrochen, aber seine Augen waren seltsamerweise trocken.

Die ersten zwei oder drei Dörfler erreichten das Kreuz. Sie eilten daran vorbei und ignorierten den schlanken, jungen Mann in seinem dunklen Wintermantel. Nach der beunruhigenden Demutsgeste in der Kirche war das einfach lächerlich. Im Bewußtsein seiner eigenen Torheit streckte Christian eine Hand aus und packte einen von der nächsten Gruppe, die an ihm vorbeikam, am Arm.

Der Mann sah ihn unter seinen Augenbrauen an und bemühte sich, sich zu befreien, aber irgendwie gelang es ihm nicht, sich aus Christians Griff zu lösen. Der Kiefer arbeitete, und der Mund versuchte, einen Satz zu bilden. Die Augen, die Stirn und die Nasenflügel versuchten, ihn dabei zu unterstützen. Ob die Worte Ablehnung oder Bitten oder einfach Unverständnis ausdrücken sollten, erfuhr Christian nie. Diese Bemühungen beunruhigten ihn. Er ließ los, und der Mann stolperte weiter.

Der nächste, der auf die Piste zukam, war niemand anders als der kleine Priester. Er sah aus, als habe er konkrete Angst; in seinem Fall wurde kein Versuch unternommen, sich zu verstellen oder nach Ausflüchten zu suchen. Er nickte

Christian zu, als wolle er dem Schulschläger seine Ehrerbietung erweisen, und hastete an ihm vorbei. Verwirrt ließ Christian auch ihn gehen.

Als der Vater und der Sohn kamen, trat Christian ihnen in den Weg.

Der Kopf des Sohnes hob sich, und die gebrochene Nase war ein Warnsignal. Der Vater unternahm nichts und veränderte sich nicht.

»Kennen Sie mich?« sagte Christian zu dem Sohn.

»Ja.«

»Darf ich Ihnen bitte mein Beileid zu dem Tod Ihrer Schwester aussprechen.«

Das würde der Auslöser werden, wenn der junge Mann vorhatte, ihn zu beschimpfen oder anzugreifen. Christian fragte sich, was er in diesem Falle tun würde. Der junge Mann verhielt sich jedoch nicht feindselig. Er senkte auf die bekannte Art seinen Blick und scharrte mit den Füßen auf dem Boden, wie Christian das vorausgesehen hatte.

»In diesem Sack«, sagte Christian und hob ihn hoch, »ist etwas von den Wertsachen, die Ihre Schwester Ihnen vom Schloß bringen wollte. Ich glaube zumindest, daß sie sie Ihnen bringen wollte.«

Der andere sah erschreckt wieder hoch. Christian schob den Sack gegen den Arm des Sohnes, und der nahm ihn unwillkürlich in die Hand.

»Etwas Silber«, sagte Christian. »Schauen Sie es sich an.«

Der Tölpel machte ungeschickt den Sack auf, sah hinein und erstarrte. Der Vater hielt sich die ganze Zeit an ihm fest. Er war nicht in der Lage oder gewillt, zu verstehen.

»Ich möchte Ihnen das geben«, sagte Christian bösartig. »Ich kann es nicht gebrauchen. Wenn Sie es allerdings auch nicht haben wollen, geben Sie es dem Priester.« Christian lächelte. Er streckte eine Hand aus und legte sie dem Tölpel auf seine massive Schulter, und während er das tat, wurde ihm bewußt, wessen Geste das Modell dafür war. »Ich kann

Sie wohl nicht an einem kleinen Jagdausflug interessieren? Ich kann Ihnen ein Gewehr leihen. Für die Hunde der de Lagenays.«

Der Junge reagierte aber nun deutlich. Er sprang zur Seite und ließ sowohl Christian als auch den altersschwachen Vater stehen. Der Sack fiel scheppernd zu Boden, als seine beiden Hände hochflogen und sich zu dem Zeichen zusammenfügten, das Christian schon einmal auf dem Schild vor dem Gasthaus gemalt gesehen hatte. Daumen und Zeigefinger wurden schräg zu dem Zeichen des Kreuzes zusammengefügt. Wie nannten sie es doch? Das Lys- und dann noch etwas. Die Lilie?

»Also gut«, sagte Christian.

Er drehte sich um und ging die Piste entlang zurück. Er unterdrückte dabei den Husten mit seiner unbehandschuhten Hand.

Sarette stand auf dem Platz neben dem Wagen und wartete.

Christian stieg wortlos ein, setzte sich hin und inspizierte eines der Gewehre. Er erinnerte sich gerade noch an genügend Anweisungen seines ernsten Vaters, um sie abfeuern zu können. Wahrscheinlich.

»Also nur Sie und ich«, sagte Christian. »Ich bin fest überzeugt davon, daß Sie der bessere Schütze sind. Ich werde auf jeden Fall danebenschießen. Meine Hände sind zu stark, verstehen Sie, und für andere Tätigkeiten ausgebildet.«

»Ja, Monsieur.«

»Wie eigenartig, daß Sie keine Angst davor haben, in den Wald zu gehen, Sarette! Ich hatte das ursprünglich vermutet. Daß Sie zum Beispiel Angst davor hätten, mit einem Gewehr auf den Köter der de Lagenays zu zielen. Oder fürchten Sie sich doch?«

»Nein, Monsieur.«

»Warum nicht?«

»Monsieur?«

»Alle anderen haben eine Todesangst. Vor Sylvies armer,

kleiner Leiche. Vor dem Wald, vor dem Land bei Nacht, vor den Hunden, vor den de Lagenays. Warum Sie nicht?«

»Aber es ist doch nicht Nacht, Monsieur.«

»Natürlich, ich verstehe. Und die Hunde werde ich bei Tag nicht finden, oder?«

Sarette sagte nichts.

»Halten Sie hier«, sagte Christian. »Hier hat Peton mich von der Straße weggeführt. Kennen Sie den Pfad? Auf dem die zwei gekreuzten Knochen liegen?«

»Ich habe davon gehört, Monsieur.«

Christian hustete, und das geschwungene Rohr, das durch seine Brust führte, begann zu brennen und zu reißen. Er hatte Kopfschmerzen, und in seiner Kehle wurde ein Feuer erstickt. Er stieg aus dem Auto aus, hielt das Gewehr ungeschickt und unkonzentriert und betrachtete Sarette, der sich vorbereitete, ihm zu folgen.

»Aber ich werde die Hunde nicht finden«, sagte Christian. »Ich werde Sie nicht brauchen. Oder?«

Sarette stellte seine unruhige Beschäftigung ein. Er sah auf das Steuerrad herab.

»Mein Großvater hat bei dem Verkauf des Schlosses darauf bestanden, daß in den Kaufvertrag eine Klausel eingesetzt wird«, sagte Christian. »Wenn der Käufer ohne Nachkommen sterben sollte, würde das Schloß an die vorherige Erbfolge zurückfallen. Und er ist tatsächlich ohne Nachkommen gestorben, dieser Trunkenbold, nicht wahr? Haben Sie ihn gekannt, Sarette?«

»Flüchtig, Monsieur. Mein Vater war im Schloß angestellt, und bis letztes Jahr habe ich im Dorf gearbeitet.«

»Haben Sie gewußt, warum der Trunkenbold getrunken hat?«

»Nein.«

»Der Trunkenbold hat getrunken, weil seine beiden Söhne und seine Tochter bei einem Fährenunglück in England umgekommen sind. Dreißig Jahre, nachdem er das Schloß meinem Großvater abgekauft hat. Ich erinnere mich noch, daß meine Mutter mir davon erzählt hat. Ich war damals ungefähr achtzehn. Fahren Sie den Wagen ins Schloß zurück.«

»Monsieur?«

»Der Wagen. Fahren Sie ihn ins Schloß zurück. Es ist Tag, erst ungefähr ein Uhr, und ich habe gelernt, wie man hier *la croix écartée* schlägt. Eigentlich dürfte mir keine Gefahr drohen.«

»Monsieur –«

»Gehen Sie zum Teufel.«

Der Wagen setzte sich mit einem Knall in Bewegung, und blauer Qualm explodierte aus seinem Auspuff, als er auf dem Kies wegfuhr.

Christian verließ die Straße und ging direkt zwischen den Bäumen hindurch. Dieses Mal schien es einfacher, und er konnte eleganter eindringen. Eigentlich war es merkwürdig, daß er die Stelle so unfehlbar erkannt hatte, denn von der Straße aus schien nichts darauf hinzudeuten.

Auch der alte Kiefernbestand schien nicht wie vorher gegen ihn ankämpfen zu wollen. Er passierte das Unterholz, als bestände es aus Seidenfäden und nicht aus Klauen. Der helle Boden des Pfads, der wie ein Bach vertieft war, fiel sofort ins Auge. Um diese Zeit gab es jedoch noch genug Licht, und im allgemeinen war es ruhig und fiel in einem breiten Netzwerk zwischen den Bäumen auf den Boden. Auch die Schatten hielten sich ruhig in ihren zugewiesenen Becken und Streifen. Nur wenn jene gigantischen Windstöße vorbeirasten, veränderte sich das Bild wie in einem Kaleidoskop.

Und doch. Der Wald war noch immer eine große Wasserfläche, und er, ein Taucher mit einem Gewehr, durchstreifte ihren Boden.

Er verspürte diesmal keine Erregung. Er fühlte sich krank, aber auf eine aggressive Weise. Seine Trottelhaftigkeit ärgerte ihn. Er wäre froh gewesen, wenn er mit kochendem Blut etwas hätte töten können.

Christian ging auf dem Pfad weiter. Ungefähr zehn Minuten später stieg er unabsichtlich über die beiden gekreuzten

Knochen. Trotz der Jahreszeit lagen hier und da Tannenzapfen. Alles, einfach alles, stimmte nicht. Der Wald hier. Diese Gefühle und Ausflüge.

Als er die Gegend erreicht hatte, wo Peton ihn verlassen hatte, schlug sein Puls schneller.

Einige Minuten danach kam er auf die Schierlingstanne zu, die aus dem Wald wie ein Schwarm von abgerissenen Vögeln aufstieg, die auf eingerissenen Flügeln übereinander flogen. Hier hatte er Hamels Brief noch einmal gelesen und die eingebildete Warnung nicht darin gefunden. Und hier war der junge Mann mit dem dunkelroten Haar genau auf seinen Einsatz hin aufgetaucht.

Wie still der Wald zwischen den Windstößen war! Als sei er schon seit tausend Jahren tot.

Christian hob das Gewehr, berührte den Sicherungshebel und senkte es wieder.

Er machte einige Schritte, genug, um ihn auf gleiche Höhe wie die Schierlingstanne zu bringen. Er blieb stehen und sah weg, um der Erscheinung die Möglichkeit zu geben, ungesehen vor sich zu gehen. Als er aber wieder hinsah, war niemand da.

Einer der Windstöße erhob sich in diesem Augenblick. Er war sehr kalt, und lächerlicherweise begannen seine Zähne zu klappern. Er konnte sie nicht unter Kontrolle bringen.

Er sah sich selbst; ein Jäger, der nicht wußte, was er jagte und ob es da war. Oder ob er es wollte oder fürchtete. Oder ob er einfach verrückt geworden war.

Die einzige Realität war das Gewehr. Er selbst war völlig irreal. Es wäre leicht, zu weinen. Gegen die Stämme der Bäume zu schlagen, zu Gott zu rufen, zu fragen, warum er hier verstoßen war, mit nichts als einer makabren Legende und einem geladenen Gewehr, woran er sich festklammern konnte. Er, der er so viel besaß.

Er stand auf dem Boden des Waldes, packte das Gewehr wie eine Planke im Meer und unterdrückte seine schreckliche Verzweiflung mit physischer Gewalt.

Nach einigen Minuten ging er an dem Baum vorbei. Er sah ihn nicht mehr an, und er erwartete nichts von ihm.

Seine Schritte aber wurden schneller. Er rannte. Er rannte und schrie dabei.

Er registrierte vage irgendwo vor sich eine jener Lichtungen, eine Lücke zwischen den Bäumen, die ein kurzes Gefälle enthüllte, und dahinter eine der balkonähnlichen Felsplatten, über die Wasserfälle aus Fichten und Kiefern gekämmt waren. Er blieb jedoch stehen, weil der Pfad selbst an einem Steinhaufen endete. Er war sich nicht sicher, wozu die Steine gehört hatten, aber er verlor das Gleichgewicht und fiel halb gegen sie. Dadurch wieder zu einer bewußteren Aufnahme seiner Umgebung gebracht, bemerkte er, daß er von diesem Punkt aus auf die mit Läden verschlossenen Fenster einer hüttenartigen Behausung sah, die nicht mehr als zwei Meter vor ihm stand.

Fast eine Minute lang starrte er sie an. Sie stand geduckt zwischen den Kiefern und wurde von den Zweigen, den Luftwurzeln und den Fluten von Gras und Unterholz, die sich dagegenschoben, zum Teil erstickt und zum Teil gestützt. Eine wilde Weinrebe, im Sommer offensichtlich üppig, aber nun ein Skelett, bedeckte den gesamten oberen Teil der Hütte und wuchs sogar über den Fensterladen. Das Gebäude selbst war gut getarnt, denn es war ohne Mörtel aus Holz gebaut, und bis auf einen schiefen Kamin war das ganze Dach mit Moos und Schlingpflanzen bewachsen. Aus einer etwas größeren Entfernung hätte man es leicht völlig übersehen können, denn es verlor sich in dem starken Eindruck der felsigen Schlucht, die fast direkt dahinter abfiel und wieder aufstieg.

Wenn nicht der verwunschene helle Pfad gewesen wäre, der zehn Minuten zuvor noch mit zwei in Kreuzform ausgelegten Knochen markiert gewesen war und nun praktisch vor der Tür dieser Behausung endete.

Christian richtete sich von dem Chaos des Steinhaufens auf. Er betrachtete noch einen Moment lang die Hütte und hob dann wieder sein Gewehr.

Als er sich um die Steine herumarbeitete, wurde ein weiterer Teil der Hütte mit einer hölzernen Tür sichtbar, die fest verschlossen war.

Das Haus de Lagenay. Es konnte nichts anderes sein.

Christian ging die wenigen verbleibenden Schritte bis zu der Tür. Sie schien wie alles andere in einem schlechten Zustand zu sein. Er sah zu der Schlucht hinter dem Haus. Ein Blitzen von Wasser, wo das Land in ihr verschwand, und einige Säulen aus hartem Licht, die eine Gruppe von rauchblauen Fichten durchbohrten und sie teilten ... Die Schönheit sagte ihm nichts oder vergrößerte nur seine Frustration. Hier draußen rührte sich nichts, das er als Mensch oder Tier hätte identifizieren können. Er legte eine Hand in Bereitschaft an den Sicherungshebel des Gewehrs, und versetzte der Tür der Hütte einen kräftigen, wütenden Tritt. Auf diesen Tritt hin gab das Hindernis nach, flog nach innen und ließ das Tageslicht des Waldes hinter sich.

Er blieb lauernd davor stehen, die tödliche Waffe in seiner Hand, das geheimnisvolle Innere vor ihm. Es war sehr dunkel, und es war kaum etwas zu erkennen. Selbst das Licht schien nur einen Schwarm von verteilten Staubwolken und Schatten aufzuschrecken. Allmählich aber glätteten sich die Umrisse, über die sich Eindrücke lagerten. Christian machte allmählich exotische Kuriositäten, eine sperrige Metallbadewanne, einen bemalten Wasserkrug auf einem Ständer, einige Büchergestelle, die schwankend auf dem Boden standen, und zwei Vorhänge aus, von denen einer üppig bestickt war. Hinter dem Vorhang die Ecke eines Betts, ein geschnitzter hölzerner Bettpfosten, ein Teil eines Ablagebretts, ein kaskadenartig fallendes Bettuch –

Christian ging in die Hütte und entsicherte dabei sein Gewehr.

Er schob den Vorhang zur Seite und kam zu dem Bettgestell. Die Flagge des Bettuchs kam unter einem Berg von Fellen, Pelzen und Decken von jeder Art hervor. Es war auf den ersten Blick schwer, mit Sicherheit erkennen zu können, ob jemand in dem Bett war, weil so vieles und so verschiedenes auf ihm lag. Sein Auge war jedoch hungrig und wachsam. Er bemerkte schließlich die Konturen eines menschlichen Körpers; selbst unter dieser Vielfalt von Eindrücken.

Ein menschlicher Körper.

Zwangsläufig stellte sich Christian den außerordentlich jungen Mann vor, der unter der Schierlingstanne so arrogant und selbstsicher gewesen war, und der nun verwundbar und bewußtlos in diesem wölfischen Nest von Pelzen lag. Er schlief sogar so tief, daß das Knallen der Tür ihn nicht hatte wecken können.

Christian schob äußerst vorsichtig die Mündung des Gewehrs zwischen die Decken, schwang dann Lauf und Bettzeug nach oben und warf letzteres zur Seite.

Es war enervierend, nicht das zu entdecken, was er erwartet hatte. Es war sogar noch mehr. Mitten in dem Bett lag nämlich eine nackte Frau ausgestreckt und sah ihn mit zwei leuchtenden, unheimlichen, teuflischen Augen an, die hellwach waren.

12. KAPITEL

Das Gespräch

Entschuldigung«, sagte er. Er rührte sich aber nicht oder drehte den Kopf weg.

Auch sie bewegte sich nicht. Er konnte nicht erkennen, ob sein prüfender Blick sie verletzte oder ihr gefiel. Das einzige, was er mit Bestimmtheit sagen konnte, war, daß ihre Nacktheit für sie nicht unanständig oder peinlich war. Sie schien daran gewöhnt, entspannt. Angezogen.

Es war ein schöner Körper von der Farbe von Sahne, üppig, aufnahmebereit, als fordere er die Besitznahme heraus. Das Gesicht aber, ein etwas dunkleres Weiß, etwa so wie reifes Elfenbein, war über seltsam zierliche Knochen gebaut, wurde um den Mund herum ziemlich üppig, und das Kinn besaß eine katzenartige Ähnlichkeit. Und die Augen waren zwei verschiedene Augen, die in diesem Gesicht saßen. Sie waren nur in ihrer Farbe gleich; das linke war groß und liebenswürdig, während das rechte etwas kleiner war, etwas höher saß, ein schmales, leuchtendes und verräterisches Auge, das Geheimnisse enthielt. Ihre Farbe war ein Grau, das düsterer als das seiner eigenen Augen war, aber die dünnen Fahnen aus Haar, die über das Kissen ausgebreitet waren, waren wie vergoldeter Rauch.

Sylvie war sechzehn gewesen, aber diese Frau hier war doppelt so alt oder mehr. Es war nicht so sehr ihr Körper oder das feine Netz von Falten, die das Licht neben Augen und Mund berührte, die ihm das sagten. Ruhend oder in Bewegung sah sie weit jünger aus als die vierunddreißig oder fünfunddreißig Jahre, die sie sicherlich alt war. Nein, ihr Geist war es, der sie verriet, das innere Leben unter ihrem samtweichen Fleisch und ihrer entspannten Stirn. Trotzdem wirkte sie wie ein Mädchen. Hände und Füße eines Mädchens, Brustwarzen eines Mädchens, die Wimpern eines Mädchens.

Zur gleichen Zeit war sie aber auch älter, viel älter. So alt wie die Schierlingstanne. Sie sah aus dem Brunnen der Zeit zu ihm hoch. Kein Wunder, daß sie keine Angst hatte.

Sie bewegte sich wie der junge Mann, ihr Verwandter, es getan hatte, bevor Christian sehen konnte. Plötzlich kniete sie, und der Rauch ihres Haares stieg hoch und senkte sich langsam wieder herab, um ihre Schultern und Brüste zu bedecken, jedoch durchsichtig. Als sie sich bewegte, sah er, daß auch diese Brüste wie die Augen ungleich waren, verbunden nur durch die Gleichheit ihrer Knospen, ihr herrliches Fleisch, wie die Augen nur durch ihre Farbe verbunden waren. Die Nägel ihrer Hände aber zeigten das gleiche durchscheinende Rot, wie die des jungen Mannes.

»Also gut«, sagte sie, »jetzt haben Sie mich gesehen.«

Und sie war aus dem Bett, und einer der großen Pelze war hochgewirbelt, um sie zu bedecken. Der Wärme wegen, nicht der Scham. Oder, um ihn zu reizen.

»Also gut, ich habe Sie gesehen.« Was sollte er sonst sagen? Es war trotzdem ein Echo.

Der Raum war kalt, und sie war zu dem rostigen, schwarzen Herd hinübergegangen und beschäftigte sich damit, ihn anzuzünden. Ihre Handlungen wurden weiter nüchtern durchgeführt, als sei sie allein. Kurz darauf setzte sie sich auf einen Stuhl vor dem Herd, einen Stuhl ohne Prätentionen, der von ihrer Persönlichkeit überdeckt wurde, so daß er zu verschwinden schien. Ein schmaler Fuß schob sich träge aus dem Pelz heraus auf den Herd zu, in dem nun ein Feuer brannte. Auch die Fußnägel hatten eine rötliche Farbe, und der zweite Zeh war vielleicht acht Millimeter länger als der große. Die leichte Mißbildung war nicht unattraktiv, sondern wie all die anderen Abweichungen auf eine eigenartige Weise erregend. Und dann verblüffte sie ihn, indem sie hinter sich in einen Alkoven oder eine Nische langte, eine kleine Zinndose hervorholte und eine Zigarette aus ihr nahm. Sie steckte sie sich an einem Fidibus an und begann, diesen typischen Gegenstand einer männlichen Zivilisation zu rauchen, der so weit von ihr entfernt schien, wie der Tag von der Nacht. Sie war nämlich wie der andere aus dem Wald entstanden.

Während er zusah, wie der Rauch in den Rauch ihres Haares aufstieg, dachte er daran, wie er ägyptischen Tabak für einen Talisman gegen die Jahrhunderte des Dorfs gehalten hatte. Offensichtlich wäre er das nicht gewesen.

Aber sie sah ihn weiter an und er sie. Schließlich mußte noch etwas gesagt werden.

»Ich möchte mich gern hinsetzen«, murmelte er, leicht amüsiert über seine Wahl.

»Vielleicht«, sagte sie. »Bitten Sie mich jetzt um meine Erlaubnis dafür, nachdem sie ohne Entschuldigung in die Eingangstür eingedrungen sind?«

»Ich bitte um Entschuldigung. Hier in diesen Wäldern treibt sich irgendwo ein junger Mann herum. Ich dachte, ich würde ihn hier finden.«

»Schlafend?«

»Vielleicht.«

»Ein andermal hätten Sie das vielleicht auch.«

Christian sah sich nach einem zweiten Stuhl um, und als er keinen fand, setzte er sich auf das zerwühlte Bett. Das Gewehr fiel ihm wieder ein, und er sicherte es wieder und lehnte es an sein Knie.

»Halten Sie es für schicklich, hier auf dem ungemachten Bett einer Frau zu sitzen?« sagte sie.

»Durchaus schicklich, würde ich sagen.« Er lächelte und senkte seinen Blick. Sollte sie doch meinen, er hielt sie für den lokalen Troll. Sie reagierte aber nicht, während seine eigene Reaktion, schon seine Worte allein, verbunden mit dem, was er gesehen hatte, sich deutlich bemerkbar machte.

Der Wald hatte ihn also doch nicht mit einem Fluch belegt. Oder zumindest nicht dem Fluch, an den er gedacht hatte.

»Wissen Sie, wer ich bin?« sagte er schließlich.

»Ein Fremder«, sagte sie. »Niemand anders würde diesen Ort hier aufsuchen, nicht einmal am Tag.«

»Ach ja, natürlich. Dann habe ich mich wohl verraten, oder?«

»Auch der Akzent und die vornehmen Kleider«, sagte sie. Ihre Stimme war hell, ebenfalls ohne Akzent, aber von verschiedenen Tonlagen. Manchmal war sie musikalisch, dann wieder monoton. Hier und da wurde ein Wort verschluckt, als wollte sie nicht, daß er sich über irgend etwas sicher war, nicht einmal ihrer Worte. Klang da aber nicht bei der Erwähnung der Kleidung eine Spur von Eifersucht mit? Und zwangsläufig stellte er sie sich in einem Abendkleid aus der Stadt vor, das schillernd über ihr weißes Fleisch floß.

Sie rauchte ihre Zigarette zu Ende, warf den Stummel auf den Boden und drückte mit ihrem nackten Fuß auf die Glut, um sie auszumachen. Wie hart mußten ihre Fußsohlen sein, wenn sie das tun konnte, ohne sich zu verbrennen! Sicher ging und rannte sie oft ohne Schuhe in den Wald.

Sie fesselte ihn. Ihre Ruhe, ihre Bewegungen. Ihre unerfaßbaren Augen.

Er dachte an Sylvie, aber auch das war ein Echo. Seine Erregung legte sich nicht. Der Anfall von Verzweiflung war in ihr verbrannt. In diesem Augenblick konnte er sich Verzweiflung nicht vorstellen.

Eine Legende. Ein Widerspruch. Zwei Gören, denen man die Sprache der Stadt beigebracht hatte, die aber weiter in Müßiggang und einem Wald lebten und sich von dem Aberglauben von anderen ernährten. Wegen der Anordnung der Augen, der Länge eines Zehs, einer ungewöhnlichen Färbung der Nägel ...

»Das Schloß«, sagte er. »Mein Eigentum.«

Ihr Hals, stark, glatt und so weiß, zog ihren Kopf nach hinten. »Ah«, sagte sie. Und in einer Nachahmung des Dialekts: »Euch, Seigneur.«

»Ich nehme an, der Junge ist Ihr Bruder«, sagte Christian.

Sie seufzte. Der Pelz rutschte von ihren Schultern.

»Warum nehmen Sie das an?«

»Sie sehen sich ähnlich, und Sie verhalten sich ähnlich.«

»Ach, wirklich?«

»Und wo ist er? Mit den Hunden unterwegs?«

»Also, kommen Sie«, sagte sie. Ihr herrlicher Hals zog ihr Gesicht wieder herab, so daß sie ihn direkt ansah. *»Hunde,* Monsieur?«

»Ich beabsichtige«, sagte er, »sie beide erschießen zu lassen.«

Sie lächelte. Ihre Augen weiteten sich beide und leuchteten. Irgendwo war grün in ihnen.

»Dafür würdet Ihr Silberkugeln brauchen, Monsieur.«

»Für zwei räudige Jagdhunde?«

»Für meinen Bruder und mich.«

Sein Herz pochte wie ein Hammer. Es schien ihm, als könne er auch ihr Herz sehen, das in den Membranen ihrer Kehle und ihrer Schläfen zuckte.

»Sie glauben das selbst? Dazu sind Sie doch sicher zu klug.«

»Viel zu klug. Natürlich.«

»Wo halten Sie also Ihre Hunde?«

»Hier«, sagte sie und deutete zwischen ihre geöffneten Lippen in ihren Mund.

Er stand auf und ging langsam zu ihr hinüber. Er hob ihre Hand auf, die wohlgeformt und klein in seiner lag. Sie widersetzte sich ihm nicht, sondern betrachtete die Hand nur, als würde sie nicht ihr gehören.

»Sie müssen als Kind sehr unglücklich gewesen sein«, sagte er. »Die verlorenen Hoffnungen der Unehelichkeit. Der physische Zufall der Gestalt Ihrer Hände, weswegen das Dorf Sie gehaßt hat. Nirgendwo hinzugehören. Armes kleines Mädchen!«

»Nicht mehr«, sagte sie. Sie schien in die Luft hochzufließen, flüssig zu werden und sich wieder zu formen. Sie stand nur einige Zentimeter weit von ihm entfernt und hatte wieder den Kopf zurückgeneigt, um ihn anzusehen. Die absolute Bewegungslosigkeit ihrer Augen, eines groß und spöttisch, eines reserviert, sinnlich und verschlagen.

»Nicht mehr«, sagte er. Er ließ ihre Hand los und schob seine eigenen Hände um ihre Taille. Der Pelz schien wie ein Teil von ihr. »Beleidige ich Sie jetzt wieder«, sagte er, »wenn ich nach Ihrem Preis frage?«

»Oh«, sagte sie, »Monsieur ist an Frauen gewöhnt, die sich ihm wegen seines Aussehens und seiner Eleganz und aus Mitleid hingeben, ohne eine Gegenleistung zu verlangen. Frauen, die Angst vor Ihnen haben.«

»Sie nicht?«

»Ich? Ich würde mich bei Tag mit Ihnen verbinden. Wenn es Nacht wird, würde ich Ihnen die Kehle zerreißen. Sie sollten Angst haben, nicht ich.«

»Sie jagen mir namenlose Furcht ein«, sagte er.

»So ist es«, sagte sie.

Sie bewegte ihre Hände und ergriff seinen Kopf leicht, und die Berührung ihrer Fingerspitzen, die sich tief durch sein Haar bis zu seiner Kopfhaut schlängelten, war exquisit. Im letzten Augenblick wendete sie ihren breiten Mund von ihm ab. Ihre Lippen berührten leicht sein Kinn, sein Ohrläppchen. Und dann hatte sie das Ohrläppchen mit ihren Zähnen gepackt. Es kam so schnell, daß ihm keine Zeit blieb, es zu verhindern. Ein Schmerz zuckte durch sein Ohr, durch seine Kinnlade und Backenzähne, ein rasender, blindmachender Schmerz. Er schob sie von sich weg, oder er hätte es getan, aber sie war schon fort.

Als er seine Finger an die Seite seines Kopfes legte, fand er sie blutig. Es ließ Übelkeit in ihm hochsteigen, der Schmerz und daß sie es getan hatte. Er starrte sie an.

»Ist das das erstemal, daß eine Frau Sie verletzt hat, Monsieur? Ich bin allerdings nicht ganz Frau.«

»Du verdammte Schlampe!«

»Viel, viel schlimmer.«

»Ich würde Ihnen raten, dieses Spiel aufzugeben«, brüllte er. Der Schmerz ließ ihn laut werden. »Ja, ich kenne die angeblichen Zeichen eines Werwolfs. Das Unglück hat Sie beide damit verflucht. Sie terrorisieren das Dorf. Bei mir kommen Sie mit Ihrem Trick nicht durch!«

Wieder berührte er sein Ohrläppchen. Sie hatte es anscheinend durchgebissen. Wenn Sie etwas von dem Gift der Hunde abbekommen hatte, könnte sie damit die Wunde infiziert haben. Sie sollte ausgebrannt werden, und wo sollte er in dieser gottverlassenen Wildnis einen Arzt finden, der eine solche Aufgabe richtig durchzuführen in der Lage war? Er fühlte, wie das weißglühende Eisen seine Wange verbrannte. Er war angeekelt und schwach, und nur der überwältigende Wunsch, sie seinerseits auch zu verletzen, ermöglichte es ihm, bei Bewußtsein zu bleiben, auch wenn er ihm vernünftige Überlegungen nicht gerade erleichterte.

Sie aber, die an seinem Fleisch genagt und wie der Blitz von ihm weggezuckt war, stand nun neben dem Herd und rauchte ruhig eine weitere Zigarette aus der Zinndose.

Er drehte sich um, packte das Gewehr, legte dabei den Sicherungshebel um und richtete die Waffe auf sie. Noch vor einem Monat – weniger – hätte er laut gelacht, wenn ihm ein solches Bild beschrieben worden wäre. Aber jetzt! Oh, jetzt nicht. Jetzt meinte er es ernst.

»Aber Monsieur«, sagte sie, »Sie sehen weit mehr wie eine Bestie aus als ich.«

Er war trotz allem nicht völlig überzeugt, oder zumindest nicht auf rationaler Ebene, daß er ihr im nächsten Augenblick das Gehirn herausgeblasen hätte. Trotzdem hätte er genau das getan. Als nämlich die phantastische Erschütterung wie ein Hurrikan gegen seinen Körper prallte und ihn nach vorne zu Boden warf, wurde das Gewehr zur Seite geschleudert und detonierte. Die Ladung pfiff durch die Luft und schlug irgendwo in die Holzwand ein.

Christian lag auf seinem Gesicht. Er hatte natürlich niemanden hereinkommen hören. Nun hatte der ungehörte Ankömmling ihn sicher zu Boden gedrückt. Das Gefühl ließ Erinnerungen aufkommen, bis das Gewicht sich von ihm hob.

»Stehen Sie auf«, sagte eine trockene, junge, männliche Stimme. »Gabrielle wird Ihnen nichts tun. Haben Sie keine Angst.«

Christian kroch auf die Knie. Er fühlte sich erniedrigt, und das Gemisch von Haß und Abscheu in ihm war zu intensiv, um kontrolliert oder auch nur ausgedrückt werden zu können. Als er aufstand und dabei seine Ohren summten, als habe er eine Dosis Opium eingenommen, standen die beiden Kreaturen vor ihm, beide makellos und kühl, rothaarig und blond, und ihre eiskalten Augen musterten ihn verächtlich. Er stand mit hängendem Kopf da, zitterte wie – was sonst? – ein erbärmlicher, geprügelter Hund und starrte zurück.

»Ich werde mich nicht dafür entschuldigen, daß ich Sie umgeworfen habe«, sagte der rothaarige junge Mann. »Zumindest soviel sind Sie mir schuldig für die beiden Schläge ins Gesicht an dem Abend kürzlich. Wenn sie Sie außerdem in die Finger bekommen hätte, nachdem Sie auf sie geschossen haben, hätte Sie nichts auf der Welt retten können. Gabrielle ist ein Teufel, Monsieur. Selbst nach Sonnenaufgang.«

Christian hustete, und würgte den Husten herunter. Die vier mitleidlosen Augen beobachteten ihn.

»Monsieur le Seigneur ist krank«, sagte der junge Mann.

»Was ihn geschützt hat«, sagte die Frau. »Oder war Ihnen das nicht klar, Monsieur, als Ihnen neulich Luc auf der Straße gefolgt ist?«

»In der Nacht hat es noch etwas anderes gegeben, was mich versucht hat«, sagte der junge Mann. »Sie war so fest dazu entschlossen. So beharrlich. So laut in der Dunkelheit herumzurennen, während das Silber geklappert hat.«

»Verschwendung«, sagte die Frau. »Ein junges Mädchen! So viel Fleisch, und du hast es nicht mit mir geteilt.«

»Sie war mein«, sagte er. »Sie wollte, daß ich sie nehme. Der hier gehört dir, glaube ich. Wie schade, daß sein Fleisch krank ist.«

»Du hast doch gesagt, er hat Rachmaninov genial gespielt, chèr Luc.«

»Na und? Dann hättest du eben nur seine Hände gegessen, chère Gabrielle.«

Christian hob das Gewehr auf und ging durch die offene

Tür aus der Hütte heraus. Als er zu dem formlosen Steinhaufen kam, fiel er halb hin. Seine Krankheit war jedoch zu dauerhaft geworden, um sich noch vertreiben zu lassen. Sein ganzer Körper, der gesamte Wald schien gallig, eine Art von schrecklichem, universalem mal de terre.

Nach einem Moment raffte er sich mühsam wieder auf und stürzte sich auf den Pfad. Der versteckte sich dieses Mal nicht, sondern schien aus dem Unterholz in seine Richtung zu atmen.

Als er weiterging, sah er sich selbst vor sich; ein lächerliches, abstoßendes Bild.

Er wußte nicht wirklich, was geschehen war, was man ihm angetan hatte. Auf irgendeiner unerklärlichen Ebene seines Bewußtseins oder seines Ichs war er verwundet worden. Im Vergleich mit diesem Schaden war das eingerissene Ohr nichts, obwohl es in der Kälte mit schriller Stimme schrie.

Ein furchterregendes Bewußtsein von Schrecken taumelte neben ihm her. Er glaubte nicht daran – so einfach war die Sache nicht. Es schien ihm schrecklich, daß sie sich Namen gegeben hatten. Gabrielle. Luc. Als verstärkten die zivilisierenden Eigenschaften, die der Namensgebung innewohnten, ihre Schrecklichkeit noch. Er hatte jedoch keine Angst. Vielleicht war es Furcht gewesen, die ihn erregt hatte. Was war es dann? Was war dieses furchtbare Entsetzen, das sie, die nicht hinter ihm hergekommen waren, an ihrer Stelle mit ihm geschickt hatten?

Als er auf die geschotterte Straße durchbrach, kam der Husten in kurzen, fordernden Rhythmen.

Er hielt es nicht eine Minute lang für möglich, daß er das Schloß erreichen würde, aber er erreichte es trotzdem. Er kam zu den Steinhunden, die in Wirklichkeit Wölfe aus Stein waren, und zu dem Tor, dessen Flügel extravagant zurückgeworfen waren. Der Kies hier, bemerkte er unpassenderweise, war aufgewühlt, vielleicht von der Ankunft und Abfahrt des Karrens und des Arztes gestern. Er trat auf die Allee mit den Linden, und zwischen ihren vom Wind zerfaserten Ästen sah er Renzo, der einige Schritte auf ihn zugerannt kam, dann stockte und weglief.

Christian lachte darüber, und als er die Hand an die Lippen hob, bemerkte er in seiner Handfläche plötzlich ein Juwel aus rotem Blut.

Der Schrecken, der größer war als alle anderen, überfiel ihn. Der Schrecken, der aus einem Alptraum bestand, aus dem weißen Tuch mit den scharlachroten Flecken, aus der Faust, die ihm die Kehle zudrückte, aus den überschwemmten, ertrunkenen Lungen. Der Schrecken einer Krankenhausstation bei Nacht, und der Seile, die straff gespannt in der Erde verschwanden.

Er versuchte, die Existenz des Juwels aus Blut abzustreiten. Er schüttelte es ab wie ein Insekt. Er hustete jedoch, und das Juwel war wieder da, und der Geschmack von Kupfer.

Wie ein alter Mann, der bei schlechtem Wetter eilig Schutz sucht, eilte er mit aufgerissenen Augen und mit an den Mund gepreßten Händen auf einen Ort zu, der ihm keinen Schutz bot.

13. KAPITEL

Die Dienstboten

Christian erinnerte sich an alles, was er danach tat, mit der allergrößten Deutlichkeit, als hätte er sich Notizen über seine eigenen Handlungen gemacht. Die Flucht durch das Gelände, die mit den Beton-Urnen geschmückte Terrasse, die Außentreppe und der Eingang zu dem Schloß. Renzo war verschwunden, und die Eingangstür zu dem Haus hatte weit offengestanden. Die große Halle. Der Aufstieg über die Innentreppe. Auf halbem Weg wurde das von den Kronleuchtern hörbare Klimpern von der Stimme von Madame Tienne übertönt: Brauchte er etwas? Er hatte sich zur ihr umgedreht, schuldbewußt das blutbefleckte Stück Leinen versteckt, entschieden den Kopf geschüttelt und war weitergegangen. Sein zweiter Vorwand für Madame. Die Galerie, der Gang. Sein Wohnzimmer.

Es war für ihn automatisch, den Schlüssel im Schloß umzudrehen. Auch der Gang ins Bad war automatisch. Er hatte einige Übung.

Das letzte Stadium aber, das vielleicht eine Viertelstunde, nachdem er in das Schloß eingetreten war, erreicht war, stellte eine Neuerung dar. Er ging zu der Reisekiste, die die ganze Zeit ungeöffnet in einer Ecke des Schlafzimmers gestanden hatte. Er schloß sie auf, holte die Manuskriptblätter und die zusammengeschnürten Bücher heraus, bis er den kleinen Beutel aus rehbraunem Wildleder und in dem Beutel die Louis V-Pillendose fand. Er öffnete den Verschluß und ließ die grau-braune Kugel aus schnellem Tod in seine Hand rollen.

Bis jetzt hatte er sich beeilt, aber nun setzte er sich mit der Kugel zwischen den Fingern hin.

Das Feuer war wie üblich wieder angesteckt worden. Seine Reflexion tanzte höllisch über Wände, Boden und Decke und steckte die geschnitzten Möbel in Brand. Genau dort hatte er auf dem Mädchen gelegen, aber es hätte ebensogut nicht geschehen sein können. Die Karaffe mit Wasser stand bereit.

Er sah auf den Tod zwischen seinen Fingern.

War das wirklich alles, worauf es hinauslief?

Er erinnerte sich noch daran, mit welcher unheimlichen Leichtigkeit er sich das Gift in einer kleinen Seitenstraße der Stadt hatte beschaffen können, die ihm ein Bekannter empfohlen hatte; eine Geschichte von einem kranken Hund, der schmerzlos von seinem Elend befreit werden sollte, wurde erzählt – ein kranker *großer* Hund, damit die Dosis ausreichen würde.

Und nun war doch sicher die Zeit gekommen, um Schluß zu machen. Und er, der er so froh und bereitwillig in dieses Ultima Thule geflohen war, um dort allein und ungestört leben zu können, zitterte wegen dieser Einsamkeit und allem, was sie mit sich brachte und symbolisierte.

Und er, der er sich einen so sauberen, dramatischen Fluchtplan zurechtgelegt hatte –

Und er, der alles so tüchtig vorbereitet hatte –

Und er –

In diesem Augenblick war seine Angst zu groß, um den letzten, unausweichlichen Schritt tun zu können. Angst vor einer kleinen, grau-braunen Pille. Vor einer einzigen Schluckbewegung. Statt dessen würde er hier im Schein des Feuers sitzen, die Medizin in seiner Hand drehen wie einen interessanten Käfer und an Hamlet denken: Wenn's jetzt sein soll, wird's nicht geschehen ... Soll's jetzt nicht sein, so wird's *doch* kommen ...

Ein plötzliches Klopfen an der Wohnzimmertür ließ sein Herz aufschrecken und schmerzhaft stolpern. Das nämlich war ein Aufschub, wenn auch nur für eine Sekunde.

»Was gibt's?« rief er zu der Tür hinüber.

Draußen antwortete Madame Tienne: »Sie müssen mich bitte hereinkommen lassen, Monsieur.«

»Muß ich das? Was wollen Sie?«

Keine weitere Antwort kam durch das Holz, nur zwei oder drei weitere laute Ahornknöchel-Klopfgeräusche. Er hörte zu, bis sie vorüber waren. Als sie aufhörten, stand er auf und wartete auf mehr. Es kamen keine mehr. Wahrscheinlich war sie weggegangen.

Und nun mußte er, mußte er wirklich –

Wie wenn man sich auf einen Sprung in eine Wanne mit eiskaltem Wasser vorbereiten würde. Einen Besuch beim Zahnarzt. Ein leerer Raum, in dem nur ein unbesetztes Klavier stand. Seine Nervosität vor einem Vortrag war geradezu komisch geworden. Den Raum zu durchqueren war eine Qual. Und doch, wenn seine Hände erst einmal die Tasten berührten ...; aber all das war ihm genommen worden.

Außerdem war es ein schlechter Vergleich. Von dem kalten Wasser, dem antiseptischen Folterstuhl, dem Vortrag kam man zurück. Lebendig.

Irgendwo in weiter Ferne glaubte er einen unterdrückten Schrei zu hören. Er sollte sich beeilen.

Er ging zu dem Fenster und sah auf den Rand des Gartens hinaus. Wie schwer der Himmel war; er senkte sich herab und wollte das Land zudecken. Das düstere, brütende, abergläubische, verzauberte Land.

Diese beiden Kinder draußen im Wald – ja, auch die Frau, wenn auch sechs oder sieben Jahre älter als er, war ein Kind, sinnlich und gesetzlos – glaubten an Gott, dessen war er sich fast sicher. Oder an irgendeine Macht, die sie zu dem gemacht hatte, wofür sie sich nun hielten. Oder was sie vielleicht wirklich waren ..., Werwölfe. Die herrliche Dummheit dieser Vorstellung brachte ihn zum Rasen. Sie setzte eine Welt voraus, in der die Magie über Fakten triumphieren könnte. Wo ein Christus herumgehen und Wunder tun könnte. Wo die Kranken geheilt werden könnten.

Er mußte es jetzt wirklich tun.

Als er eine Hand an das Glas legte, knallte eine Tür auf. An weniger komplizierte Wohnungen gewöhnt, hatte er vergessen, daß die Suite nicht abgeriegelt war, wenn er eine Tür verschloß. Jemand war durch die Suite herum und in den Gang gegangen, der den Zugang zu dem alten Teil des Schlosses bildete, und von da aus war er oder sie durch das Musikzimmer direkt in die Bibliothek vorgestoßen, die noch zugänglich war. Nun waren sie bis zum Wohnzimmer vorgedrungen. Und nun wurde die Schlafzimmertür aufgestoßen.

Madame Tienne kam herein und starrte ihn an. Er starrte zurück, und sofort lieferte sie ihre steife, kleine Verbeugung.

»Verzeihen Sie mir, Monsieur.«

»Nein, das tue ich nicht«, sagte er. »Ich verzeihe Ihnen nicht. Wie können Sie es wagen, sich zu mir hereinzudrängen?« Seine Hand zitterte so sehr, daß Wasser auf den Teppich schwappte. Während das geschah, kam ein Mann in das Schlafzimmer.

»Sehr gut, Madame«, sagte er, als er an ihr vorbeiging. »Sie sollten mich besser vorstellen.«

Er vermittelte den Eindruck eines dunklen Polstermöbels, aus dem die Polsterung in Büscheln hervortrat, Büschel von grauen Koteletten, Büschel von zerfransten und schlampigen Kleidern. Das Klischee von der Tasche traf jedoch zu. Eine Vorstellung war nicht nötig.

»Monsieur le Seigneur kennt mich«, sagt der Arzt. Sein gelbes Gesicht sah wie eine vertrocknete Frucht aus, ein vergessener Apfel, der in dem Gras des Haars gefangen war. Die Augen aber waren die eines gezähmten Affen, nicht vertrauenswürdig und zu glänzend. »Mein Name ist Claut. Der Dorfarzt. Zu Ihren Diensten.«

»Verschwinden Sie«, sagte Christian.

»Aber ja, gleich«, sagte Monsieur Doktor Claut. Die Spur von Akzent war unbedeutend, aber beharrlich, und die Worte grammatikalisch richtig, aber dahergeplappert. Er lächelte ein böses Lächeln und kam herübergetänzelt. Die Geschwindigkeit, mit der er sich vorwärtsbewegte, war trügerisch. Ganz plötzlich hatte er die Hand ausgestreckt, und Christian die Kugel des Todes aus der Hand genommen. »Und was haben wir hier? Ein Bonbon? Soll ich es essen?«

Christian stand zitternd da, starrte ihn arrogant an und war zu irgendwelchen Gedanken nicht fähig. »Vielleicht nicht«, sagte Claut und lachte leicht. Mit einer kurzen Bewegung seines Handgelenks, wie sie sonst nur bei Kellnern und Anglern verbreitet ist, warf er die Kugel ins Feuer.

»Sie haben mit Ihren Dienstboten großes Glück, Monsieur«, sagte Claut. Madame Tienne war gegangen, die Türen verschlossen und die Lampen über dem Kaminsims angezündet. Eine eigenartige medizinische Untersuchung fand statt, bei der Christian keine wirkliche Rolle zu spielen schien. Zu sagen hatte er auf jeden Fall nichts. Er wurde an Leichen erinnert, auf deren kalkweißem Körper verschiedene interessante Stellen den Studenten demonstriert wurden.

»Ziehen Sie bitte Ihre Jacke aus. Ihre Weste. Knöpfen Sie Ihr Hemd auf. Drehen Sie Ihren Kopf, ja, so. Sehen Sie hierher. Sehen Sie dahin.«

Christian konnte sich nicht erklären, warum er sich dem fügte. Die Finger des alten Mannes waren gewissenhaft, zu sehr. Christians Jugend und Körper waren eine Quelle des Vergnügens.

Lächerlicher alter Lüstling, der an Aas herumfummelt.

»Ihren Arm bitte, Monsieur. Danke. Ich nehme an, für den Schnitt an ihrem Ohr ist Ihr Rasiermesser verantwortlich, oder? Sie sollten vorsichtiger sein. Lassen Sie sich von Renzo rasieren. Wie ich schon sagte, Sie haben Glück. Auf der anderen Seite sind solche Dienstboten hier im Schloß Tradition. Und jetzt werde ich Ihren Hals untersuchen, Monsieur.«

»Machen Sie sich nicht die Mühe. Ich kann Ihnen jetzt schon sagen, was Sie finden werden.«

»Tatsächlich?«

Christian saß in dem Sessel – er konnte sich nicht recht daran erinnern, wann er sich wieder hingesetzt hatte – und sah von den Affenaugen weg in das Feuer, das seine Rettung verzehrt hatte.

»Ich möchte gern wissen«, sagte Christian, »wie es kommt, daß Sie hier sind.«

»Nach dem Tod des Mädchens ...«

»Hat Madame Tienne vorgeschlagen, daß Sie mich aufsuchen.«

»Ich war bei Ihrer Rückkehr, die mir als recht dramatisch geschildert wurde, bereits im Haus. Gewehre, blutige Taschentücher. Und dann eine verschlossene Tür. Sie haben eine Unterbrechung herausgefordert, Monsieur.«

»Sie haben die einzige Hoffnung, die mir noch geblieben ist, ins Feuer geworfen.«

»Sie wollten ja gar nicht auf sie zurückgreifen«, sagte Claut.

»Wirklich nicht?«

»Sie hatten reichlich Zeit, Monsieur, denke ich. Solche Bonbons wirken ziemlich schnell, wenn sie erst einmal verzehrt sind. Und jetzt Ihren Hals, wenn ich bitten darf.«

Die unangenehmen, geschickten, drahtigen Hände packten Christians Kiefer. Der widerliche kleine Löffel, der für eine solche Operation verwendet wird, wurde schnell eingeschoben, und während er daran würgte, sahen ihn die schwarzen Augen, die aussahen, als seien sie wahrscheinlich durch die Verwendung irgendeiner Droge geweitet, durchbohrend an und zwinkerten.

Als die ekelhafte Prozedur vorüber war, saß er zusammengekauert wie eine kranke Katze da, während der Doktor zwischen seinen Gerätschaften herumsuchte. Der Gipfelpunkt des Elends war erreicht. Nur das hatte noch gefehlt.

»Wie weit ist die Krankheit fortgeschritten?« fragte er schließlich in Konversationstonfall.

Monsieur Claut zog sein ockerfarbenes Gesicht saftlos zusammen.

»Krankheit, Monsieur?«

»Sie wissen genau, was ich meine.«

»Vielleicht auch nicht, Monsieur. Die Lungen haben sich etwas zusammengezogen, was bei Menschen, die vergessen, wie man atmen sollte, recht häufig ist. Eine leichte Schwäche in der Kehle. Da Sie aber nicht als Opernsänger engagiert sind, ist das wohl kaum eine Tragödie. Außerdem wird sich das mit der Zeit erholen. Das kleine Blutgefäß, das platzt und die Blutung verursacht, wird durch ein Präparat, das ich für Sie zusammenstellen und aus der Stadt herschicken lassen kann, zur Ruhe gebracht werden. Was den Zustand Ihrer Nerven betrifft, der ist beklagenswert. Scheinbar bedrückt Sie etwas, Monsieur.«

Christian stand neben einem der Feuer, die in der großen Halle angesteckt worden waren. Der Cognac, den er trank, verdeckte oder besänftigte den metallischen Schmerz in seiner Kehle. Die braune Flasche mit der obskuren Tinktur, die ihm oben auf den Tisch gelegt worden war, hatte er durch das Schlafzimmer geschleudert. Sie hatte den Spiegel des Ankleidetisches getroffen und ihn springen lassen. Er hatte sich dann selbst betrachtet, wie er in seinem aufgeknöpften Hemd davorstand, und sein schönes Gesicht und die beiden verrückten Augen waren auch in zwei Stücke zersprungen.

Als er über die Ballerina-Treppe in die Halle herabgekommen war, hatten sich die drei Dienstboten, die ihm noch blieben, bereits versammelt. Der klapprige Karren des Doktors war aus dem Hof vor dem Stall herausgerattert und in das tiefer werdende Zwielicht des Nachmittags verschwunden.

Sich selbst überlassen beobachteten die treuen Diener ihren Seigneur mit verschiedenen Anzeichen von Spannung – Renzo biß sich auf seine roten Lippen, Sarette musterte hutlos, mit vorgeschobener Brust und finsterem Blick einen üppig verzierten Sims, und in Madame Tiennes Augen war die Andeutung eines Feuerwerks zu sehen. Sie würde zweifellos eine weitere Schlacht mit einem weiteren Trunkenbold genießen. Vielleicht hatte Claut auch bei diesem vorausgegangenen Tod seine Affenpfote im Spiel gehabt: Zuviel trinken,

Monsieur? Für einen Mann, der drei Kinder verloren hat, ist das, was Sie trinken, gar nichts. Trinken Sie mehr!

Bevor Christian die Treppe heruntergekommen war, hatte er sich eine schaurige Geschichte vorgestellt. Der Verurteilte, der guillotiniert werden sollte und zu Madame selbst unterwegs war, wurde von seiner Begleitung informiert, daß er doch noch begnadigt worden sei. Dann standen sie am Schafott, und der überglückliche Mann fragte, warum er sich denn trotzdem hinknien und seinen Hals in die Aussparung legen müsse.

»Nur eine leichte Schwäche«, erklärte der Scharfrichter. Und als die Klinge herabsauste, um Fleisch, Knochen und Luftröhre zu durchtrennen: »Ich kann Ihnen ein Präparat zusammenstellen lassen, damit die Blutung zum Stillstand kommt.«

Es könnte zahlreiche Gründe für die Lügen des alten Mannes geben. Eine einfache Fehldiagnose, oder schlimmer, der Wunsch, von falschen Beruhigungen zu profitieren. Christian hatte eine Belehrung über Diät, Schlaf, Wein, diese Tinktur, dieses zusammengesetzte Opiat, Nervenstörung, die Unerwünschtheit von Laudanum und die heilenden Eigenschaften der Kiefern im Wald bewegungslos über sich ergehen lassen. Ein Impuls, zu weinen, wurde durch einen Impuls ausgeglichen, gewalttätig zu werden. Christians Trägheit legte sich jedoch nicht rechtzeitig, als daß er sich auf den senilen Trottel hätte stürzen und ihm den Hals umdrehen können.

Nun konfrontierte er die drei Dienstboten, die ihm dieser letzten Abrechnung ausgeliefert hatten. Sie waren nicht nur in seine Räume eingedrungen und hatten ihn in seiner Privatsphäre gestört, sondern ihn dazu noch dazu verurteilt, seiner Krankheit ausgeliefert zu sterben. Die Kugel war verbrannt. Er konnte sich selbst noch so viel Schuld wegen seines Zögerns geben, aber sie hatten seiner törichten Feigheit die Mittel geliefert. Einige Wochen länger zu leben, wie er sie würde leben müssen –

Er sah diese drei Feinde an. Keine Verzweiflung war zu schrecklich, um in dieses Schema, diesen Friedhof der Hoffnungen zu passen.

Sie warteten darauf, daß er sich bei ihnen für ihre Besorgtheit bedankte. Oder daß er tobte und sie anschrie. (Sie müssen auf Ihren Hals aufpassen, Monsieur. Schreien Sie nicht. Sprechen Sie leise.)

Als ironische Würdigung dafür sagte er leise und lächelte ihnen nacheinander zu: »Packen Sie, was Ihnen gehört, und was Sie außerdem noch stehlen möchten. Und dann verlassen Sie das Schloß.«

Eine Stille folgte. Sarette senkte den Kopf, Renzos Klatschmohn-Mund öffnete sich, und Tränen stiegen ihm in die Augen. Madame wurde ausdruckslos und feuerlos.

»Ich dulde keinen Widerspruch. Ich habe eine Mitteilung an Hamel geschrieben und unterzeichnet. Sie liegt dort auf dem Tisch. Nehmen Sie sie mit, wenn Sie gehen. Für irgendwelche Dienste, die Sie mir geleistet zu haben glauben, werden Sie bezahlt werden.«

Er trank den Cognac aus. Er schloß die Augen. Sie, und er selbst, waren ihm gleichgültig geworden. »Sie sollten besser zusehen«, sagte er sanft, »daß Sie ins Dorf kommen, oder wo Sie auch sonst die Nacht verbringen wollen, bevor die Sonne untergeht. Offensichtlich gibt es hier im Wald Wölfe.«

»Monsieur«, hörte er sie sagen, und ihre knappe Stimme informierte ihn, daß das irregeführte Kind für die Güte der Erwachsenen dankbar sein sollte. »Wir oder andere Angehörige unserer Familien haben diesem Haus mehr als hundert Jahre lang gedient. Weit länger noch, wenn Sie sich die Aufzeichnungen ansehen möchten. Das Haus ist periodisch abgeschlossen und ein Verwalter eingesetzt worden. Während solcher Zeiten, die unter Ihrem Vorgänger ab und zu gekommen sind, haben wir uns woanders eine Stelle gesucht. Unsere Verbindung mit dem Schloß ist jedoch so eng, daß wir diese Stellungen nie als permanent betrachtet haben.«

»Madame«, sagte er, »betrachten Sie sie jetzt als permanent, und gehen Sie zum Teufel.«

Ihr Rock raschelte, als sie ging. Renzo schluchzte. Sarette marschierte hinaus wie auf einer Parade.

Mit noch immer geschlossenen Augen setzte sich Christian vor dem Feuer auf den Boden.

14. KAPITEL

Der Schnee

Loups-gens-aieux.

Als die Flammen erstarben, begann die eingeritzte Inschrift unter dem großen Überhang des Kamins deutlich zu werden. Vielleicht hatte die Hitze oder ein Überzug mit frischem Ruß die Buchstaben betont, die vorher unleserlich gewesen waren.

Er beobachtete sie, wie sie hervortraten, er las sie. Rein sprachlich ergaben sie keinen Sinn, grammatisch sinnloser Quatsch.

Nach einiger Zeit jedoch, als der Cognac ihn in dem riesigen, dunkel werdenden Zimmer, in dem die Luft sich durch die Kälte langsam kristallisierte, nicht mehr wärmen konnte, ließ ihn eine bestimmte Intuition in der Reihe von Worten einen bizarren Satz erkennen, der ungefähr folgenden Inhalt hatte: »Nun sind wir Menschen, die wir Wölfe waren.« Endlich sprach er den Satz laut aus und hörte sofort seine Ähnlichkeit mit dem Namen: *Lagenay*.

Als der Abend sich überall in dunkleren Flecken in dem Schloß ausbreitete, machte er sich an die Aufgabe, sich auf eine Belagerung vorzubereiten. Wie sich das gehörte, sollte die große Suite das Hauptquartier seines letzten und offensichtlich zum Scheitern verurteilten Kampfs gegen den Winter und die ewige Nacht werden. Zu diesem Zweck trug er nun die direkten Voraussetzungen für das Überleben nach oben: Holzscheiter in ihren verschiedenen Körben, einige Flaschen Wein und solche Nahrungsmittel, die sich oben ebenso gut aufbewahren ließen wie in den Speisekammern unten. Auch Kerzen, Öl und Zündhölzer machten die Reise. Von Zeit zu Zeit würde es notwendig werden, einsame Vorstöße zu der Hauptpumpe in der Küche zu unternehmen oder den Keller und den Holzschuppen neben dem Haus aufzusuchen. Vielleicht würde die Stunde kommen, wenn der gesamte Holzvorrat aufgebraucht war. Dann würde er vielleicht mitten in dem Wald voller Holz dazu gezwungen sein, die Stuhl- und Tischbeine zu verbrennen. Wenn er eine Axt finden könnte, könnte er das Klavier zerhacken, eine letzte Sonate der Zerstörung, ein letztes Nocturno von leidenschaftlichem Haß.

Mit derartigen Gedanken im Kopf ging er in das Musikzimmer, wo keinerlei Licht oder Feuer brannte.

Der Vampir schwebte wie ein kohlschwarzer Tümpel in der Luft. Eine düstere Stille, dick wie Vorhänge, klebte an allem. Nur im Fenster zeigte sich ein schmales Stück Himmel, kaum fingerbreit, eine malvenfarbige, leuchtende Wunde. Er setzte sich hin, wo diese Malvenfarbe die Tasten berührte und spielte ruhige Ströme von Musik, geisterhafte Improvisationen, die von Themen von Rachmaninov, Schumann und Debussy ausgingen und wieder zu ihnen hinführten. Und als das Licht noch dicker wurde, spielte er weiter, nun blind, orientierte sich allein mit seinem Tastsinn, als sei er nachts neben einem Fluß oder über dem vertrauten Körper einer Geliebten.

Als er endlich aufhörte, pulsierte der Raum selbst in einer kalten, neuen Improvisation. Schnee fiel am Fenster vorbei.

Er lag in dem Himmelbett gegenüber dem Gobelin und träumte, er sei im Wald und ginge durch den tiefen, weißen Schnee. Er roch das gefrorene Parfum der Bäume und spürte das Knirschen des groben, feuchten Pulvers unter seinen Füßen. Er hörte nichts, denn der Wald schien vor Stille zu klingen wie eine riesige Silberglocke.

Er bemerkte nur ganz allmählich, daß er den mit schwarzem Pelz gefütterten Überwurf eines Adligen aus dem Mittelalter trug, und ebenso verzögert registrierte er das Schwert, das an seiner Seite hing, den kurzgeschnittenen Bart auf seinen Wangen und das schwere, gelockte Haar, das auf seinen Rücken fiel.

Es war weder Nacht noch Tag, sondern es herrschte eine Art weiß-blaues Zwielicht. Wohin er darin ging, hatte er keine Ahnung, aber er spürte ein Gefühl von Absicht, kontrollierter Erregung und vollständiger Autorität, sowohl über sich selbst, als auch über seine Besitztümer.

Er wachte kurz auf, mit einem dumpf gemurmelten Fluch wurde er aus seinem Traum herausgerissen.

Und ganz kurz hatte er einen deutlichen Eindruck von der männlichen Linie, die bis zu den uralten Anfängen des Schlosses zurückreichte, einer männlichen Linie, die unvermindert auch über die weibliche fortgeführt wurde, in die sich fremdes männliches Erbgut und Blut mischte. Er hatte ein Bewußtsein seines Erbes, das durch seine Abwesenheit, durch einen toten Großvater und eine Mutter, die ihrem Sohn nur Geschichten zu erzählen gewußt hatte, durch die Töne von mehr als dreißig Klavieren, Krankheit und Unglauben auf ein Minimum zusammengeschrumpft gewesen war.

Wie ein kleiner Junge, der aus der Ferne einen kurzen Blick auf einen Helden erhascht, spürte er einen Schmerz der Sehnsucht nach dem Mann, der er im Schlaf gewesen war.

Am nächsten Tag stand er erst spät auf – um die Mittagszeit. Der Schnee floß noch immer vom Himmel herab wie Milch. Vor den Fenstern war nichts zu sehen. Zum Frühstück verzehrte er mit überraschendem Hunger etwas von dem kalten Fleisch und Brot und – weniger überraschend – den Wein. Dann folgte er den Gewohnheiten der Zivilisation, brachte auf dem Feuer in einem der vielen schwarzen Kessel in der Küche Wasser zum Kochen, wusch und rasierte sich sorgfältig vor dem gesprungenen Spiegel. Der Biß in seinem Ohr verheilte zu einer dünnen schwarzen Naht. Was machte es schon aus, ob sie ihn vergiftet hatte? Gift von ihrem subtilen Mund ... Aber er wollte nicht an sie denken.

Nachdem er sich mit peinlicher Sorgfalt angezogen hatte, setzte er sich vor das Feuer im Schlafzimmer und las. Merkwürdigerweise hatte er keine Schmerzen in seinem Hals, nicht einmal ein unangenehmes Gefühl, und er hustete selten. Ein kurzer Aufschub, für den er nur verächtliche Undankbarkeit empfand, denn er war schon öfter getäuscht worden. Er wollte seine Gedanken bei nichts länger verweilen lassen. Er verschlang Seiten von obskuren Romanen und Übersetzungen, die er in der Bibliothek zwischen den Ronsards, Flauberts, Racines und Edouardes entdeckt hatte.

Träume, Zauberei, Lügen hielt er mit Träumen, Zauberei und Lügen in Schach.

Er legte Holz nach und füllte sein Glas wieder, wenn das notwendig wurde. Draußen fiel hypnotisch der Schnee, und sein Gewirbel schimmerte als Kontrapunkt zu dem Schimmern der Flammen an der Wand.

Es war ein Interim, und es konnte kaum anhalten. Daher seine Verweigerung von Gedanken, die ihm auch Prophezeiungen bringen könnten. Die Eiszeit, wenn Holz und Nahrung ausging, die letzten Zuckungen der Krankheit, an sie wollte er nicht mehr denken. Sein Leben war auf eine Stunde, eine Minute reduziert, die er jeweils zu durchleben hatte.

Nur die undeutliche Erscheinung an seiner Schulter, die wie ein schwarzer Fisch in den Tiefen seines Gehirns schwamm, wußte es besser. Dann sieh eben nicht hin. Lebe im vorderen Teil deines Bewußtseins, wie du nur in diesen fünf Räumen lebst.

Er döste, der ewige Genuß des Invaliden. Eine Methode, nicht um Kräfte zu sammeln, sondern um der Wahrheit auszuweichen.

Es wurde zu seinem allerersten Morgen in dem Schloß, nur, daß jetzt niemand bei ihm hereinplatzen konnte.

Um drei Uhr wurde das große Ventil im Himmel zugedreht, und der Schneefall ließ nach und hörte schließlich ganz auf.

Etwas daran – die Bewegungslosigkeit, wie ein Geräusch, das plötzlich verstummt – ließ ihn aufschrecken.

Er ging zu dem Fenster, das auf die Ecke des Gartens mit den beschnittenen Hecken hinaussah, aber der Garten war nicht mehr da. Ein weißes Blatt füllte das Fenster, auf das leicht, aber ungenau eine Andeutung von Silhouetten gemalt war – von Mauern, Bäumen, Hängen. Der Horizont des Waldes war nicht mehr als ein Streifen aus dunklerem Weiß unter dem Porzellanhimmel.

Das Schloß war ein Haus aus Schnee auf den Ebenen eines Schnee-Planeten geworden.

Etwas blitzte draußen in der Weiße auf. Der Kontrast war so stark, daß er seinen Blick auffing wie das Aufleuchten eines Feuers. Er suchte danach und konnte kein Indiz dafür finden, woher es gekommen war. Die Bewegung eines Zweigs im Garten, eine schwarze Krähe – er hatte hier noch keine Vögel gesehen, bis auf einen, der tot war –, ein Sehfehler.

Aber da, da war es wieder.

Er sah direkt nach unten in eine Ecke des Gartens. Während er hinschaute, wurde plötzlich von einer der Eiben das Staubschutztuch aus Schnee abgeschüttelt. Die knollige Nacktheit des Baums erschien, ein Tintenfleck auf dem Blatt; die Ursache für das Abschütteln war nicht zu sehen.

In diesem Garten hatte er Sarette gesehen, und Sylvie. Von dem Musikzimmer aus hatte er einen Hund gesehen.

Er brauchte sich nicht zu fragen, wer jetzt in dem Garten war.

Die Bewegungen der Eibe hatten aufgehört. Nichts, niemand tauchte auf. Kein weiterer Schnee wurde abgeschüttelt.

Was nun? Er hatte die Schlüssel wieder an sich genommen. Er könnte hinunter und in den Garten gehen, entweder durch den alten Hof mit dem Brunnen, nachdem er das schlingpflanzenverwachsene, schmiedeeiserne Tor aufgezwängt hatte, oder durch den anderen Eingang, den er nie entdeckt hatte und der mit dem Hof unter der Küche in Verbindung stehen mußte. Da er nun darüber nachdachte, konnte er sich keinen Reim aus der Anlage des Gartens machen, die exzentrischen Winkel und seine Beziehung zu dem

Schloß, das ihn scheinbar einschloß und hier einen Teil von ihm zeigte, dort einen anderen, aber nie alles. Also ein versteckter, ein okkulter Garten. Er wendete sich mit klopfendem Herzen von dem Fenster und der Herausforderung ab, hatte aber nicht vor, selbst etwas zu unternehmen.

Christian setzte sich wieder in den Sessel, nippte an seinem Weinglas und nahm das Buch über lustige Maskeraden wieder auf.

Er las drei oder vier Sätze und war gezwungen, sie noch einmal zu lesen. Nach dem fünften Satz prallte etwas gegen die Fensterscheibe hinter ihm.

Er schreckte hoch, und das Blut pulsierte in ihm, als würde er auf einen Gewehrschuß reagieren. Die Scheibe war unbeschädigt und leer. Unsinnigerweise hatte ein Teil von ihm angenommen, er würde ihre beiden Gesichter gegen das Glas gepreßt sehen, weil sie fliegen konnten.

Das Weinglas war auf den Teppich gefallen und hatte das orientalische Blumenmuster in ein blasses Rot umgefärbt.

Einer, wahrscheinlich der junge Mann – Luc de Lagenay – hatte mit einem Kiesel oder einer Scherbe einer zerbrochenen Urne geworfen. Kraft und ein sicheres Auge waren dazu nötig, nicht mehr. Und nun, vielleicht wieder versteckt, warteten sie auf die Rückkehr von Christians blassem Gesicht, das aus dem Fenster sah.

Sie wollten ihn nicht in Ruhe lassen. Und da waren die Schlüssel, und irgendwo stand noch das Gewehr.

Ein zweites Geschoß traf das Fenster, zu schnell, um gesehen werden zu können, und er stieß einen Schrei aus.

Unfähig, zu entschlüsseln, was er fühlte – wie zuvor –, denn – wie zuvor – war es kein Ärger oder Beunruhigung oder gar eine widersinnige Freude, ging er in das Wohnzimmer, in dem, öde und ohne Feuer im Kamin, die Eiszeit deutlich schon ausgebrochen war, und holte die Schlüssel.

Sein Astrachan-Mantel lag da, wohin er ihn am vergangenen Nachmittag geworfen hatte. Er streckte eine Hand aus, um ihn aufzunehmen, zögerte dann und ging mit einem höhnischen Lächeln ohne Mantel aus der Suite. Warum sollte er auf dem Weg zum Schafott einen Mantel anziehen? Warum das Gewehr suchen? Wenn sie wahnsinnig genug waren, diese Kinder aus dem Wald, ihn in Stücke zu zerreißen und zu verschlingen, dann sollten sie es doch. Er ging durch den Korridor und stellte sich die beiden de Lagenays vor, wie sie sich in ihren Pelzen mit Doktor Claut unterhielten. Luc: *Wir können kein krankes Fleisch essen, Monsieur.* Claut (zwitschernd wie ein Affe): *Ihm fehlt nicht das geringste. Freßt ihn ruhig. Er wird euch nähren.*

Christian durchquerte die Öde des Schlosses. Wie greifbar seine Kälte geworden war, ein wahres Gewicht! Er ging die Treppe hinunter, erreichte die Küche, ging durch sie und an den Eingängen zu der Vorratskammer und der alten Molkerei vorbei. Die Tür, die zu der Außentreppe und dem Hof führte, hatte sich verzogen. Seine Hände waren stark, und er zerrte sie auf. Ein Teppich aus Schnee bedeckte die gewundene kurze Treppe. Eine Million Messer schnitten ihn, die gezackten Schneiden der Atmosphäre. Unter ihm führte rechts vor der Treppe ein Bogen wie ein Tunnel durch eine Mauer, wie direkt durch die weiße Papierwelt.

Christian ging mit automatischer Vorsicht die Treppe hinunter, aber der eiskalte Schock der Luft hatte ihn bereits betäubt. Es war ihm sehr klar, daß er etwas Irrationales tat, und dieses Bewußtsein wurde durch die Schwierigkeiten noch verstärkt, die es ihm bereitete, durch den Hof zu gehen, denn seine Füße sanken bei jeder Bodenberührung ein wie in einen Schwamm. Als er in den Bogen eintrat, zerbrach ein Tongerät oder ein Blumentopf unter seinen Füßen, und er erinnerte sich an die kreuzförmig ausgelegten Knochen auf dem Pfad im Wald, auf die er getreten war, um sie zu zerbrechen.

Der Tunnel war ungefähr zwei Meter lang und endete in der Nähe der Rückmauer der nicht mehr in Gebrauch befindlichen Stallungen. Eine weiße Pelztür in einer weißen Pelzhecke ermöglichte den Zugang zu dem Stallhof. Ein Gemüsegarten, der ebenfalls aus weißem Pelz bestand, umgab einen toten Brunnen, der unter seinem Hermelinbesatz erstickt worden war. Hinter dem Gemüsegarten lagen als zweieinhalb Meter hohe geheimnisvolle Schneehügel die geschnittenen Hecken.

Auch hier war einmal eine Tür gewesen, aber von ihr waren nur noch die Angeln übrig. Eine Pergola, ihre Ranken voller üppiger Schneeblüten, war zusammengebrochen und hatte so eine Ersatztür geschaffen. Einer – zwei – war hier durchgeglitten und hatte nur einen einzigen Ast abgebrochen, um sich den Weg freizumachen.

Christian kam an der gleichen Stelle durch, aber ohne Eleganz. Seine Bewegungen, wie er mit Händen und Füßen ausschlug, sprach für sehr schlechte Laune oder Verzweiflung. Er beobachtete sich selbst ziemlich erstaunt, denn er schien nichts zu empfinden. Nur sein Herz raste.

Der imaginäre Künstler, der an dem Dorf und dem Friedhof gearbeitet hatte, und der Linien auf das Blatt vor dem Fenster gekritzelt hatte, hatte auch den Garten im Schnee neu gezeichnet. Der Fuß jeder Hecke und jedes Baums war nur undeutlich angedeutet, und jede Lücke, in die der Schnee nicht gefallen war, war dunkel schattiert. Die ursprüngliche Anlage jedoch war gelöscht, nicht mehr vorhanden. Mehlbestäubte Statuen mit schwarzen Achselhöhlen, Schößen und Lippen drängten sich dazwischen.

Unter ihren weißen Augenbrauen blickten die hohen Fenster des Schlosses aus fast jedem Winkel auf den Garten herab. Er machte sich nicht die Mühe, sie zu identifizieren. Die Türme sahen mit ihren scharfen Konturen aus wie dicke Baumstämme.

Und sie? Wo waren *Sie?*

Die Steine waren von dem Teil des Gartens aus geworfen worden, der an die Masse eines bestimmten Turms angrenzte. Inzwischen aber konnten solche Kreaturen irgendwo sein. Sogar hinter ihm, ihre glühenden Augen unverwandt auf seine Schulterblätter gerichtet.

Er sah sich nicht um. Er ging weiter durch die Wege des Gartens zwischen den Hecken.

Jeden Augenblick konnte eine Kaskade von Schnee von einem Baum neben ihm niedergehen. Ein Schneeball könnte auf ihn zufliegen. Kinderspiele. Und doch geschah nichts derartiges.

Er erreichte eine Kreuzung zwischen den Eiben; eine Sonnenuhr markierte die Stelle. Als er zu ihr hinkam, sah er, daß der Schnee auf ihr mit einer Nadel, einem Stock oder Fingernagel eingeritzt worden war. *Drei Schritte nach links,* hieß es darauf. Aha. Also doch ein Spiel. Er bog von der Kreuzung in die Allee links ein, machte einen Schritt und zögerte. Währenddessen durchzog den Garten ein eigenartiges Flattern, als sei ein Teil der Szenerie auf einer Bühne mit Rollen verschoben worden. Und da standen sie.

Als er sie sah, konnte er nicht widerstehen, holte tief Luft und stieß ein lautes Gelächter aus.

Vorher waren sie urtümlich mit der Haut von Tieren bekleidet oder ganz nackt gewesen, aber nun trugen sie eine Art vorbildlicher »Feiertagskleidung«. Makellose, moderne Kleider, die sie irgendwann einmal in einer Provinzstadt passend für sich eingekauft hatten. Da standen sie und posierten ausdruckslos wie für eine Photographie. Er trug eine offenstehende, taubenblaue Jacke, die hier und da den Blick auf fürstliche taubenblaue Kleidungsstücke darunter freigab, eine seidene Weste, schwarz-rot wie Bordeaux, einen bis zur Totenstarre gestärkten Kragen und eine Krawatte wie poliertes Zinn. Sie, das perfekte Dreieck einer Modephotographie, bot sich seinem Blick in einem Kostüm mit einem engen Rock von der Farbe grüner Oliven und einen tellergroßen olivgrünen Hut, von dem himmelblaue Federn flossen. Sie lieferten den einzigen Farbfleck in der Landschaft, aber keine Bewegung, bis Luc de Lagenay seinen perlgrauen Filzhut abnahm und ihn mit einer übertriebenen Verbeugung schwenkte.

Auf solche Erscheinungen konnte man nicht schießen.

Was sollte man mit ihnen anfangen? Ihre unpassende Verkleidung machte sie entweder noch schreckenerregender oder aber möglicherweise rührender.

Als der junge Mann sich von seiner Ehrerbietung wieder aufrichtete, sah er die Frau, Gabrielle, an, als wolle er herausfinden, was er als nächstes tun solle. Wie außergewöhnlich sie aussah, strahlend hübsch, das Haar hochgesteckt, das Gesicht gepudert und mit aufgelegtem Rouge geschmückt, und ihre absurden Augen, die heute grüner als ihre Kleider schienen, mit Tusche geschminkt.

»Wir hatten gedacht«, sagte sie, »Sie würden doch keine Antwort geben, wenn wir an der Tür klingeln würden. Selbst, wenn sie funktionierte. Bei der letzten Gelegenheit, als wir hier waren, war sie defekt.«

»Tatsächlich«, sagte Christian automatisch.

Er ertappte sich dabei, wie er unwillkürlich nach ihren eigenartigen Nägeln suchte, dem sagenhaften Emblem des Werwolfs. Sie hatten jedoch beide ihre Hände in makellosem Wildleder verhüllt.

»Sie tragen nicht die richtigen Kleider für draußen, Monsieur«, sagte er überheblich zu Christian. »Sollten wir nicht hineingehen?« Und dann bewegte sich eine der Wildleder-Pfoten zu schnell, um gesehen werden zu können, und ein Wildleder-Finger berührte das heilende, gebissene Ohr.

Christians Arm flog im gleichen Augenblick hoch, und ihm wurde die Befriedigung vergönnt, die grau-blaue Hand mit großer Heftigkeit wegzuschlagen. Luc machte einen Satz zurück und bleckte die Zähne, möglicherweise spontan. Sie hatten sich schließlich in all den Jahren hier davon überzeugen können, daß sie das waren, wofür sie sich selbst hielten.

Christian richtete seinen Blick auf Gabrielle.

»Was wollen Sie?«

»Ist das nicht offensichtlich? Wir möchten in das Schloß kommen.«

»Es ist nicht offensichtlich.«

»Gut, aber jetzt haben wir es Ihnen ja gesagt.«

»Nicht genug.«

»Wir haben die Dienstboten abziehen sehen«, sagte sie. »Die furchterregende Tienne, den Fahrer und den Jungen. Wir haben hier schon eine Menge Leute kommen und gehen gesehen. Der vorherige Eigentümer, der Säufer, war oft monatelang weg, in England glaube ich, wo er seine Familie wie eine Art Menagerie gehalten hat. Das Haus wurde dann abgeschlossen und irgendein Trottel von Verwalter eingesetzt, der sich kaum hier aufgehalten hat. Es gab Methoden, hereinzukommen. Wir hätten sie heute anwenden können. Wir haben früher als Kinder hier gespielt.«

Die Nebenlinie der Schloßerben. Er sah sie vor sich, einen rothaarigen Jungen von ungefähr fünf oder sechs, und ein heranwachsendes Mädchen mit goldenen Haaren, wie sie kreischend durch die hallenden Gänge rannten und Kastanien und Äpfel in einem Feuer rösteten, das sie spontan und gesetzeswidrig unter einem der Roste angezündet hatten. Es war mehr ihr Eigentum als seines, ja, durch Gewohnheitsrecht war es sogar ihr Eigentum geworden.

Die Farbe des Schnees aber hatte begonnen, ihn in den Augen zu schmerzen; die Kälte war wie eine Krankheit.

»Warten Sie noch eine Weile«, sagte er. »In einem Monat bin ich tot. Dann gehört alles Ihnen. Jeder zerfallene Backstein, jeder verrottete Balken. Einen Monat werden Sie noch warten können.«

Sie neigte auf die vertraute Art ihren von dem riesigen Heiligenschein ihres Hutes umrahmten Kopf zurück, um ihn anzusehen. Sie ging in ihren hochhackigen Stiefeln und mit der Fessel ihres engen Rocks sehr sicher durch den Schnee direkt bis zu ihm.

»Wenn Sie vom Tod reden«, sagte sie, »füllen sich Ihre Augen mit Tränen.«

»Vielleicht sollte ich es bedauern, daß ich sterbe.«

»Bedauern Sie nichts«, sagte sie. »An Ihnen haftet kein Geruch von Tod.«

»Ah«, sagte er, aber seine Stimme zitterte, »Sie haben gehört, was Monsieur Doktor Claut gesagt hat.«

Sie lächelte geheimnisvoll und schob ihre Hand sanft durch seinen Arm.

»Sie frieren«, sagte sie. »Wir wollen ins Haus zurückgehen.«

Ihre Stimme, die früher davon gesprochen hatte, daß das Fleisch eines jungen Mädchens verschlungen worden war, klang nun sanft, liebkosend und so zärtlich wie die Stimme irgendeiner Annelise. Ihre Augen waren nachdenklich, dachte er.

Er zog ihre Hand aus seiner Armbeuge, drehte dem Paar den Rücken zu und ging durch den Garten zurück, wie er hergekommen war.

Sie folgten ihm natürlich. Nicht, daß er ihre Schritte gehört hätte. Er beeilte sich nicht. Als er den Hof unter der Küche erreichte, fragte er sich, ob sie wohl vorlaufen würden, damit sie hereinkämen, bevor er droben die Tür zuschlagen konnte. Der Gedanke amüsierte ihn.

Als er jedoch die Treppe zur Tür hinaufgegangen war, sah er sich weder um, noch wartete er, sondern ging direkt ins Haus. Er schloß auch nicht die Tür hinter sich.

15. KAPITEL

Der Besuch

Das Haus war nach dem verschneiten Garten voller tiefer Schatten, schien aber warm. Das runde Fenster mit dem blauen Glas meldete beharrlich, daß das Haus unter Wasser lag. Die hohen Fenster deuteten zwischen ihren Vorhängen an: Nein, es lag am Nordpol. Die große Halle selbst raschelte, als seien Zweige auf ihrem Boden verstreut.

Benommen prüfte Christian die verschiedenen Illusionen. Er hatte sich gefragt, wohin er die beiden Gäste führen sollte, die ihm von der Küche aus nachschlichen, und er hatte sich für den feuerlosen, wärmelosen, ungastlichen Salon entschieden.

Er ging in den Raum und setzte sich in den Sessel neben dem toten Kamin, um auf sie zu warten.

Von einem gewissen Punkt an konnte er sie hören, wie sie näherkamen, obwohl es kaum wahrnehmbar war. Sie wehten wie zwei winterliche Blätter durch die große Halle. Er stellte sich vor, wie sie nach oben zu dem blauen Fenster sahen und die geschnitzten Holzgegenstände, die Brokatvorhänge und die silbernen Kerzenleuchter betasteten. Sie kannten sicher alles. Ihr Haus.

Weit entfernt klimperten die Kronleuchter in der Halle. Dieser Zug ohne Ursprung brachte sie wieder in Bewegung.

Gabrielle de Lagenay betrat den Salon zuerst, aber Luc war nur einen Schritt hinter ihr. Man konnte diese zwei ebensowenig kontrollieren oder draußen halten wie zwei Katzen.

»Oh«, sagte Luc beiläufig, »du siehst, was er versucht.«

»Das weiß er selbst nicht«, sagte Gabrielle.

»Doch, das weiß er. In einem der oberen Räume brennt ein Feuer. Man konnte es sogar von draußen riechen. Hier aber gibt es kein Feuer.«

»Das hier ist das korrekte Zimmer, um Besuch zu empfangen«, sagte sie. »Zum englischen Tee, mit kleinen Keksen und Fruchtstücken.«

Christian beobachtete sie und hörte ihnen zu. Er brauchte sonst nichts zu tun. Er brauchte sich nicht zu bewegen, nicht einmal seine Hände oder seinen Kopf. Der Raum war doch schrecklich kalt, aber der junge Mann zog seine Handschuhe aus und warf sie zusammen mit seinem eleganten Hut auf einen Stuhl. Die roten Nägel waren keineswegs häßlich, nur beunruhigend. Selbst mit der prachtvollen Jacke, dem Jakkett und den Hosen sah er im Grund wie ein Waldbewohner aus. Die Frau war zu dem Mahagoni-Buffet gegangen. Eine Schale mit Treibhausorangen war irgendwann am vorausgegangenen Tag neben ein silbernes Tablett mit einer kleinen Karaffe mit Armagnac daraufgestellt worden.

Sie wählte drei von den winzigen Pokalen aus und goß etwas von dem dunkelfarbigen Getränk hinein. Nicht mehr Gast, sondern Gastgeberin brachte sie ihrem Bruder ein Glas, der es mit ironischer Höflichkeit in Empfang nahm. Als nächstes kam sie zu Christian und hielt auch ihm ein Glas hin. Als er keine Anstalten machte, es anzunehmen, stellte sie es auf den Tisch neben ihm. Sie ging zu dem Buffet zurück, hob ihr eigenes Glas an ihre Lippen und – Löwin – trank davon.

Luc nahm eine Orange aus der Schale.

Christian rührte sich leicht, er konnte nicht widerstehen.

»Falsch, Kinder. Ihr habt einen Fehler gemacht.«

»Mein Gott«, sagte Luc. »Er hat mit uns gesprochen.«

»Das bedeutet nicht, daß er uns verzeiht«, sagte Gabrielle.

»Das bedeutet«, sagte Christian und lächelte ihnen düster zu, »daß ihr eure Rollen nicht richtig gelernt habt.«

»Ah ja?« sagte Gabrielle.

Luc nahm ein silbernes Messer aus der Schublade des Buffets – auch mit den Bestecken vertraut – und schnitt die Orange in zwei saubere, blutende Hälften.

»Wölfe«, sagte Christian, »fressen Fleisch. Menschliches, wenn es verfügbar ist. Viele, viele Sylvies. Sonst Hasen, Vögel, Hühner, Ziegen, kleine, flauschige Lämmer. Und alles in rohen Brocken.«

Luc bot die halbe Orange Gabrielle an. Sie nahm sie und leckte nachdenklich mit einer spitzen Zunge darüber. Luc biß wild in die Hälfte, die er behalten hatte, durch Fruchtfleisch und Schalen zur gleichen Zeit.

»In den Geschichten«, sagte Christian, »wird der Werwolf dadurch entlarvt, daß er gekochtes Fleisch und jegliches Gemüse ablehnt und später dabei erwischt wird, wie er in der Küche den Arm des Babys abnagt.«

»Wie spöttisch Sie sind«, sagte Gabrielle. »Sie müssen noch immer Angst haben. Ist Ihnen denn nicht klar, daß wir Ihnen nichts tun werden?«

»Oh«, sagte Christian, »tausend Dank.«

»In menschlicher Form«, sagte Gabrielle, »essen wir menschliche Nahrung. Kommt Ihnen das widersinnig vor? Wir tragen außerdem Menschenkleider und sind menschlichen Stimmungen und Hoffnungen unterworfen, die vielleicht ebenso verloren wie Ihre eigenen sind, Seigneur.« Sie legte das Orangenstück hin, stellte ihr Glas ab und kam wieder zu ihm herüber. In der letzten Sekunde machte sie wieder eine jener unerklärlich schnellen Bewegungen, jenes körperliche Taschenspielerkunststück, lehnte sich an die Armlehne seines Sessels und beugte sich nach vorne, um ihn anzustarren. Sie war ihm so nahe, daß er den Duft ihres Puders und das feinere Parfum ihrer Haut und ihres Haares riechen konnte.

Er lehnte sich in dem Sessel zurück und sah sie an, in ihr herausforderndes Auge und ihr reserviertes.

»Würde es Sie überraschen«, sagte sie, »zu hören, daß wir auch Angst vor *Ihnen* haben? Nein? Ja? Monsieur Silberauge, diese Szene in unserem eigenen Haus war reines Theater.«

»Was sonst?«

»Was sonst. Und so haben wir unsere Festtagskleidung angelegt und sind hergekommen, um Sie um Entschuldigung zu bitten.«

Wieder war er sich über seine Gefühle nicht im klaren. Er schien in einer grünen Dämmerung zu schweben; in ihrer. Er spürte die Kälte nicht. Statt dessen glühte der Raum vor ihrer Sexualität oder ihrem Fieber, oder beidem. Vor allem aber wollte er schlafen. Wie seltsam das war.

Auch der junge Mann war erschienen und lehnte sich an die Seite des Sessels, um auf ihn herabzusehen.

»Ich *hätte* Sie töten können«, versicherte ihm Luc de Lagenay leise.

Sein Schatten erstreckte sich über den Sessel, den Boden. Fast unmerklich wurde er länger, immer länger. Die Fenster hatten ihre Farbe geändert. Es mußte nach vier Uhr sein.

Christian stand plötzlich auf, und, wie er das vorher gewußt hatte, sprangen beide Wesen zur Seite. Selbst sie sprang in der Röhre ihres Rocks irgendwie. Sie waren argwöhnisch.

»Tun Sie, was Sie hier tun wollen«, sagte er. »Mir ist es gleichgültig, und ich werde Sie nicht hindern.«

»Wohin gehen Sie?« fragte Gabrielle.

»In das Zimmer mit dem Feuer«, sagte Luc. »Die große Suite ist sicher geöffnet.«

»Also gut«, sagte sie. »Gehen wir alle.«

»Oh, ich denke nicht«, sagte Christian. Er hatte die Tür erreicht und die Schwelle überquert, bevor er das für möglich gehalten hätte. Er drehte sich um, nickte ihnen zu, ergriff die beiden Flügel der Tür und warf sie zu.

Die Vision, die er während seiner Träumerei im Hof gehabt hatte, sollte hier Realität werden. Ohne Vorausplanung, völlig ohne Vorausplanung.

Er rannte durch die große Halle. Die Kronleuchter klimperten über seinem Kopf. Als er die ersten Stufen der geschwungenen Treppe hinaufsprang, hörte er die Tür des Salons aufschlagen, aber er drehte sich nicht um. Er dachte daran, wie er auf dem Kies vor dem Hund, dem Wolf weggelaufen war, und ein unkontrollierbarer Schauer – vielleicht von Angst, die der Lust merkwürdig ähnelte – rannte ihm die Wirbelsäule hoch.

Zwei Wölfe, und doch konnte er schneller als sie laufen!

Seine Konzentration richtete sich absurderweise auf den Teppich; er schien jede Schlaufe und jeden Faden, jedes Haar zu sehen.

Und er hörte ihre gewichtslosen Schritte. Ihre Pfoten.

Er lachte und brachte sich damit selbst außer Fassung, während er sich von der Galerie in den Gang stürzte. Er erreichte die Suite, warf sich gegen die zugehende Tür des Wohnzimmers und verschloß sie. Er rannte weiter in die Bibliothek, denn diese Lektion hatte er wirklich gelernt. Er verschloß die Tür der Bibliothek.

Noch immer ziemlich dumm lachend taumelte er in das Schlafzimmer und ließ sich auf das Bett fallen.

Das Feuer im Schlafzimmer hatte weitergebrannt und feierte nun seinen bizarren Sieg mit Fackeln. Es war natürlich alles völlig sinnlos. Das Zimmer schwankte hin und her, und er wehrte sich nicht dagegen, sondern ließ seine Lider langsam heruntersinken wie die Jalousien eines Hotels, das am Ende der Saison geschlossen wird.

Auch der Nachmittag ließ seine langsamen Jalousien herunter und blühte wie eine verkohlte Blume schwarz auf.

Hinter den Barrikaden seines gegenwärtigen Lagers konnten sie in der Wildnis des Schlosses umherschweifen und erbärmlich heulen, soviel sie wollten. Sie hatten nicht einmal an die Tür geschlagen.

Sein Herz klopfte von der Anstrengung, und er hustete. Er hatte Fieber, und er wußte, daß das Fieber ihn wie in der Vergangenheit jünger aussehen lassen würde. Er wünschte sich, er könnte sich selbst sehen, und er spürte einen plötzlichen Drang, sich selbst zu beobachten, bis das letzte Licht überall erstorben war.

Und hängt mir einen Spiegel innen an den Sargdeckel, falls ich aufwache und mich einsam fühle.

Es war die Wahrheit. Man sah nicht aus Eitelkeit in einen Spiegel, sondern um sich zu beweisen, daß man noch da war, noch physisch anwesend, am Leben.

Und dann hörte er die de Lagenays, die irgendwo in der Wand kratzten.

Er richtete sich auf, packte einen der Bettpfosten, um sich zu stützen und zog sich aus dem Bett.

Das Kratzen, das nicht nach Mäusen, sondern nach langen Krallen klang, wiederholte sich immer und immer wieder.

Er hatte Angst, endlich erkennbare Angst, vor einer solchen Kleinigkeit – und wie schrecklich klang sie trotzdem – wie einem winzigen Geräusch hinter dem Gips.

Um Gottes willen, was machten sie denn?

Eigentlich wußte er es. Dazu war keine ungeheure Kombinationsfähigkeit notwendig. Er wußte es. Und sie, sie kannten das Schloß besser als er. Sie hatten hier *gespielt* –

Als der Gobelin sich bewegte und die Ritter auf ihm momentan zum Leben zu erwachen schienen, war eine tödliche Nicht-Überraschung eigentlich alles, was er fühlte.

Ein Paneel war in der Wand zur Seite geschoben worden, eine jener Vorrichtungen, wie sie in den alten Häusern in Romanzen oft vorkommen. Der Wandbehang und die Wand klafften, und dadurch traten Gabrielle und Luc in die undeutliche Vignette, die das nachlassende Tageslicht und seine Augen für sie vorbereitet hatten.

In diesem Augenblick erwartete er alles, oder vielmehr akzeptierte seinen Glauben an alles. Sie waren jedoch Menschen und mit ihren menschlichen Kleidungsstücken bekleidet. Sie standen am Rand des Zimmers, während der Eingang hinter ihnen gähnte.

Nun, habe ich Angst?

Es war das gleiche urtümliche Gefühl, das er auf der Straße gespürt hatte, mehr Angst als Angst, viel mehr.

Ihre Gesichter sahen eigenartig leer aus. Ihre Augen leuchteten irgendwie auf wie Scheiben aus buntem Glas. Ihre Münder waren traurig.

Fragmente von Spott fielen ihm ein, und er ließ sie fahren. Er klammerte sich an dem Bettpfosten fest.

Das Zimmer versank immer tiefer im Schatten. Die Sonne

mußte fast untergegangen sein, die Sonne, die er hier im Wald sowieso noch nie in ihrer eigenen Gestalt gesehen hatte.

Dann kam eine letzte Neuanordnung der Moleküle in der Luft, irgendein gegenstandsloser Vorhang wurde zugezogen – oder auf. Und dann kam es – oder es ging. Und dann …

Sie waren nur drei oder vier Meter weit von ihm entfernt, als es mit dem schönen jungen Mann und der hübschen Frau zu geschehen begann.

Die Einleitung war etwas überraschend. Wie von einem ungezügelten Impuls angetrieben, zu baden oder zu kopulieren, begannen sie, sich die Kleider vom Leib zu reißen. Sie vollführten ihre Bewegungen in Harmonie, aber trotzdem unabhängig voneinander. Am Anfang knöpften sie hastig auf, lösten Knoten, und dann rissen sie sich wie Rasende die Kleider auf und kämpften sich aus ihnen heraus. Eine Komödie vielleicht. Es war aber nichts Komisches daran. Selbst mit ihrem Korsett wurde sie mit schnellen, reißenden Bewegungen fertig. Die Vorführung ihrer von der Dämmerung verwischten Nacktheit war nicht erregend. Bis sie erreicht war, war sie nicht mehr sterblich genug, um aufzuwühlen. Nicht mehr erkennbar.

Was – was –

Was geschah hier? Mit ihrem Fleisch, mit der Atmosphäre, die sie umgab?

Sie schienen nach vorne zu fallen, der Mann zuerst, und dann die Frau, nach vorne und direkt auf die Handflächen. Während sie fielen, versteiften sich die Arme und ihr Körper kondensierte sich. Alle Wirbel ihres Rückgrats schienen zusammengeflochten. Eine Sekunde lang ähnelte ihre Haltung der eines Froschs, aber nur eine Sekunde lang. Die beiden Köpfe waren nach vorne geschoben, und bei jedem fiel die Kinnlade herab. Die Augen wurden intensiver und schrumpften zusammen, bis sie glühten. Es waren keine Brüste, Gliedmaßen, Lippen oder Finger vorhanden. Sie war so flüssig, diese Verwandlung, so entsetzlich natürlich – ja, *natürlich.* Es gab kein anderes Wort dafür.

Zwei Wölfe standen in dem fürstlichen Schlafzimmer. Keine Illusion. Ihre schlanken Beine waren real, ihr gewölbter Brustkorb, die Lawine aus dampfendem Pelz, der sie bedeckte. Und die vier Augen brannten so sehr viel heller als die Kohlen im Kamin.

Sonst war jegliches Licht erloschen.

3. Teil

Die Augen derer, die mich lieben

16. KAPITEL

Das Delirium

Ich bitte um Entschuldigung, Monsieur, aber es kann Ihnen kein weiterer Kredit gewährt werden.«

Der von Kerzen erleuchtete Raum war undeutlich. Er wußte nicht sicher, wo er war, oder welche Ereignisse sich normalerweise darin abspielten. Er wußte jedoch, daß er eine dumpfe Wut hatte, sich abrupt umdrehte und zwischen Vorhängen aus rotem Samt wegging. Ein Lakai, mit einem Rokoko-Anzug kostümiert, öffnete ihm die Tür mit verächtlicher Bereitwilligkeit.

Bin ich mein eigener Großvater?

Es war eine unverwässerte Sommernacht, blauschwarz, und hier und dort brannten gelbe Lichter. Eine Straße in einer Stadt; von irgendwoher kam Gesang. Eine Kutsche raste vorbei, und ihm fiel auf, daß sie wie eine Laterne aussah, die auf Rädern balancierte. Der Kutscher trug einen Dreispitz – nein, nicht der Großvater. Die Periode war zu früh für ihn. Er war ein anderer Vorfahre, der nur in bezug auf die Schulden ähnlich war. Die Lichter gingen aus.

Eine Frau mit einer hoch aufgetürmten Frisur, wie ein spitzer Kirchturm, schwebte durch die Dunkelheit auf ihn zu. Sie sah ihn mit Freude und Mißtrauen an.

Er stand auf einer Holzbrücke. In dem Wasser unter ihm spiegelten sich Kiefern wieder. Es war Morgen, nicht lange nach Sonnenaufgang, und ein Mann, den er vor wenigen Augenblicken dadurch getötet hatte, daß er ihm einen Degen in und durch den Mund gestoßen hatte, lag am Flußufer ausgestreckt.

Er saß in einem Zimmer unter dem Dach mit schrägen Wänden, die fast seinen Kopf berührten, obwohl er saß. Ein alter

Mann zählte Geld. Es wurde wieder dunkel, aber am Horizont brannte ein großes Feuer. Ein Seuchenfeuer. Es war die Zeit von La Mort. Der alte Mann sprach. Die Sprache war anders akzentuiert und mit lateinischen Brocken durchsetzt. Christian verstand und antwortete; oder vielmehr verstand und antwortete derjenige, der er war. *Er* nicht.

Das Feuer sank in sich zusammen. Es war fast aus. Es brannte auf einer Kaminplatte.

Unlöschbarer Durst. Er träumte, er hätte aus einem tiefen Stein-Brunnen Becher um Becher mit Wasser gefüllt. Als er den Becher aber an seine Lippen hob und leerte, schien das seinen Durst nicht zu löschen.

Er wachte auf, stützte sich auf einen Ellbogen und griff nach dem Wasserkrug, der neben dem Bett stand –

Da stand nichts. Natürlich nicht. Wie kam er zu der Annahme, daß an dieser Stelle ein Krug stehen sollte?

Er legte sich zurück. Er fror und klapperte mit den Zähnen. Er fror zu sehr, um Durst zu verspüren.

Er drehte seinen Kopf um und sah einen großen Hund, der steif aufgerichtet nicht weit von dem Bett entfernt saß.

Einer der Jagdhunde, vielleicht die helle Bluthündin, die sich manchmal ins Schlafzimmer schlich –

Nein. Hier gab es keine Hunde, keine Tiere. Nur eine Steinkatze mit bemalten Augen, die er von der Kampagne in Ägypten mitgebracht hatte …

Der Hund beobachtete ihn weiter. Vielleicht war auch er aus Stein geformt. Er bewegte sich auf jeden Fall nicht. Selbst die leicht leuchtenden Augen waren völlig bewegungslos.

Er drehte sich auf sein Gesicht.

Ein junges Mädchen in einem gelben Seidenturban und sonst nicht viel tanzte auf einem Eßtisch und trat dabei grazil zwischen die Kerzenleuchter. Die männlichen Gäste lehnten sich in ihren Stühlen zurück und legten ihre Beine in hellen, faltigen Strümpfen auf den Tisch. Das Mädchen war eine Art

Ikone, nicht mehr, wenn man so wollte, ein Markenzeichen für Lust. Früher einmal war dieses Bett mit scharlachroten Rosen, von denen die Dornen abgebrochen worden waren, und den dunkelroten *Sang*-Trauben von dem Weinberg gefüllt gewesen. Und dort, in dem betäubenden Duft von Parfum und Alkohol, hatten er und zwei andere die Geburt seines legalen Sohns von einer anderen Frau in einem anderen Bett und in einem anderen Zimmer gefeiert.

Der Hund hatte sich doch bewegt. Er stand neben dem Bett. Er spürte seine Augen, die wie zwei kalte Quecksilbertropfen ständig an seiner Haut auf und ab liefen.

Die Hunde rannten alle mit voller Kraft der Beute nach. Die Nacht hing tief bis in die Nähe herab, und die Sterne glänzten hell; der Regen hatte den Wald mit einem Juwelenbesatz überzogen. Schlamm spritzte an den Sprunggelenken der Pferde hoch. Tiere wie Menschen würden schmutzig heimgehen.

Sie rannte gut, die Beute. Sie war ihm zu diesem Zweck geschenkt worden. Der Dame von den Lilien war es geschenkt worden, dieses Lilienmädchen. Zunächst war sie starr vor Angst gewesen, aber der Wein hatte einen starrköpfigen, sinnlosen Mut in ihr geweckt. Vielleicht hegte sie sogar die Hoffnung, sie könnte entkommen. Es war jedoch eher wahrscheinlich, daß ihre wahnsinnige Angst sie zu Schnelligkeit und Schläue antrieb. Ja, einmal hatten die abgerichteten Hunde sie am Fluß fast verloren, aber sie war nicht lange genug in ihm geblieben, die dumme Demoiselle.

Und welches Jahr ist das jetzt, um Gottes willen? Christian saß in der Gestalt des Mannes auf dem Pferd. Die Fragen stellten sich selbst mit zorniger Verachtung, denn seine Lage erfüllte ihn mit Abscheu, zur gleichen Zeit aber auch mit Angst. *Sieh dir die Stiefel an, den mit verschiedenen Pelzen gefütterten Überwurf. Mein Gott, eine Zeit noch vor der Pest.*

Die Kleidung des Mädchens würde ihm nichts verrraten. An diesem feuchten Sommerabend war sie sicher nackt.

Nackt, und von Hunden gejagt. Die freudige Erwartung des Mannes war offensichtlich. Die Färbung seiner Gedanken aber, seine intellektuelle Pervertiertheit, die ihn dazu brachte, solchen Vergnügungen nachzugehen, war weggeschlossen, unzugänglich.

Plötzlich begannen die Hunde zu bellen und zu heulen. Sie hatten ihr Wild gestellt.

Gezwungenermaßen ritt Christian mit dem Seigneur in die kleine Lichtung. Die sommerlichen Kiefern, schlank und jung, schienen noch bis zu dem sternenerfüllten schwarzen Tuch des Himmels aufzuragen. Der Boden war ein Meer von Hunden um einen blassen Felsen. Brecher aus Hunden schlugen gegen diese Felsen und zogen sich wieder zurück. Die Flut aber zog sich zu einem großen, unruhigen Kreis auseinander. Sie waren gut trainiert und hatten sie eingekreist, aber nicht beschädigt.

Der Seigneur stieg langsam von seinem Pferd. Das in der Lichtung gefangene Mädchen verfolgte jede seiner Bewegungen. Ohne irgendeine Einleitung, fast so, als sei in ihr an einer Schnur gezogen worden, fing sie an zu schreien; kurze, dünne, heulende Schreie, die klangen, als seien sie völlig unbewußt, nicht einmal so, als habe sie wirklich Angst, sondern eher so, als wolle sie etwas aus ihrer Kehle herausbekommen, eine Art mechanischer Parodie von Entsetzen. Und doch war sie entsetzt. Jede Linie ihres Gesichts und ihres Körpers zeigte das.

Entsetzliche Angst vor Vergewaltigung. Ja, Angst davor. Aber vor mehr als dem.

Er stand auf dem schlammigen Boden und sah sie an.

Ihr Haar war lang und blond und ihr Gesicht absurd mittelalterlich, obwohl es in seiner Verzerrung jede Ähnlichkeit mit jenen ausdruckslosen Elfenbeingesichtern verloren hatte, wie sie auf Wandbehängen oder in Chroniken zu sehen sind. Abrupt hörte sie auf zu schreien, hob ihre beiden Arme und beugte sie an den Ellbogen, so, daß der Verbindungspunkt ihrer Unterarme steif vor ihre Kehle gehalten war, und er erkannte sie. Selbst in dem Traum erinnerte er sich daran, daß er schon einmal von ihr geträumt hatte, und in genau dieser Haltung.

Und dann wurde Christian weggeschickt und fiel wie eine Träne, die aus dem Auge eines Mannes geschüttelt wird. Dieser akrobatische, wenn auch nicht physische Abgang ließ ihn irgendwo zurück – merkwürdigerweise überall zur gleichen Zeit, und trotzdem nirgends.

Der Grund für diese Vertreibung war nicht klar. Vielleicht hatte eine exklusive Raserei Christians Gastkörper erfaßt, in der seine Menschlichkeit verlorenging und eine weitere Verbindung ausschloß.

Die Hunde winselten und zogen sich von dem Mittelpunkt der Lichtung zurück. Einige liefen auf und ab und wedelten müde mit ihren Schwänzen, wahrscheinlich, um zu besänftigen, denn es geschah nicht aus Freude.

Etwas fast Greifbares zog Christian zurück und weg davon. Möglicherweise war es seine eigene Abneigung davor, zuzusehen. Angst, die das Mädchen an ihn weitergegeben hatte.

Er hörte, wie sie wieder schrie, während seine Vision sich auflöste. Dieser letzte Schrei war echt, fast freudig.

Sylvie ... Ihre Schreie klangen wie im Orgasmus durch den Garten und seinen Schlaf –

Und jetzt war da ein hoher Pfeiler, der aus dem Waldboden aufstieg, phallisch wie jeder hohe Bau von entsprechender Form, so, wie das sogar die schlankeren Bäume waren.

Körperlos hing Christian in allem und nichts und beobachtete ihn.

Bisher hatten ihn seine Vorfahren besessen, oder das verdammte Haus, die fast prähistorische Landschaft. Dies aber war etwas anderes. Es löste ihn von den ererbten Verbindungen und trug ihn allein wie eine verlorene Seele hierher, um ihm diesen Stein-Fetisch zu zeigen.

Er kannte das Ding jedoch. Obwohl die Jahrhunderte noch voller Jugend waren und er sich an einer anderen Stelle befand, war es nichts anderes als das Denkmal von dem Dorfplatz.

Die Schnitzarbeit war ganz deutlich, aber sehr grob ausgeführt, ein Fries aus ritualistischen Gestalten, zwischen die Symbole gemischt waren, die für ihn alle völlig bedeutungslos waren. Trotzdem konnte er die scheußliche Kreatur deutlich sehen, die sich dicht unter der Spitze nach vorne reckte.

Er nahm sie so wahr, als sei sie nur Zentimeter von ihm entfernt, und als könnte er sie von allen Seiten zugleich sehen.

Sie stieg von der Hüfte ab aus dem Stein auf, als lehne sie sich aus einem Fenster. Und sie war weiblich, soviel war deutlich, denn zwei volle, aber hängende Brüste waren an dem Torso zu sehen. Die Hände, die dahinter ruhten und sich leicht an dem Pfeiler festhielten (ungefähr so wie die Gallionsfigur eines Schiffs), hatten vier lange Finger, die ihrerseits wieder mit spatelförmigen Klauen endeten. Die Arme, die Schultern, der Hals besaßen eine seltsam anziehende Weiblichkeit, eine feine Rundung ... Ihre Anatomie schien jüngeren Datums als der Rest der Skulptur zu sein. Auch das Haar war üppig dargestellt und ähnelte dem Schnitt und den Locken römischer Statuen. Das Gesicht aber – das Gesicht gehörte in eine Zeit, die weit länger zurücklag. Selbst hier ließ sich in der Linienführung eine gewisse Erosion feststellen. Während die späteren Steinmetzen sich mit der klumpigen Umgebung befaßt und Locken und glatte Flächen von Fleisch herausgearbeitet hatten, hatten die Elemente das Gesicht glattgeschmirgelt, das die Bildhauer unberührt gelassen hatten. Trotz seiner Verwitterung und der Plumpheit der ursprünglichen Darstellung, die wahrscheinlich zur gleichen Zeit wie die Höhlenmalereien von Trois Frères entstanden war, war das Gesicht unverwechselbar. Es war das Gesicht eines Wolfs.

Sein Anblick hatte etwas so Schreckliches an sich, daß er sich sofort umdrehte, um zu fliehen. Nicht physisch, sondern im Geist drängte er sich durch die verschiedenen Schichten seiner Besinnungslosigkeit wie durch die Stämme der Kiefern.

Er zuckte heftig zusammen und kam zu sich. Seine Erleichterung war unlogisch und vollständig.

Im Kamin war kein Schein von Feuer mehr zu sehen, aber ihm war trotzdem endlich warm, und eine Decke war über ihn gezogen. Wie ein Kind wurde er von zwei Polstern beruhigt, die an seinen beiden Seiten ruhten und eine sanfte Wärme ausstrahlten.

Nur sehr allmählich bemerkte er den sauberen, grasigen Geruch eines gesunden Hundes. Der Geruch war weder stark noch unangenehm. Während er sich daran gewöhnte, vage darüber nachdachte und der Alptraum verflog, hob eines der Polster, das an seiner rechten Seite lag, den Kopf.

Die beiden Augen hingen losgelöst und körperlos in der Luft über seinen eigenen. Er öffnete seinen Mund, um einen Schrei auszustoßen, aber der Schrei war totgeboren. Was ihm die Kehle zuschnürte und zur gleichen Zeit seine Angst verschwinden ließ, war ihm rätselhaft. Vielleicht war es nur die brutale Wahrheit, daß sie die ganze Zeit neben ihm gelegen hatten, ohne ihn irgendwie zu verletzen.

Die Wölfin starrte auf Christian herab, in sein verblüfftes Gesicht. Dann senkte sie ihre Schnauze wieder, und die Spitze ihres mörderischen Kiefers ruhte leicht in seinem schwarzen Haar. Ihre Augen gingen aus.

Vorsichtig drehte Christian seinen Kopf um, um den anderen anzusehen. Der Wolf lag mit seiner Wirbelsäule an Christians Arm, genau mit der Haltung und dem Schlaf eines großen, hageren, silbrigen Hundes.

Christian stellte sich einen Brief vor, der über Peton und den Zug an Annelise geschickt wurde. *Meine liebe Cousine und Geliebte, wir wälzen uns hier zu dritt im Bett herum, ich und zwei Wölfe – die kürzlich das Fleisch eines jungen Mädchens verschlungen haben. Wegen der Bettwäsche brauchst du dir keine Gedanken zu machen. Wir benützen eine Decke von dornenlosen, scharlachroten Rosen und blutroten Weintrauben.*

Der kurze Fieberanfall war zusammengebrochen, oder vielleicht hatte er sich auch nur gelegt. Er spürte keine Unruhe, nur ein leichtes Bedürfnis, in lautes Gelächter auszubrechen. Er hatte jedoch seine geistige Gesundheit noch nicht wiedergewonnen, und glücklicherweise gewann er sie auch nicht wieder, bevor er wieder einschlief.

17. KAPITEL

Der Morgen

Am nächsten Morgen wachte er ungefähr um neun Uhr auf und sah sich träge um. Er erinnerte sich noch an alles, aber in der Form eines Traums. Das Delirium, das das Ergebnis von überbelasteten Nerven gewesen war, der Spaziergang in dem gefrorenen Garten – dafür ließen sich verschiedene Gründe finden – hätten der Grund für beliebig viele Halluzinationen sein können. Spontan sah er zu dem Wandbehang hinüber; die Geheimtür, falls sie jemals existiert hatte, war nun geschlossen. Auf dem Teppich darunter lag kein einziges weggeworfenes Kleidungsstück, kein verirrter Knopf, den sie in ihrer Hast abgerissen hatten. Und auf der Decke kein Haar, keine einzige Kiefern-Nadel. Sicher, das Feuer brannte noch mit einem konzentrierten, intensiven Rot. Wahrscheinlich war er irgendwann aufgestanden, zu dem Feuer gegangen und hatte nachgelegt. Daß er sich daran nicht erinnerte, bedeutete nicht unbedingt, daß er das nicht getan hatte. Selbst die beiden Gestalten in dem Garten könnten ein Teil des Deliriums gewesen sein: ein nächtlicher Traum am Nachmittag.

Er setzte sich im Bett auf und legte seinen Kopf auf seine Knie. Er fühlte sich kraftlos, aber nicht unwohl. Seine Kleider, in denen er fiebrig geschlafen hatte, waren zerknittert. Alles ließ sich erklären, und solange er in der Suite blieb, solange keine Geheimtür aufging, solange sich die Dunkelheit nicht wieder herabsenkte, konnte er in Sicherheit weiter solchen prosaischen Überzeugungen nachhängen. Aber ... Er wußte, was geschehen war, jedes Detail, wie er es erlebt hatte, und auch, wie er es geträumt hatte. Denn selbst die Träume waren real gewesen. Was sollte er also damit anfangen, mit dieser Situation mit ihren unmöglichen Realitäten? Nun, gar nichts!

Während er sich rasierte und frische Kleider anzog, wobei er die gleiche peinliche Sorgfalt wie am Tag zuvor walten ließ – er mußte es erwartet haben, daß er Besuch bekommen würde – begann der Schnee wieder zu fallen, Weiß auf Weiß auf Weiß.

Der Schnee brachte Isolation, geistige wie physische, aber vor allem physische. Die de Lagenays mußten zwar eine erhebliche Strecke durch ihn gegangen sein, zweifellos barfuß, mit ihren eleganten Stadtschuhen in ihren behandschuhten Vorderpfoten, aber nur wenige Reisende würden sich so weit wagen. Und schon bald würde der Schnee, wenn er ständig so weiterfiel, weiße, kissenartig aufgetürmte Berge vor den Türen und Treppen gebildet haben. Die Terrasse war vielleicht jetzt schon gefährlich und unpassierbar und der Hof unter der Küche wie ein Waschzuber mit einer soliden Masse von Schaum gefüllt.

Eine Flucht war nicht möglich. Was es auch war, das das Haus zusammen mit ihm besetzt hielt, eine Möglichkeit, ihm zu entkommen gab es kaum.

So, du glaubst also an die Existenz von Werwölfen? fragte er sich selbst vor dem gesprungenen Spiegel. Was sollte er denn sonst glauben, nachdem er es gesehen hatte? Wunder geschahen wirklich. Die eigenartige Erregung, die er mit diesen beiden Wesen in Verbindung brachte, schimmerte bereits wieder kaum merklich um ihn. Wo waren Sie? Nachdem sie an ihn gedrückt geschlafen hatten, ihre Bäuche voller toter, ungekochter Hasen, und weiß Gott, was sonst noch. Nachdem sie bei Sonnenaufgang in ihrer menschlichen Form aufgestanden waren, um das Feuer für ihn wieder anzumachen – ungeheuerlich!

Er stieß die goldene Nadel durch seine Krawatte; sie war nicht halb so auffällig wie die Nadel, die de Lagenay getragen hatte. Er aß etwas von den kühlen, grünen Früchten, die er gestern aus der Küche mitgebracht hatte.

Das Fieber war also nichts gewesen. Keine Spur davon war von ihm geblieben, nur manchmal ein leichtes Gefühl von

Gewichtslosigkeit, zu flüchtig, um es als Schwindel bezeichnen zu können. Vielleicht war es gar kein Fieber gewesen, sondern nur eine verzauberte Trance, die von den scharfen Zähnen herrührte, die sich in seinem Ohrläppchen getroffen hatten.

Kurz darauf ging er zu dem Wandbehang, trat hinter ihn und fuhr mit einer Hand über die Holztäfelung; er konnte die Verriegelung jedoch nicht entdecken, wo sie auch immer sein mochte.

Um ungefähr halb elf ging Christian aus der Suite heraus, stand davor und sah in den Gang, der zu den verschiedenen Türen der anderen nicht aufgeschlossenen Zimmer führte. Er ging zu ihnen hin und begann, planlos die Türgriffe umzudrehen. Er ging weiter, wenn sie sich als verschlossen erwiesen oder wenn das Zimmer dahinter leer war.

Es war eine Art beharrlicher Trägheit, die ihn dazu brachte, denn sie hatten sich ja vielleicht in die unteren Stockwerke zurückgezogen oder waren ganz weg, weil der Schnee für *sie* ja kaum ein Hindernis darstellen würde. Er konnte aber bisher noch nicht die Energie aufbringen, hinunterzugehen und nachzusehen. Wie es sich herausstellte, brauchte er das auch nicht.

Die fünfte Tür links – aus irgendeinem absurden Grund hatte er sie gezählt – schwang nach innen auf und enthüllte einen hohen Raum mit spinnwebenverhangenem, vergoldetem Stuck. Wie in allen Zimmern mit Möbeln wurde der Effekt des hereinbrechenden Winters durch die Schneeverwehungen der Staubschutztücher noch verstärkt. Dieses Zimmer aber war nicht ganz kalt, denn im Kamin glühte noch ein Feuer. Es schien ihnen gleich zu sein, daß dadurch vielleicht der Ruß in dem ungefegten Kamin in Brand gesteckt werden könnte. Über die Rückenstützen und Armlehnen von Sesseln lagen grüne und blaue Kleider verstreut. Ihre Arroganz gefiel ihm. Er hatte nie das Gefühl gehabt, er sei der Eigentümer des Schlosses, aber sie hielten sich offensichtlich dafür. Er war der Gast, nicht sie.

Diesmal lagen sie beide im Bett. Er war davon nicht sonderlich überrascht. Genausowenig war er verblüfft, als er näherkam und sah, daß ihre Stellung im Schlaf darauf hindeutete, daß sie vertraut wie Liebhaber waren. Ihre weiße Haut auf den verwühlten roten Kissen – das Bett war nicht überzogen – bildete einen auffälligen Kontrast.

Er hätte sie so leicht töten können. Er hätte hineingehen können und direkt durch die Decken und ihre beiden Körper zugleich schießen können. Sie mußten es wissen, daß er das nicht tun würde. Sie schliefen beide lautlos und tief, und keiner von beiden wachte auf. Ein neuer Anblick.

Inzest war in dieser ländlichen Gemeinde sicher nicht selten, und sie waren einander ähnlich genug, um sich gegenseitig anziehend zu finden. Was machte außerdem in einem Wolfsrudel schon eine nahe Verwandtschaft aus?

Er war ganz kühl und nüchtern, als er aus dem Raum wieder hinausging. Er schlenderte in die große Suite zurück, warf ein Holzscheit auf sein eigenes Feuer, setzte sich hin und sah es an.

Sein Gefühl war ihm ein Geheimnis. Er prüfte sich ständig selbst und suchte die vertrauten Reaktionen von Zorn, Lust, Beunruhigung.

Schließlich goß er sich ein Glas von dem Wein von gestern ein, der unverkorkt geblieben war und nun schnell starb. Nach einigen Minuten nahm er das Buch auf, das er gelesen hatte, als der erste Kiesel an das Fenster geprallt war, als sei nicht das geringste passiert, und fing wieder an zu lesen, nun aber mit eigenartiger Konzentration.

Als Gabrielle begann, im Schloß umherzulaufen, hörte er sie nur, weil sie anfing zu singen. Er wurde sofort zu einer Art benommener Wachsamkeit stimuliert. Er lauschte ihrer Stimme, die zwar keine Stärke besaß, aber recht hübsch war und trotz ihrer mangelnden Kraft eigenartig weit trug. Sie schwebte durch den Gang und in die Tiefen des Schlosses hinab. Er verspürte einen Impuls, ihr nachzugehen, aber ihm fehlte die physische Bereitschaft dazu. Außerdem hörte er sie nach ungefähr einer Viertelstunde sowieso wieder heraufkommen. Sie sang noch immer, und noch immer das gleiche, seltsame, kleine Lied.

En forêt je vais les soirs
Les étoiles belles sont au dessus;
Je pense que dans leurs luminères
Je vois –

Nie gelang es ihm, die letzten Worte zu verstehen. Bei dieser, der vierten oder fünften Wiederholung, ertappte er sich dabei, wie er sich idiotisch anspannte, um sie aufzuschnappen. Genau an dieser Stelle aber brach sie ab, als wollte sie ihn absichtlich ärgern. Es klang wie eine traditionelle Ballade, die schon seit Jahren in verschiedenen Versionen verbreitet ist. Und wie gut es zu ihrer Art paßte: abends unterwegs in dem dunklen Wald, und am Himmel schöne Sterne. Und was genau meinte sie in ihrem Licht zu sehen?

Und dann klopften ihre weißen Knöchel an die Wohnzimmertür, die er sogar offengelassen hatte, als könne sie nicht durch ihr hölzernes Rahmenwerk gehen, wie es ihr gefiel. Auch das Klopfen war komisch, denn es erinnerte unwillkürlich an Madame Tienne.

Er machte sich nicht die Mühe, ihr etwas zuzurufen, und tatsächlich war sie einen Moment später barfuß und lautlos in das Schlafzimmer gekommen.

Sie hatte sich mit einem grauen Seidenstoff bekleidet, der nichts anderes als ein Vorhang war. Das arme Ding, sie mußte ihn zu diesem Zweck von seinen Ringen abgerissen haben. In seinem Effekt aber war er klassisch und ließ ihre rechte Schulter frei, klein, kantig und leuchtend weiß. Ihr Haar war ein Wasserfall aus reinem Licht, und ihr unbemaltes morgendliches Gesicht war etwas blaß. Ihre ungleichen Augen schienen aus der Seide selbst zu bestehen.

Sie trug auf einem Tablett Tassen und eine Kaffeekanne,

aus der Federn von Dampf aufstiegen. Tatsächlich, Madame Tienne!

»Haben Sie gut geschlafen?« fragte er. »Ich hoffe ja.«

»Sehr gut«, antwortete sie, ohne zu lächeln. »Wir haben schon öfter in dem Haus geschlafen.«

»In welcher Form?«

Die Andeutung eines Gefühls – es sah am ehesten nach Überraschung aus – stieg durch ihre Lippen, Wangen und Augenbrauen nach oben und war verschwunden. Sie stellte das Tablett auf dem Ankleidetisch ab.

»In menschlicher«, sagte sie. »Meistens.«

»Ah.«

»Ah«, äffte sie ihn spöttisch nach. *»Ah,* Sie scheinen sich erholt zu haben.«

»Tatsächlich? Ich habe geträumt, zwei Wölfe würden auf dem Bett liegen.«

»Das haben sie auch.«

»Haben Sie mich so gekannt, als Sie – nicht so waren wie jetzt?

»Warum nicht? Menschliche Erinnerung, manche menschlichen Eigenschaften bleiben uns auch als Wölfe. Genauso, wie uns auch einige Merkmale eines Wolfs während der Stunden des Tageslichts bleiben.«

»Ich erinnere mich. Der Liebesbiß, den Sie mir gegönnt haben.«

»Liebe?« sagte sie. »Ich habe Sie gebissen, um genau das zu verhindern.«

»Ich verstehe. Es war Ihnen wohl nicht klar, daß es das Wort ›nein‹ genausogut getan hätte.«

Sie hatte begonnen, mit ruhiger Hand und geschickt den Kaffee einzugießen. Ihre Methode hatte etwas an sich ... Sie erinnerte ihn an die Gesten eines Dienstboten, aber sonst hatte sie nicht das geringste von einer Dienerin an sich. Sie drehte sich um wie eine Tänzerin und brachte ihm die Tasse.

»In der Gegend hier reicht ein Wort gewöhnlich nicht aus,

Monsieur. Außerdem hatte ich nicht angenommen, daß Sie dieses Wort kennen würden.«

Er nahm die Tasse entgegen.

»Und außerdem haben Sie ja schon einen Partner. Ihren Bruder.«

»Na, na, Monsieur«, sagte sie. Ihr Gesicht hatte einen koketten, schelmischen Ausdruck, der ihn plötzlich wütend machte. Sie ging zu dem Ankleidetisch zurück, trank ihren Kaffee, lehnte sich gegen den Tisch und sah sich in dem Spiegel an. Dann und wann glättete sie ihre Augenbrauen mit einem Finger, dessen Nagel wie eine glühende Kohle leuchtete.

Schließlich sagte sie, aber an ihr durchgebrochenes Spiegelbild gerichtet: »Wir sind der illegitime Zweig, die Nebenlinie des Schlosses. Lykanthropie ist erblich, obwohl sie nicht bei jedem Kind durchschlägt. Hundertvierzig Jahre lang ist keine Spur davon aufgetreten. Dann ich. Natürlich von meiner Mutter aufgegeben. Die Warnsignale stellen sich um die Pubertät ein. Es ist nicht hübsch, Monsieur, wirklich nicht schön, wenn die kleine Tochter mit ihren Schleifchen und ihrem Schürzchen plötzlich Fingernägel wie eine Dirne bekommt. Das Haar kommt einen Monat später, aber nur bei Nacht. Also findet die Mutter ihr Kind vor, und es ist auf einmal mit langen Haarbüscheln bedeckt – die bei Sonnenaufgang verschwinden. Die ersten Verwandlungen sind sehr schmerzhaft. Die Wirbelsäule – eigentlich alle Knochen – müssen außerordentlich elastisch werden. Haben Sie bemerkt, wie flüssig wir koordiniert sind? Wie schnell wir uns bewegen? Aber am Anfang schreit man vor Schmerzen, Monsieur, rollt sich auf dem Boden herum und hat Schaum vor dem Mund. Von Teufeln besessen, sagen sie, oder sie hat die Tollwut. Der Priester kommt, jung und zerbrechlich, und zuckt mit der Nase wie eine kleine Maus, die herbeigerufen worden ist, um die Katze zu exorzieren. Oder der Doktor kommt in seinem Wagen. Man wird ans Bett gefesselt, Monsieur. Riemen, Seile, was am ehesten zur Hand ist, und eine

Menge Laudanum. Schließlich ist man aber stark genug, um auszubrechen. Man würde weglaufen, aber man wird in den Wald geschickt, von den geworfenen Steinen dorthingeschickt.«

Er trank den Kaffee, eine normale Handlung mitten in der Abnormalität. Wie konnte er ihr glauben? Es war lächerlich. Trotzdem würde er ihr glauben müssen, denn er hatte die Resultate gesehen.

»Und nachdem sie einen Werwolf geboren hatte«, sagte er leichthin, »hat sich Ihre Mutter entschlossen, das Risiko noch einmal einzugehen, und dann hat sie prompt Ihren Bruder geboren.«

»Meinen Bruder«, sagte sie. Er sah, wie sich ihr ganzer Körper in einem Seufzer hob und senkte. Sie drehte sich langsam wieder um und sah ihn an. »Ich werde Ihnen alles erzählen«, sagte sie. »Ihr müßt aufpassen.«

Dieses Mal war es ein Versprecher, kein Nachahmen, und sie stockte ungeduldig und sagte dann: »Die Geschichte sieht so aus. Um die Zeit der Kreuzzüge gab es hier einen Schloßherrn, der außerdem ein Zauberer war und sich verwandeln konnte. Eines Nachts brachte er ein Mädchen hinaus in den Wald, jagte sie mit Hunden und vergewaltigte sie. Aber nicht als Mensch. In der Gestalt eines Wolfs. Sie starb, aber erst, nachdem sie einen Sohn geboren hatte. Er war ein Werwolf. So ist die Anlage zum Werwolf entstanden. Nach der Tradition kommt das heidnische Blut, der heidnische Geist des Waldes wegen dieses Ursprungs durch eine Vergewaltigung in Unruhe.«

Sie hob eine Hand zum Gesicht, starrte aber an ihm vorbei und atmete schwer, als sei sie gerannt, genau wie das blonde Mädchen in seinem Traum. »Ihr Großvater, Monsieur Dorse, hat das Haus verkauft, aber er ist noch einige Jahre danach dann und wann zu ihm, in das Land, das Dorf, zurückgekehrt. Er hat dann im Gasthaus gewohnt. Hier ist der Seigneur – der Seigneur. Man hat ihm nichts berechnet. Und da er schon älter, aber lüstern war ..., da war eine Frau, die hat ihm gefallen, und er hat sie vergewaltigt. Sie trug zufällig die schlechten Gene, mit denen Lykanthropie weitergegeben wird, in sich. Nicht, daß sie das wußte, bis ich kam. Ja, ich bin der Bastard Ihres Großvaters, was mich zu Ihrer Großtante macht. Wie gefällt Ihnen unsere neue Verwandtschaft?«

Sie hatte gestockt, und so fand er einen Satz, den er ihr sagen konnte. »Erzählen Sie weiter.«

»Haben Sie noch nicht alles gehört, was Sie wollen? Nein? Nun, als ich damals gerade zur Frau geworden war – seit kurzer Zeit erst war ich eines der Wolfskinder – erwischte mich der Verwalter, als ich in diesem Haus spielte. Er kam aus der Stadt und glaubte nicht an Legenden. Der Vater spielte jedoch keinerlei Rolle. Die Anlage zum Wolf kann, wenn sie erst einmal geweckt ist, auch durch die Frau weitergegeben werden, und so ist es bei mir geschehen.«

»Luc ist Ihr Sohn«, sagte Christian.

»Mein Sohn. Erwarten Sie aber nicht, daß mir das wegen der Moral peinlich ist.«

Alles, was er nun noch zu sagen wußte, war die Wahrheit.

»Sie müssen etwas älter sein, als Sie aussehen.«

Sie lachte lautlos hinter ihrer Hand. Ihre Augen waren schwarz und giftig und sahen ihn direkt an.

»Ich war elf, als der Verwalter des Trunkenbolds mich vergewaltigt hat. Zwölf, als ich das Kind zur Welt brachte.«

Das Gefühl, als liefe ein elektrischer Strom durch ihn, war nun so bedrängend, daß er aufstehen und, weil er nichts anderes wußte, zum Feuer hingehen mußte. Seine Tante, also wirklich. Er konnte von ihr ebensowenig als seine Tante denken, wie er nie die Tatsache seines eigenen Todes akzeptieren gekonnt hatte. Aber nicht nur seine Tante, nein, seine *Wolfs*-Tante. Und der junge Wolf, ihr Liebhaber, und außerdem ihr Sohn ...

»Und wie alt waren Sie« fragte er sie mit seidiger Stimme, »als Sie den Verwalter getötet haben? Ich nehme an, das haben Sie getan. Rache, kombiniert mit einem Essen. Für Sie selbst und für das Kind.«

»Ja«, sagte sie, »wir hätten das Spiel mit Ihnen nie anfangen sollen.«

»Welches Spiel ist das?«

»So zu tun, als hätten wir getötet und menschliches Fleisch gegessen.«

»Wir können natürlich damit anfangen«, sagte eine dritte Stimme.

Christian sah auf und bemerkte den jungen Wolf, der dekorativ mit einer Toga aus einer Bettabdeckung bekleidet war und dekorativ in der Tür stand.

Christian sah vom einen zur anderen, lächelte freundlich und wartete.

Luc de Lagenay glitt aus der Tür und kam auf seine – seine *Mutter* zu. Er legte seine Arme um sie. Sowohl Mann als auch Frau sahen wie Halbwüchsige aus. Sie wirkte mit ihrem blassen Gesicht ohne Schminke, ohne Verteidigungsmöglichkeit, sogar noch jünger.

Christian lächelte breiter. Er spürte ein lächerliches Gefühl, nicht greifbar wie der Dampf aus der Kaffeekanne: Eifersucht. Er hatte bisher noch nie eine wie auch immer geartete perfekte Verbindung gesehen, sondern nur imperfekte, die in der Regel danach schrien, daß er sie perfekt machte. Aber das. Das war Michelangelos Pietà.

»Ich dachte«, sagte er nach einem Moment, »zumindest mit Sylvie hätten Sie damit angefangen. Nach den Sagen über Ihre Eigenschaft –«

»Warum geben Sie etwas auf Gerüchte?« sagte de Lagenay. Seine Augen waren fast durchsichtig, sehr gefährlich, sehr sicher.

Der Großvater muß, nachdem er das Mädchen gezeugt hatte, etwas für ihre Ausbildung bezahlt haben, bevor die Symptome ihrer wölfischen und daher mangelnden Gesellschaftsfähigkeit eingesetzt hatten. Und sie wiederum war die Lehrerin ihres Sohnes gewesen, eine Erziehung, die mit ihrer zweiten Anwendung geschliffener geworden war. *Warum helfe ich ihnen, ihre hysterische Geschichte in meinen Gedan-*

ken aufzubauen? Kann den irgend etwas davon stimmen? Wenn man von der Prämisse von Halluzinationen oder Schwarzer Magie ausgeht –

»Warum nehmen Sie denn an, daß einer von uns beiden in Wolfsgestalt Hunger nach Menschenfleisch haben sollte? Betrachten Sie es nur einmal von einer anderen Seite, Monsieur, und Sie werden sehen, daß das, was ich sage, vernünftig ist. Entwickeln wir als Menschen vielleicht einen gierigen Hunger nach Wolfsfleisch?«

»Eine seltsame Argumentation«, sagte Christian. »Die Beweise sind aber überwältigend.«

So? Als würde er sich über Politik oder das Wetter unterhalten …

»Sylvie?« sagte Luc. »Das war doch nur der Scherz, den wir uns mit Ihnen in der Hütte erlaubt haben, ein Messen der Kräfte zwischen uns, bei dem Sie auf jeden Fall unterlegen sind. Wir haben sie aber nicht getötet. Sie hat uns doch ständig dicke Fleischbrocken aus dem Fenster zugeworfen. Sie war verliebt in mich und dachte dabei an das Böse und den Tod, was ich ihrer Meinung nach repräsentiert habe. Es wäre doch dumm gewesen, ihr die Kehle zu zerreißen, wo sie so nützlich war.«

18. KAPITEL

Die Prüfung

Wieder prachtvoll mit taubenblauen Hosen, einem Seidenhemd und der weinroten Weste bekleidet stand de Lagenay vor dem gesprungenen Spiegel und rasierte sich mit Christians Messer. Es hing noch immer ein leichter Duft von Gabrielles Zigaretten in der Luft, von denen sie drei geraucht hatte, bevor sie aus der Suite herausgegangen war.

Christian räkelte sich in dem Sessel vor dem Feuer. Die beiden hatten sich nicht unterhalten. Lucs Taschenuhr, die wie das Requisit eines Schauspielers produziert worden war, hatte sie kürzlich alle informiert, daß es Mittag war. Die wilden Tiere waren nun absurderweise damit beschäftigt, sich zu waschen, anzuziehen, Make-up aufzulegen und zu rasieren, obwohl in ungefähr vier Stunden ihre Verwandlung stattfinden würde. Christian hatte es aufgegeben, die Angelegenheit irgendwie mit seiner Vernunft in den Griff zu bekommen. Es war hoffnungslos. Albern, aber unbestreitbar erregt war er jedoch geblieben.

»Wie haben Sie diesen Spiegel zerbrochen?« fragte Luc plötzlich.

Christian sagte: »Sie wissen höchstwahrscheinlich, daß er vorher nicht zerbrochen war.«

»Wir kennen den größten Teil dieses Hauses sehr gut.«

»Dann wissen Sie wahrscheinlich auch, wie es kommt, daß Spiegel zerbrechen.«

»Etwas Braunes und Klebriges scheint an dem Sprung hängengeblieben zu sein. Ich nehme an, Sie haben etwas gegen das Glas geworfen. Ich frage mich, warum.«

»Ich frage mich, warum Sie sich die Mühe machen, mein Rasiermesser abzustumpfen, wenn Sie in weniger als vier Stunden von Kopf bis Fuß in Pelz erstickt sein werden.«

»Die Form, mein teurer Monsieur«, sagte Luc. Er war mit

dem Rasiermesser fertig, legte es auf den Tisch, spülte sich das Gesicht ab und trocknete es mit vorsichtigen, affektierten Bewegungen ab. »Im Sommer«, sagte er träge, »ist der Tag länger, und damit auch die Zeit, in der wir menschliche Gestalt haben. Fünfzehn, sechzehn Stunden oder mehr. Im Sommer habe ich schon manchmal in der Stadt gearbeitet. Sie wären überrascht.«

»Tatsächlich?«

»Na gut, vielleicht auch nicht. Hören Sie sich doch zur Probe einmal folgendes an: Ich war bei einem Textilkaufmann angestellt! Als Buchhalter – mit Zahlen kann ich gut umgehen, verstehen Sie. Einmal hat mich eine sehr reiche Dame ausgehalten, für meine Dienste als – Freund. Sie hat mich dann hinausgeworfen, weil ich sie jede Nacht alleingelassen habe. Du Scheusal, du bist mit einer anderen Frau ins Bett gegangen! Ganz richtig, Madame, mit einer Frau, die mit grauem Pelz bedeckt ist, und zwar draußen unter der Treppe. Aiihh – auuhh!« Das Wolfsgeheul, das so genau wiedergegeben wurde, wie das einer menschlichen Kehle möglich ist, war selbst unter den Umständen verblüffend.

»Natürlich«, sagte Christian knapp. »Wie hätten Sie sonst Kleider, Bücher und Tabak kaufen können. Und was hat Ihre Schwester-Mutter gemacht, um ihren Lebensunterhalt zu verdienen? Hat sie kleinen Kindern das Lesen beigebracht und vielleicht hier und da einmal ein fettes Exemplar aufgefressen?«

»Das ist Ihnen doch bereits erklärt worden. Unser Spaß. Wir haben nie einen Mann, eine Frau oder ein Kind verletzt, geschweige denn aufgefressen.«

»Sylvie.«

»Sylvie, Monsieur Seigneur, ist von jemand anders umgebracht worden. Ein eifersüchtiger Liebhaber, ein verrückter, alter Vater, wer weiß?«

»Wer hat sie verstümmelt? Es haben doch ganze Stücke von ihr gefehlt!«

»Nein, wie Sie das aber fasziniert, chèr Christian! Nehmen

wir einmal an, Sie würden in einem Wald leben, in dem Wölfe umherstreifen, und wollten jemand umbringen, ohne erwischt zu werden. Wie würden *Sie* das denn anfangen?«

Christian stieß das Schüreisen ins Feuer. Diese offensichtliche Lösung – sie war offensichtlich gewesen, seit sie es zum erstenmal abgestritten hatten, wenn man ihnen das glaubte – stellte ihn in keiner Weise zufrieden. Oder wollte er trotz der Einzelheiten über Sylvies Körper, bei deren Bericht ihm buchstäblich schlecht geworden war, noch immer glauben, daß ihn zwei Kannibalen zur Geisel genommen hatten. Er warf ein Scheit auf die knisternden Flammen und sank wieder in den Sessel zurück. Das Feuerholz nahm nun deutlich ab. Da die beiden Wölfe in ihrer menschlichen Form die Kälte offensichtlich spürten, konnten sie auch den Holzvorrat wieder auffüllen.

Ironischerweise hatte er jemanden gefunden, der sich um ihn kümmerte, wie ihm das schon immer gelungen war. Es war jedoch noch nie jemand wie diese beiden gewesen.

Luc benützte Christians Bürsten für sein langes Haar, nahm die Krawatte, band sie und zog die blau-graue Jacke an.

»Ich bin jetzt fürs Essen angekleidet«, sagte er.

»Welches Essen? Gibt es denn eines?«

»Ich zumindest bin früh in der letzten Nacht jagen gegangen. Gabrielle hat ein Ragout gemacht.«

»Großer Gott. Gekochte Kinder.«

»Großer Gott, es tut mir leid, Sie enttäuschen zu müssen. Nur Kaninchen, Monsieur Blutgier. Erheben Sie sich und kommen Sie mit nach unten.«

»Vielen Dank! Ich denke nicht.«

»Jetzt kommen Sie schon! Sie sind unser Feudalherr. Wir können Sie nicht verhungern lassen.«

»Warum nicht?«

»Ach ja, natürlich, warum eine gute Mahlzeit verschwenden?! Da Sie ja sowieso an der Schwelle des Todes stehen.«

Unerklärlicherweise machte Christians Herz bei den Worten einen Sprung. Es wurde ihm klar, daß er eine Weile nicht an seine Krankheit gedacht hatte. Er sollte eigentlich für seine Vergeßlichkeit dankbar sein, aber die Erinnerung erfüllte ihn mit Wut und Verzweiflung. Er stand auf, ging zu de Lagenay hinüber und schlug ihm mit verächtlicher Knappheit und der ganzen Kraft seiner starken Pianistenhände auf eine glatt rasierte Wange.

Luc sprang nach hinten, jene außerordentliche Bewegung, die Christian schon vorher erlebt hatte – ihre Knochen mußten tatsächlich sehr elastisch sein. Die weißen Zähne wurden gefletscht. Luc blieb aber menschlich genug, um mit Worten zurückzuschlagen. »Also noch ein Schlag, was? Als Sie mich das letztemal geschlagen haben, hätte ich Ihnen die Eingeweide auf der Straße herausreißen können.«

»Aber reine Ästhetik hat Sie daran gehindert.«

»Wir töten nicht.«

Christian ging wieder langsam auf Luc zu. Sein Herz schlug wie wild. Er fragte sich, ob er wohl verrückt aussah.

»Krankes Fleisch«, sagte Christian. »Deshalb haben Sie mich nicht getötet.«

»Eigentlich eher Loyalität, weil Sie der stinkende Erbe dieses Lands und dieses Hauses sind, die allerdings fehl am Platz ist. Sie sind aber nur ein viel zu großer Trottel, um das verstehen zu können.«

Luc hob lächelnd sein Gesicht, und Christian schlug ihn erneut, Rückhand und Vorhand und Rückhand, und als er seinen Arm herabsinken ließ, sprang Luc wieder, aber dieses Mal an seinen Hals.

Der Schwung riß sie beide in einem wilden, kurzen Sturz auf den Boden. Als Christians Kopf auf den Teppich schlug und das harte Gewicht des jungen Mannes auf ihm landete, fiel ihm ein ähnlicher Sturz auf den Kies der Straße wieder ein. Jetzt wie damals starrten ihn zwei dämonische Augen an; das erste Paar war farblos, glühend und ohne Dimensionen gewesen; dieses hier war nicht weniger schrecklich, wenn es auch deutlich einem Menschen gehörte. Selbst jetzt nämlich war der Geist des Wolfes unverkennbar.

Eine der Hände war zu seinem Hals hochgekrochen und hatte begonnen, zuzudrücken, während die andere ihm in kurzen, heftigen Stößen unter die Rippen geschlagen wurde. Trotzdem hatte der Angriff etwas fast Spielerisches an sich, als stünden tödlichere Methoden noch in Reserve bereit. Lucs Gesicht war mit seinen angespannt aufgerissenen Augen und dem offenen Mund auf eine beleidigende Weise geradezu idiotisch schön. Christian riß seine eigene Hand nach oben, um das mörderische Ziel mit einem vierten Schlag zu zerschmettern. Während der Schlag aber landete oder vielmehr zu landen schien, zuckte Lucs Kopf zur Seite und schnell wie eine Schlange wieder zurück. Christian fand die Außenkante seiner Handfläche von den Zähnen seines Feindes gepackt.

Natürlich. Wie die Frau würde auch der junge Mann wie ein Wolf kämpfen. Der Schmerz war durchdringend und floß an seinem Arm hoch wie schwarzes Wasser. Die Finger an seiner Kehle hatten sich etwas gelockert, das konnte er gerade noch feststellen. Genoß er den Geschmack von Fleisch?

Was nun? Die letzte Gelegenheit, bei der Christian gekämpft hatte, war vor ungefähr vierzehn Jahren in einem gefrorenen Schulhof gewesen, nachdem die Schule aus gewesen war. Seitdem war es nicht mehr nötig gewesen, und man hatte sein Aussehen für schützenswert gehalten. Außerdem waren seine Hände kostbar. Mein Gott, mein Gott, die Hände –

Christian bäumte seinen Körper gegen den von de Lagenay auf und, statt zu versuchen sie zu befreien, rammte er die gebissene Hand noch heftiger zwischen die nagenden Zähne in die weiche Haut im Mund und drückte immer weiter, als wolle er seine Hand dem Wolf in die Kehle schieben. Bald ließen die Zähne los, der dunkelrote Haarschopf sank zurück, und Christian schlug mit seiner unverletzten Faust gegen den empfindlichen Hals.

Zur gleichen Zeit lösten sich die Finger von seiner Luftröhre. De Lagenay würgte und begann, zur Seite zu rollen. Christian schob sich aus der Wirbelsäule ruckartig nach oben und warf Luc zur Seite. Nun krachten sie gegen die Füße des Ankleidetisches, und der Spiegel über ihnen schaukelte.

De Lagenays Würgen war zu einem lauten Knurren geworden, das Christian wütend machte. Er war absichtlich nach vorne gefallen, um die Kreatur unter sich festzunageln, aber die Kreatur war zur Seite geglitten. Christian zuckte mit seiner blutenden Hand vor und packte die nicht mehr makellose Krawatte, aber der Stoff riß sofort. Plötzlich kniete Christian da und hielt eine lächerliche Fahne aus zinnfarbiger Seide vor sich. Der junge Mann war herumgefahren und hatte sich an dem Mahagoni-Ankleidetisch hochgezogen. Eine Sekunde später hatte die Hand mit den roten Nägeln das Rasiermesser mit seiner langen, glatten Klinge an sich gerissen.

Luc hustete. (Seltsam, wie lange war es her, seit Christian gehustet hatte?) De Lagenays Gesicht sah nun nicht mehr unbeteiligt und unbeschädigt aus. Blut verschmierte seinen Mund, das zum größten Teil sein eigenes war, denn er hatte sich an den Zähnen die Lippe aufgeschnitten. Die Augen brannten und schienen viel heller, denn die Pupillen waren zusammengeschrumpft, als sei ein helles Licht auf sie gefallen.

Christian ließ das nutzlose Stück Krawatte fallen und stand auf. In diesem Augenblick sprang Luc de Lagenay auf ihn zu, und das Rasiermesser schnitt eine weiße Sichel aus der Luft.

Christian hatte sich in seinem Leben noch nie so schnell bewegt, und er hatte auch nicht gewußt, daß er dazu in der Lage gewesen wäre. Während er sich unter der Klinge duckte, tauchte vor seinem geistigen Auge, kurz, wie in einer Fieberphantasie, ein Bild von einem Duell auf, das vor langer Zeit ausgefochten worden war; ein Mann mit einem schlanken Degen – aber das lag Jahrhunderte weit in der Vergangenheit des Schlosses und konnte ihm nicht helfen …

Das Rasiermesser zischte über ihm vorbei und zuckte wie eine ekelhafte Zunge wieder zurück.

Er hatte keine Muße, den Gesichtsausdruck seines Gegners zu beurteilen, ob er nun mörderisch oder nur verblüfft war. Als nächstes bewegte sich die Klinge so schnell, daß Christian sie nicht sehen konnte; er warf sich zur Seite und nicht nach unten, weil er instinktiv gewußt hatte, daß dieser Angriff tiefer als der vorherige kommen würde. Er stieß gegen eine glatte und kalte Fläche – es war eine Fensterscheibe – und obwohl er es nicht gespürt hatte, wie die Klinge ihn berührte, sah er plötzlich schockiert eine tiefrote, rosettenförmige Blüte auf seinem Hemd. In solchen Augenblicken fragte man sich, ob man getötet worden sei.

Er hörte de Lagenay lachen. Eigentlich war es kein Gelächter zu nennen.

Christian rutschte an der eisigen Scheibe entlang, als die Klinge wieder vorschoß. Das Geräusch, das sie produzierte, als sie durch den Vorhang schnitt, war einzigartig und schrecklich. Und dann traf sie das Fenster; zwar nicht heftig genug, um es zu zerbrechen, aber sie glitt mit einem eigenen unheimlichen Schrei über das Glas. Sie war fünf, sechs Zentimeter weit von seinem Arm entfernt und rutschte noch. Er könnte sie zur Seite schlagen, und dann würde ihm die Schneide bis auf den Knochen in den Arm fahren –

Er sprang von dem Fenster weg und rannte. Das Blut, das auf seinem Hemd blühte – es mußte ein oberflächlicher Schnitt sein, oder wie hätte er sonst aktiv bleiben können? Er hörte hinter sich kein Geräusch von Schritten, aber das bedeutete nichts. De Lagenays Atmen war gerade noch hörbar. Christian schlug einen Haken, stieß den Krug von dem Ankleidetisch auf den Boden, sprang darüber und hörte die kurze Unterbrechung in de Lagenays Atmung, als auch er darüber sprang, um ihm auszuweichen.

Christian erreichte den Kamin, als der Wolf ihn einholte. Im letzten Augenblick beugte sich Christian nach vorne, als wolle er in das Feuer laufen. Wieder fühlte er, wie die monströse Zunge vorzuckte und über die Steine des breiten Kaminsims' kratzte. Er selbst hatte sich der Länge nach auf den Boden gestürzt und dabei über die Messing-Hunde nach dem beiseitegeworfenen Schüreisen gegriffen. Mit einer Körperdrehung, die an jedem Gelenk und an jeder Sehne unter seiner Haut zu zerren schien, schleuderte sich Christian herum in eine sitzende Position.

De Lagenay kauerte – nein – er war gerade daran, nach vorne zu springen und streckte seinen Arm aus, um Schwung in das Rasiermesser zu bringen, das nun heruntersauste, um zu schneiden, zu sägen ... Und Christian stieß die Spitze des Schüreisens direkt in de Lagenays Magengrube. Die Luft fuhr mit einem einzigen schweren Grunzen aus ihm heraus. Seine beiden Arme schlugen nach außen, als wolle er fliegen. Das Schüreisen, das inzwischen Christians Griff entglitten war, schien ihn nicht nur zu durchbohren, sondern den jungen Mann sogar hochzuheben und in einem unglaublichen Bogen nach hinten zu schleudern.

Er landete auf dem Orient-Teppich, lautlos, und blieb bewegungslos liegen. Das Schüreisen polterte neben ihm auf den Boden. Er hielt das Rasiermesser noch in der Hand, registrierte das aber nicht.

Christian ging zu ihm hinüber. Er stellte sich auf Lucs Hand, und als die Finger sich öffneten, nahm er das Messer an sich.

Er hatte zunächst gedacht, daß der schwere Schlag zwischen Lungen und Bauch seinen Gegner bewußtlos geschlagen hätte, aber die blassen Lider hoben sich langsam, und die fahlen, bösen Augen sahen ihn an. Luc hob seine freie Hand an seinen Kragen, riß ihn auf und drehte sein Gesicht leicht zu dem Teppich hin. Christian hielt es für eine Bewegung, um sich mehr Luft zu verschaffen. Dann fiel ihm beiläufig ein halbvergessenes Bild aus dem Hotel seines Vaters ein: Ein geschlagener Gladiator lag in einem römischen Zirkus im Sand ausgestreckt und bot seine große Halsschlagader dem Schwert seines Gegners dar.

Christian ließ sich auf ein Knie niedersinken. Er senkte das Rasiermesser und legte die Schneide an die zuckende Säule des Halses. Dieses Halses, der geheult hatte: *Aiihh – auuhh!*

»Ich könnte es tun.«

De Lagenay holte tief Luft und sagte abgehackt: »Sie – beachten die – Höflichkeit nicht, – wenn Sie es – tun.«

»Welche verdammte Höflichkeit?«

»Wenn ich meine Kehle darbiete – demonstriere ich damit, daß ich mich ergebe. Ich erkenne Ihren Sieg an. Ich würde nicht noch einmal gegen Sie kämpfen. Mein Besieger. Mein Seigneur. Cousin, wenn – Sie das möchten.«

Christian stand auf und ging weg. Er warf das Rasiermesser, das noch immer offen klaffte, wieder auf den Ankleidetisch. Er wendete sich von seinem Bild im Spiegel ab, von der jetzt schmerzenden, oberflächlichen, stark blutenden Wunde. Der Anblick seines eigenen Bluts ekelte ihn an. Er stützte seine Hände auf das Mahagoni, ließ seine Stirn an den kühlen Spiegel sinken und schloß die Augen.

Bald hörte er, wie Luc aufstand. Christian sah sich weder um, noch rührte er sich.

»Ich glaube«, sagte Luc, »Sie haben mich wie ein echter Feudalherr auch noch gebrandmarkt. Das verdammte Schüreisen war noch heiß vom Feuer.«

Christian legte seine Hand an seine eigene Hand in dem Spiegel, ohne seine Augen zu öffnen.

»Raus«, sagte er.

»Ich gehe ja schon. Um Gabrielles himmlisches Ragout zu essen, falls Sie mir noch etwas von meinem Magen gelassen haben, in dem ich es unterbringen kann. Das Feuer im Salon ist angesteckt. Gabrielles Rezept: Kaninchen werden sanft mit Orangen und Gewürzen gekocht.«

»Ach, fahrt doch zur Hölle, alle beide«, sagte Christian.

Der Türgriff drehte sich. Die Tür flüsterte über den Teppich und ging wieder zu. Einen Augenblick später wurde auch die Wohnzimmertür geschlossen.

Christian ging von dem Spiegel weg über den Teppich und holte das Schüreisen wieder. Aus irgendeinem Grund schob er es mit der Spitze nach unten ins Feuer.

Er begann zu weinen. Er verstand es nicht, warum er es ausgerechnet in diesem Augenblick tat und versuchte, es unter Kontrolle zu bringen, indem er mit fest um den Körper geschlungenen Armen in dem Zimmer auf und ab ging, als wolle er sich vor starker Kälte schützen.

Schließlich aber setzte er sich in den Sessel beim Feuer – das Holzscheit brannte nun hell um das steife Schüreisen – bedeckte sein Gesicht mit den Händen und sank nach vorne in bodenlosem Kummer.

19. KAPITEL

Die Liebhaber

Elend ist ein zeitloses Land. Es kam an irgendeinem Punkt aus ihm heraus, und der trübe, weiße Nachmittag, seinen Vorgängern so ähnlich, schien in der Zwischenzeit überhaupt nicht fortgeschritten zu sein. Die Tränen auf seinem Gesicht waren salzig und rauh, getrocknet wie Gischt vom Meer. Er ging in das Bad und wusch sich mit dem eiskalten Wasser das Salz ab. Er dachte dabei törichterweise an den gestrandeten Ozeanriesen des Hotels, und an die winterliche Brandung, die über den Strand darunter spülte wie dünne Sahne.

Er war damals ein Kind gewesen, der Sohn seiner Eltern. Hatte er als Kind jemals geweint? Einmal, vor Zahnweh. Einmal vor Wut über irgendeine Kleinigkeit – was war das doch gewesen? Er konnte sich nicht mehr erinnern. Und warum hatte er in den späteren Jahren seines Triumphs und seiner Arroganz nie etwas von der schrecklichen Stimme gehört, die ihm versprochen hatte: *Deine Schmerzen und deine Sorgen und deine Verzweiflung hebe ich für dich auf. Ich habe sie für deine Zukunft sicher aufbewahrt.*

Es war wahrscheinlich zwischen zwei und drei Uhr. Er stand vor dem Feuer und trank das letzte Glas von dem toten, unverkorkten Wein. Er begann, sich für ein Zimmer für sich zu entscheiden. Er würde einpacken, was er brauchte und selbst tragen konnte. Wenn der Schnee erst einmal getaut und weniger geworden war (das mußte doch sicher irgendwann passieren), würde er zum Bahnhof gehen. Peton würde sich sicherlich finden lassen. Peton wohnte doch in der Nähe des Bahnhofs, oder? Peton würde ihm mitteilen, wann ein Zug zu erwarten war. Er könnte bei Peton bleiben, bis der Zug eintraf. Und in der Stadt würde er eine Klinik finden. Die bescheidenen Einkünfte von dem Schloß würden ihm das

Notwendigste liefern. Vielleicht mehr. Möglicherweise war es angenehmer, im Luxus zu sterben. Er brauchte nur zu warten: auf Tauwetter, einen Zug, einen Scheck. Auf den Tod. Es war schon immer so gewesen, daß er nur zu warten brauchte. Flucht, falscher Heldenmut waren völlig überflüssig. Nie, nie würde er den Mut aufbringen, seinem Leben ein Ende zu setzen. Damit zumindest hatte Claut, der Affe, rechtgehabt.

Die Wohnzimmertür wurde leise geöffnet. Sie ließen ihn einfach nicht in Frieden. Er konnte sich nicht einmal ausschließen; war die Wohnzimmertür verschlossen, so kamen sie durch die Bibliothek herein. Als sie verschlossen gewesen war, war immer noch der geheime Eingang hinter dem Wandbehang geblieben. Sie warfen Steine an seine Fenster. Sie benutzten sein Schloß, sein Bett, sein Rasiermesser – sogar noch, um ihn damit anzugreifen – und es gab nichts, was sie ihm lassen wollten. Nicht einmal seinen Schlaf, oder seine Träume. Er stellte das halb ausgetrunkene Weinglas auf den Kaminsims.

Als das leise Klopfen an die Schlafzimmertür kam, ging er bereits mit großen Schritten darauf zu. Er riß sie auf und rief mit einer lauten und wütenden Stimme, die ihn selbst schokkierte: »Verdammt nochmal, könnt ihr mich vielleicht ein einziges Mal in Ruhe lassen!« Und dann verstummte er, denn vor ihm stand die Frau, Gabrielle, bekleidet mit ihrem olivenfarbigen Kostüm und mit Nebel von Haar, mit ihrer Schminke, ihrem Parfum, ein Tablett phantastisch auf einer Hand balancierend – die Haltung eines Kellners in einem Vorstadtcafé. All das, und der schreckenerregend wahnsinnige Tonfall seiner Stimme, verblüffte ihn.

Er trat einen Schritt zurück, weg von ihr, und vielleicht auch von sich selbst. Er sah auf das Tablett, das Brot, den Käse, das dampfende und duftende Ragout – Kaninchen, deren Kehle von einem schnellen Biß der Zähne dieser Wolfskinder durchgetrennt worden war – zubereitet mit Gewürzen, Kräutern und Treibhaus-Orangen.

»Was soll das?« sagte er mit bestürzend zitternder Stimme. »Ich dachte, meine Dienstboten wären weg.«

Ihr Gesicht war ausdruckslos.

»Solange Sie hier wohnen«, sagte sie, »werden sich immer Menschen finden, die Sie bedienen.«

»Seltsam, ich habe Sie nie als meine Köchin betrachtet. Und ihr Sohn. Er wird mich rasieren. Zweifellos ziemlich unvorsichtig.«

Sie stellte das Tablett auf dem kleinen Tisch ab.

»Sie haben ihn zuerst geschlagen. Sie waren der Herausforderer. Er hatte die Wahl, Sie zu ignorieren oder zu kämpfen. Ein Messen der Kräfte, wie im Wolfsrudel. Er wird keinen Groll gegen Sie hegen. Er akzeptiert es, daß Sie gewonnen haben. Wie im Wolfsrudel. Und Sie, Monsieur Christian, sollten es akzeptieren, daß er es akzeptiert. Wieder wie im Wolfsrudel. Wie ich sehe, hat es aufgehört zu bluten.«

Er hatte die schmale Wunde vergessen, und nun ignorierte er sie.

»Mein Gott, weil irgendeine unmögliche Laune der Natur Sie in Ungeheuer verwandelt hat, muß ich auch mitmachen, oder? Um für die Sünden meines armen Großvaters zu büßen, den ich niemals getroffen habe.«

»Es war nicht nötig, daß Sie beide sich treffen«, sagte sie mit steinernem Gesicht. »Sie beide sind eine Person.«

»Raus«, sagte er. Seine Stimme zitterte, seine Hände. In ihm zitterte sein Herz und zwang ihn dazu, nach Luft zu schnappen. Dies waren vertraute Gefühle. Vor einem Klaviervortrag war er oft von solchen nervösen Anwandlungen befallen worden. Am Anfang nicht, aber als sein Talent und sein Ruhm größer geworden waren, war auch die Angst gewachsen. Warum? Weil er sich ständig selbst übertreffen mußte und versagen könnte? Warum aber daran jetzt denken?

Er drehte Gabrielle den Rücken zu und ging zu dem Kamin hinüber. Er bemerkte das Schüreisen, das mitten in dem brennenden Holz steckte, und er streckte die Hand aus, um es herauszunehmen und es zu den anderen Kamingerätschaften zurückzustellen.

»NICHT!« Der Schrei der Frau war schrill und erschrekkend. In der nächsten Sekunde stand sie mit der ihr eigenen Schnelligkeit neben ihm und schlug ihm mit der gleichen übernatürlich abgehackten Plötzlichkeit beide Hände zur Seite und hoch in die Luft.

Er stand verdutzt da, fluchte über sie, und sie sagte: »Sie wollten das gerade in die Hand nehmen, Sie Trottel –« Sie nahm das halbleere Weinglas vom Kaminsims und goß es über den Griff des Schüreisens. Es zischte laut, und eine Dampfwolke stieg davon auf wie von einer explodierenden Samenkapsel. Erst jetzt sah er, daß der gesamte Stiel des Schüreisens rotglühend war. Es hatte ungefähr eine Stunde lang im Feuer gestanden. Sie ergriff seine Hände und hob sie vor seine Augen, um sie ihm zu zeigen. »Wie viele von den Masurkas von Chopin würden Sie mit einer solchen Verbrennung spielen? Wieviel Rachmaninov?« Sie ließ seine Hände mit einem kleinen Dialekt-Fluch fallen, in dem eine tiefe Verachtung, vielleicht sogar Haß, mitklang. »Aber genau das ist es ja, was Sie wollen, nicht wahr, Monsieur? Sterben, oder sich selbst verkrüppeln. Ein Ende für jegliche Verantwortung, sowohl für Ihr eigenes Verhalten, als auch für das, was Sie in sich tragen. Alle Ängste finden ihr Ende, wenn sie erst einmal wahr werden.«

Ihre Worte schienen durch ihn durchzugehen, als sei er körperlos. Ein schrecklicher Schmerz stieg in ihm auf. Er wußte nicht, woher er kam, oder wie er mit ihm fertigwerden sollte. Er stellte sich seine Hände vor, wie sie bis auf die Knochen verbrannt waren, oder bis auf die Knochen zerschnitten, was durch das Rasiermesser hätte kommen können. Er spürte den scharfen Schmerz von dem dünnen Strich, den das Rasiermesser in seine Brust eingegraben hatte, und ihm fiel wieder ein, wie im Konservatorium leicht das Blut aus seinem Brustkorb auf die Tasten des Flügels gespritzt war.

Sie ihrerseits hatte ihm den Rücken zugekehrt.

Sie sagte: »Wie Sie leiden! Sie tun mir leid. Was wissen Sie schon über irgendwelche Schmerzen des Körpers oder der Seele? Mein Gott, mein Gott. Sie hätten an meiner Stelle sein müssen, oder an Lucs. Meine Mutter hätten Sie sein müssen. Aber *Sie.*« (Die Verachtung, mit der sie das sagte.) »Sie sind doch seit Ihrer Geburt in Daunen verpackt. Kein Wunder, daß der kleine Kratzer Ihnen wehtut. *Oh,* diese *Qual!*«

»Also gut«, sagte er. »Wenn ich Ihre Zurechtweisung unterwürfig akzeptiere, gehen Sie dann?«

»Ja. Es würde Ihnen gefallen, allein zu sein. Hier zu sterben. Damit Sie von niemand mehr belästigt werden.«

»Ich kann anscheinend einfach nicht sterben«, sagte er. »Ich kann mir das nicht erklären. Leben kann ich nämlich auch nicht.«

Er lehnte sich an die Wand. Er sah nicht in ihr abgewandtes Gesicht, ihre weggedrehte Schulter mit der leuchtenden Gischt aus Haar, die darauffiel. Ihr Haar sah nicht wie irgendwelches Haar aus, sondern wie Rauhreif oder Rauch oder trockenes Wasser. Was mußte das für eine Verwandlung sein, um aus solchem Haar den Pelz eines Wolfs werden zu lassen! Sie war vielleicht noch merkwürdiger als die Veränderung ihrer Knochen …

Wieder kamen die Tränen aus seinen Augen, zu leicht, denn sie kannten nun den Weg. Er ließ sich an der Wand herabrutschen, zog seine Knie hoch, legte seine Arme darauf, und dann seinen Kopf auf sie. Eine Minute später fühlte er die Wärme ihres Körpers, als sie sich neben ihm hinkniete. Welcher Duft war das, wie Abenddämmerung in einem Garten voller Blumen – teuer – wie eigenartig –

Sie legte ihre Arme um ihn und zog ihn an sich. Auch das war leicht, sich von ihr an die Weichheit ihrer Brüste drücken zu lassen.

»Still«, sagte sie. »Komm.«

Selbstmitleid. Er hatte es ebensogut wie sie gewußt.

Höchstwahrscheinlich hatte er alles gewußt. Ungefähr hier, auf diesem Teppich, hatte er das Dienstmädchen genommen; dazu noch ohne Erfolg. Was wurde das alles doch für ein Katalog persönlicher Katastrophen!

Aus weiter Ferne hörte er sich selbst an Gabrielles Brust weinen. Es klang genau wie das Weinen eines Kindes. Eine Szene wie aus einem sechstklassigen Melodram.

Aber – »Still, mein Liebling«, murmelte sie ihm zu. »Still, mein Liebster, mein Liebster. Hier wirst du sicher sein, hier wirst du wieder glücklich werden.«

Und – »Nein«, heulte das Kind los. »Ich war noch nie glücklich, und ich werde es auch nie sein!«

Und – »Still, du wirst glücklich sein und sicher bei denen, die dich lieben.«

Irgendwo, so weit weg wie das Kind, das weinte, sah er Luc vor sich, wie er mit zwölf oder dreizehn Jahren, nachdem die schrecklichen, furchtbar schmerzenden Zuckungen der körperlichen Verwandlung vorüber waren, ebenfalls in ihren Armen weinte, um sich trösten zu lassen. Gabrielle aber – wer hatte *sie* geschaukelt und getröstet?

Nach kurzer Zeit wurde das Kind müde. Noch etwas später wurde es still.

Und noch immer hielt sie ihn, sanft, ganz sanft, schaukelte ihn und begann, ihn leise wie ein Flüstern mit dem bizarren kleinen Lied in den Schlaf zu singen, das er sie schon vorher hatte singen hören, und nun hörte er es ganz, selbst die allerletzte Zeile –

En forêt je vais les soirs
Les étoiles belles sont au dessus;
Je pense que dans leurs luminères
Je vois les yeux de ceux qui m'aiment.

Er hob seinen Kopf und sah sie an, und bemerkte so, daß auch sie ein wenig weinte. Es hatten schon verschiedene Frauen wegen ihm geweint, wegen harter Worte, oder weil er wegging. Es hatte aber noch nie eine gegeben, die über seinen eigenen Kummer geweint hatte. Sie, die gesagt hatte: *Was wissen Sie schon über irgendwelche Schmerzen?*

Die Tränen, die aus ihren beiden Augen fielen, hätten eigentlich eine verschiedene Form haben müssen –

Der Philosoph Georges Edouarde hatte gesagt: »Hinter der Verzweiflung steht die Lust, ebenso wie hinter den Fronten einer Schlacht, denn Trauer ist wie der Tod eine Verweigerung des Lebens, und das Leben ist als der schlaue Lüstling, das es ist, immer bereit, seine Gegenwart laut zu verkünden und seine Ansprüche wieder anzumelden.«

Christian nahm ihr Gesicht zwischen seine Hände. Die Entfernung zwischen ihren Mündern war nur sehr klein.

In der Hütte hatte er nach ihr verlangt. Im Vergleich mit dem hier war das nichts gewesen. Damals hatte sie ihn abgewiesen. Dieses Mal lehnte sie sich vor, legte ihre eigenen Hände fest um seinen Kopf und begegnete seinem Mund mit ihrem.

Er sah ein Auge grün aufblitzen, das unter seiner Wimper schwamm. Es hatte sich nicht ganz geschlossen, sondern beobachtete ihn auch, während er sie küßte, aber es war ein Auge, das halb betäubt, im Delirium war. Die Feuchtigkeit seiner eigenen Tränen lag über ihren Kleidern. Der Mittelpunkt einer Brust blühte unter seiner Handfläche auf, und dann der anderen. Sie lagen an die Wand gelehnt, rutschten langsam auf den Orient-Teppich hinüber, der Schein des Feuers fiel durch ihr Haar und verwandelte es in Feuerschein, ihre Hände glitten über ihn und zeichneten Muster auf seine Haut – aber nicht hier, wo die tote Sylvie sich gewunden und geheult hatte –

Er stand plötzlich auf und hob Gabrielle mit sich hoch.

Das Bett war da. Das Bett der Tradition, in dem Rosen und Trauben und fruchtbare Samen zusammen verstreut worden waren.

Sie bewegten sich drehend und einander umschlingend wie ein einziges Wesen auf das Bett zu; irgendwie erreichten sie es und fielen darauf.

Es war mit ihr nicht wie mit den anderen. Ihre gesamte Mythologie, ihre Zweifelhaftigkeit selbst hatte sich zu einer extravaganten Symphonie von Gefühlen und Empfindungen entwickelt. Große Wellen schienen sie zu schütteln, aber sie war trotzdem völlig still, als wolle sie die unerträgliche Höhe und Tiefe, die die beiden zusammen darstellten, in sich verriegeln, um nichts preiszugeben und nichts zu verlieren. Und während sie noch zitterte und sich an ihn klammerte, war es zweifellos eine Liebkosung von ihm, die er ihr nachschleuderte, jener letzte, blendende Silbernagel der Kreuzigung, der gnadenlos Schlag um Schlag durch Lenden und Wirbelsäule und Gehirn getrieben wurde.

»Wo ist Luc?« fragte er sie.

»Oh, keine Angst«, sagte sie und lachte leise gegen seinen Hals. »Es gibt ja noch den Wald, in dem er umherschweifen kann.«

Aber bald darauf, als er zu ihr zurückkehrte, küßte sie ihn und sagte: »Siehst du nicht, wie dunkel das Licht wird?«

Als sie sich aus seinen Armen löste und grazil aus dem Bett stieg, während ihr barocker Körper von dem Kaminfeuer überzogen wurde, fühlte er ein Zittern von Vorahnung und Angst davor, was nun schon bald wieder aus ihr werden mußte. Nicht wegen sich selbst, nur wegen ihr. Sie schien jedoch seine Reaktion sofort zu durchschauen.

»Vielleicht können wir es erreichen, daß du uns verstehst«, sagte sie und nahm achtlos ihre Kleider auf. »Am Anfang ist es schon schlimm, aber mit der Zeit stellt sich auch Freude ein.« Er gähnte, und sie lachte wieder und sagte zu ihm: »Geh' schlafen, mein Kleiner. Es gibt ja noch morgen.«

Sie ging zu dem Wandbehang, berührte etwas Unsichtbares, und die geheime Wand öffnete sich für sie und schloß sich wieder, als sie hindurchgegangen war.

Er lag noch lange da und beobachtete die rote Glut des Feuers. Es war nicht nötig, zu überlegen oder nachzudenken. Der andere könnte allerdings noch immer hereinkommen und ihn umbringen. Oder das Haus könnte zusammenstürzen. In Wirklichkeit aber war nur das Ragout festgeworden, und das Feuer würde ausgehen, wenn er sich nicht darum kümmerte.

Er erinnerte sich an sie, und sein Körper versteifte sich und verfärbte sich scheinbar an jeder Arterie fiebrig rot und weiß. Aber morgen würde sie wieder bei ihm sein.

Zwei Wölfe liefen durch den Wald.

Sie gingen nachts in den dunklen Wald, und nur die schönen Sterne schienen von oben herab …

Und in ihrem Licht glaube ich die Augen derer zu sehen, die mich lieben …

Denn was ist Liebe, meine Kinder, als die Bezeichnung, die das Herz gebraucht, wenn es sexuelle Lust meint, genau wie das Gehirn es ›Appetit‹ und der Geist ›meine Reflexion‹ nennen wird.

Lange vor Mitternacht war er aufgewacht, wachsam wie ein wildes Tier. Er fachte das Feuer wieder an, zündete eine Lampe an und verspürte dann den plötzlichen Wunsch, sie aufzunehmen und noch einmal durch das Schloß zu gehen. Nun würde er alles aus anderen Augen sehen. Er beschränkte sich statt dessen aber auf seine Suite. Er blieb eine relativ lange Zeit in der eiskalten Bibliothek. Die Lampe erforschte die brüchigen und vergoldeten Buchrücken.

Alles hatte sich unmerklich verändert. Das Haus war nicht mehr das gleiche.

Um ungefähr zwei oder drei Uhr früh ging er in den Keller hinunter und holte noch mehr spinnwebenverhangene Flaschen hoch. Der Weg war nicht mehr fremd. Im Schlafzimmer hatte sich das Ragout zu einer grauen, gallertartigen Masse verfestigt, aber Brot und Käse waren noch eßbar. Er öffnete den Wein und trank ihn.

Draußen vor dem Fenster murmelte die Nacht, und die Zweige beugten sich und flüsterten unter ihrer Last aus Schnee. Ein stetiger Wind aus dem Wald war aufgekommen.

Er stand am Fenster und sah über die weißen Flächen hinaus. Wenn der Wind über sie wehte, sprühte er pulvrige Gischt hoch, als würde von dem Schnee ein kalter Rauch aufsteigen ... Der Mond brannte, die Sterne gaben ein Licht von sich, dünn und hoch wie das Pfeifen einer Blechflöte ... Ja, es mußte faszinierend sein, in einer solchen Nacht unterwegs zu sein – in jeder Nacht – durch den Champagner der Frühlinge zu laufen, den dicken, grünen Sirup und das zundertrockene Holz des Sommers, die leeren Schalen des Herbsts.

Als viel später endlich die Dämmerung einsetzte, füllte eine kalte rosenfarbige Flamme die Fenster.

Er lag auf dem Bett und lauschte den vogellosen Geräuschen des leicht glitzernden Morgens. Das Licht zitterte über den Schnee, wie der Wind das getan hatte, und das ganze Land zeigte das gleiche kristalline Schauern, das manchmal in Form von Schallwellen von den Lüstern in der großen Halle ausging.

An der Grenze zwischen Schlafen und Wachen überraschte es ihn nicht, sich auf der Seite liegend vorzufinden und sich selbst anzusehen, wie er einen Meter weit entfernt in dem großen Bett auf Gabrielle ausgestreckt war.

Zunächst verspürte er nur eine leichte Neugier. Dann, als sein Bewußtsein sich konsolidierte, verflog das angenehme Gefühl, als sei das nur eine Illusion. Er beobachtete die traumverlorenen Bewegungen ihrer Körper, die fast grundlosen Berührungen und Trennungen von Gesichtern, Händen und Armen. Trotzdem wurde ihm nur ganz allmählich klar, wer die Liebenden dort waren, denn der Mann war nicht er selbst.

Ungläubig stützte er sich auf einen Ellenbogen hoch. Ein Gefühl von Empörung wurde schnell von einer ganz profanen Belustigung vertrieben, die ebenso schnell in einem Anfall einer von Zorn und Staunen geprägten Erregung unterging.

Ihre schönen Gesichter starrten einander hilflos an, und ihre Augen schlossen sich manchmal oder ihre Lippen öffneten sich, um leise, flüsternde Geräusche hervorzubringen. Bemerkten sie ihn überhaupt?

Zwanzig oder mehr Ideen durchzogen seinen Kopf, während der helle Strom mit seinem Blut nach oben raste, Ideen, in denen es meistens um Gewalt ging. Solche Gedanken aber waren an bestimmte Bedingungen geknüpft. Als sich ihr Gesicht zu ihm drehte, mehr von dem dunkelroten Haar als von ihrem eigenen umrahmt, konnte auch Christian nicht mehr tun, als zurückzustarren, und als ihre Hand von den Vertiefungen von Lucs Körper zu ihm herüberglitt, konnte er nur auf sie zuschwimmen.

Ihre leicht flatternden Lider, die starke Spannung ihrer Muskeln fanden ihre Entsprechung bei ihm. Ein zerbrechlich hochgespanntes Zittern schien sie alle drei zu durchlaufen, ähnlich wie der Weg des Lichts über den weißen Körper der Landschaft draußen. Wie in einem Traum wurde zuerst ihr Mund, dann ihre Brüste und dann plötzlich ihre gesamte Oberfläche an ihn gedrückt, während der andere Mann zur gleichen Zeit zur Seite sank. Da gab es kein Zögern, keine Ungeschicklichkeit. Es war so, als sei Christian tatsächlich zu Luc geworden. Ihre Hände hatten sich hinter seinem Rücken verknotet, und abrupt besaß er sie, und ebenso abrupt schien er durch sie in den Strudel durchzubrechen, in den Wahnsinn, in das, was schließlich nur eine Art von Anfall war, das einem Anfall so sehr ähnelte, und wegen dem er trotzdem – wegen dem er ... Seine Zähne trafen den Kissenbezug aus Leinen, eine Tatsache, die er sich später nicht würde erklären können.

Sie lagen entspannt, die drei, locker ineinandergerollt. Das Wolfsrudel.

Das Zimmer war sehr still.

Denn das Zimmer hatte all das schon bei vielen Gelegenheiten vorher erlebt.

4. Teil

Ländliches Fest

20. KAPITEL

Die Liaison

Der Winter änderte seinen Charakter; es folgte eine Reihe von Porzellantagen. Der Himmel war wolkenlos, von klarer Tiefe und sehr blau. Die Sonne blendete mit einem harten, reinen Licht – und doch war es so kalt, daß der Schnee mit allen seinen Aspekten zu Kämmen und Klingen aus Eis und Kristall eingefroren war. In dem Graben, der wasserlos war, gab sich der Schnee als Wasser aus und reflektierte die Welt teilweise.

Das Schloß hatte inzwischen einen Zustand von vollständiger Isolation erreicht und war von Schneewehen wie von hohen Wellen umgeben.

Luc hatte in der Nähe des Gartens einen kleinen, schon seit langem abgestorbenen Baum gefällt und in den Hof unter der Küche geschleift. Er und Christian hatten den Baum zusammen in Scheiter zerlegt. Die Ergebnisse erfolgreicher Jagdausflüge hingen in der Vorratskammer. Gabrielle hatte den großen schwarzen Herd gezähmt und backte Brot und kochte Kessel mit Suppe. Ihre ländliche Erziehung – für sie war sicher das Schicksal eines Dienstmädchens vorgesehen gewesen, und höchstwahrscheinlich im Schloß – zeigte sich in ihrer Geschicklichkeit und kompetenten Nutzung der großen leeren Küche. Sie kannte die Küche allerdings gut. Sie kannten beide das Haus und das Grundstück in allen Einzelheiten. Sie lehrten Christian mit ihrem Beispiel, wie sie ihm auch den Rest ihres Lebens lehrten. Allmählich wurde die Wildnis von Treppen, Zimmern und Gängen logisch, gezähmt. Kamine wurden eröffnet und mit prasselnden Feuern gefüllt. Tücher wurden von Möbelstücken weggezogen und enthüllten einen sublimen und langsamen und beruhigenden Verfall. Man versuchte sein Glück mit einer Reihe von Kleiderschränken und machte dabei reiche Beute: prunkvolle Kleider, Überbleibsel, die schon seit zehn Jahren in diesen Schränken steckten und durchdringend nach Mottenkugeln rochen. Mit solchen Kleidern hatte sie sich als Kind verkleidet und war auf und ab stolziert. In einem solchen Kleid mit Schleifchen und Schmetterlingsflügeln war sie einmal gefangen und vergewaltigt worden. Solche Schrecken spielten jedoch keine Rolle mehr und hatten zu existieren aufgehört. Ihre Existenz war zeitlos: hier und jetzt. Meditation, irgendeine Art von Rückschau, von Prophezeiungen ganz zu schweigen, hatten in ihr keinen Platz.

Luc grub einen schwarzen und angeschlagenen Zylinder, der an den von Sarette erinnerte, aus und trug ihn manchmal im Haus, extravagant schief aufgesetzt.

Vielleicht kam es davon, daß sie als Kinder hiergewesen waren, Herr und Herrin dieses verschlossenen und eingewinterten Hauses, daß diese Tage auch für Christian von einem Gefühl von Kindheit geprägt wurden. Auch in ihren Aktivitäten zeigte sich eine kindliche Spontaneität – Faulenzerei, Erkundungsausflüge, und dann und wann plötzliche Ausbrüche von Haushaltsarbeiten; Holz wurde aufgeschichtet, Feuer gemacht und Essen gekocht. Selbst ihre Verliebtheit war seltsam kindlich, denn sie war unkompliziert und ohne Schuldgefühle, und trotz der Energie und der freudigen Bereitwilligkeit, mit der die drei sich ihr hingaben, wurden keine Fragen gestellt. Die beiden Männer teilten die Frau ohne Rivalität, oder vielmehr ohne Rivalität, die nicht in theatralischer oder scherzhafter Form geäußert wurde – gespielte Kämpfe, wie sie von zwei jungen Hunden ausgetragen werden – und sich von dem Duell mit dem Rasiermesser so sehr unterschieden, wie das überhaupt nur möglich war. Teilten die beiden Männer sie sich körperlich, so zeigten sie dabei nicht nur höfliche Rücksichtnahme, sondern waren voneinander sinnlich ebenso fasziniert wie von ihr. Da dieser Voyeurismus aber so offen gezeigt wurde, war auch er ein geteilter Genuß. Sie, die Geliebte von beiden, behielt sie beide kaum merklich, aber unzweideutig unter ihrer Kontrolle, während sie zu anderen Zeiten für sie die Rolle einer Schwester oder Mutter übernahm. Vielleicht hatte sich zwischen den dreien die älteste soziale Organisationsform des Waldes, die urtümliche Form des Matriarchats, wieder gebildet.

Während der kurzen Wintertage liebten sie sich also, schliefen oder unterhielten sich in dem Himmelbett. Oder sie machten es sich in Sesseln bequem, hockten im Schlafzimmer oder im Salon vor dem Kamin und spielten lange Partien Schach oder von langen Diskussionen begleitete Kartenspiele, nachdem sie sich die dazu nötigen Voraussetzungen an verschiedenen Stellen zusammengesucht hatten. Manchmal wurden auch bizarrere erfundene Spiele aus der Jugend wieder ausgegraben, Rate- oder Geschicklichkeits-Wettbewerbe – bei einem zum Beispiel mußte man kleine Geldmünzen gegen Würfel werfen, um sie zum Rollen zu bringen ..., absurde Belustigungen, wie sie bei Erwachsenen um die Weihnachtszeit beliebt sind. Im allgemeinen sprachen sie nicht viel, und wenn doch, wieder nach der Art von Kindern, nur über die Gegenwart; über das, was sie gerade taten oder tun wollten, oder aber es wurde ein Ereignis aus der Vergangenheit in Form einer gewöhnlich lustigen Anekdote erzählt. Man vermied es, die persönliche Geschichte auszutauschen, und nur dann und wann wurde bruchstückweise davon gesprochen. Sie war für eine Erörterung einfach zu seltsam.

Und in den Nächten – in den Nächten waren sie natürlich verschwunden.

Am Anfang pflegte Christian zu lesen. Meistens ließ er dann das Buch fallen, brütete vor sich hin, um schließlich einzudösen. Eine wachsende Ruhelosigkeit aber ließ ihn von dieser beschaulichen Beschäftigung abkommen. Er begann herumzulaufen. Er nahm sich eine Lampe und durchstreifte die Landschaft des Schlosses, wie ihm das seine Gäste beigebracht hatten. Sie wurde ihm immer vertrauter. Eine Schnitzerei hier, ein Anzeichen von Verfall dort; Ecken, Schatten, selbst die Spuren im Staub wurden ihm geläufig wie die Sprache einer Geschichte, die man schon oft gelesen hat. Auch die Fenster zogen ihn an, der Blick auf die eigenartige Teilung der Dunkelheit, schwarz und weiß. Er bemerkte den Mond und seine Phasen, die veränderliche Position der Sterne, die eisernen und silbernen Planeten, die auf und ab wanderten.

Schließlich lockte ihn der Magnetismus dieser schlaflosen Nächte zurück in das Musikzimmer. Die Wildheit, die die anderen beiden ausdrückten und genossen, wenn sie über die schwarzen und weißen Flügel der Nacht auf Wolfspfoten liefen, zeigte er an dem schwarzen und weißen Körper des Klaviers. Ursprünglich war das eine undisziplinierte Orgie, die seine Unzufriedenheit in ein Übungsprogramm zu verwandeln begann – das an diesem Punkt mit einer gewissen Ironie abgebrochen wurde. Nun, da er sich von seiner blutsaugerischen Gegenwart wieder versklaven lassen wollte, wies das Klavier ihn ab. Die Kälte in dem ungeheizten Raum hatte die empfindlichen Saiten erreicht. Das Klavier reizte ihn mit der Harschheit seiner Töne und war innerhalb von Stunden völlig verstimmt. Er haßte es in diesem Augenblick, weil er es nicht besitzen konnte, ärgerte sich, weil es, und nicht er, »nein« gesagt hatte. Es war eine traumatische plötzliche Konfrontation in seinem Leben, die ihn zu jeder anderen Zeit zu einer höchstwahrscheinlich katastrophalen Suche nach einem inneren Gleichgewicht veranlaßt hätte. Nun aber, in diesem Haus mit der unterbrochenen Gegenwart der beiden – die ihn während ihrer Abwesenheit wegen der Implikationen dieser Abwesenheit noch mehr fesselte – entlud sich die Spannung nach außen statt nach innen. Er saß vor den hohen roten Flammen und kritzelte in ihrem Licht Noten auf Blätter, die er hastig aus der Reisekiste gezerrt hatte. Sie wurden vor Sonnenaufgang unweigerlich zerrissen und in die Flammen geschoben.

Und wenn sie sich hohläugig zeigten und wie die Mörder in sein Zimmer geschlichen kamen, für die er sie noch immer halb und halb hielt, stand er übellaunig auf, um sie mit sardonischen Verwünschungen zu begrüßen. Er erlebte um diese Zeit ihre Verwandlung von Wolf in Mann oder Frau nie, und auch eine zweite Vorführung der Verwandlung von Menschen in Wölfe wurde ihm nicht gegönnt. Er sah sie in ihrer wölfischen Form weder drinnen noch draußen, aber die Spuren ihrer Füße, zwei schmale graue Wolfsfährten, hatte er auf dem Schnee-Tischtuch der Terrasse entdeckt.

Sie kämpften alle drei sporadisch mit Worten, kamen zusammen und kämpften mit weichen Händen im Bett, kindliche Schlachten, die sich in den Forderungen ihres Verlangens lösten.

Während er aber nun umherstrich oder über den unordentlichen Manuskriptseiten saß, erkannte er, daß sie ihm ihr zweites Leben vorenthielten, ein Geheimnis aus ihm machten, nachdem sie es vorher nur als Waffe, als Schlag gegen seine geistige Gesundheit, als Prüfung seiner Kräfte enthüllt hatten. Sie waren schamhaft geworden und erschienen vor ihm nie in einer anderen als ihrer menschlichen Form, als sei alles andere so, als würden sie sich vor seinen Augen ausziehen. Sie waren geständig und verhüllten nichts von den Tatsachen vor ihm, aber sie versteckten nun alles vor seinem Blick.

Allein, von dem verzauberten Ritual ausgeschlossen, blieb ihm nur sein eigenes Ich, auf das er sich beziehen konnte, sein Ich, das anscheinend stärker geworden war und für diese Stärke Beweise und Beschäftigung verlangte. Wenn alles, was geschehen war, ein Traum, eine Illusion gewesen war, so hielt sie sich doch beharrlich. War er auch nur kurz aus ihr ausgeschlossen, spürte er, wie in ihm wieder leise Zweifel aufkamen. In diesen Stunden des Alleinseins beschlich ihn ein trüber Agnostizismus. Dann, und nur dann, begann er sich zu fragen, wohin ein solches Trio zusammen ging, wo das alles enden würde, denn so, wie sie jetzt lebten, konnte es ganz sicher nicht ewig bleiben.

Und so kam zwangsläufig die Nacht, in der er ihnen an dem Aus- und Eingang, den sie am häufigsten gebrauchten, dem

Haupteingang des Schlosses, der auf die Terrasse führte, auflauerte. Was konnte kleinbürgerlicher sein, als daß sie, die beim normalen Lauf der Dinge ein Leben als Dienstboten hätten erwarten können, die sich auf die Hintertüren zu beschränken hatten, es nun als *Wölfe* gewohnt waren, die Tür des Schloßherren zu benutzen? Er hatte schon während verschiedener Perioden von Dunkelheit das hölzerne Türblatt offenstehen sehen. Vielleicht hatten sie gewollt, daß er das sah.

Was für eine Vernunft konnte er von ihnen in ihrem Zustand als Tiere erwarten? Konnte man sie überhaupt in menschlicher Gestalt als vernünftig bezeichnen? Oder ihn, da er nun schon dabei war?

Er erinnerte sich aber noch daran, wie sie damals, beim erstenmal, an ihm gelegen hatten, als wollten sie ihn wärmen und trösten. Wesentlicher noch, als suchten sie den Kontakt mit ihm, Verwandte, Liebhaber, damals schon.

Er stand neben der Tür, sorgfältig bekleidet und für die Außenwelt mit seinem Mantel vorbereitet, rauchte eine ihrer Zigaretten und ließ die Asche auf den Boden fallen.

Als er das Klicken der Krallen hörte, drehte er sich um. Die Wölfin erschien wie ein Geist aus Rauch am Fuß der großen Treppe. Ein verblüffendes, unpassendes Bild.

»Ich komme mit euch«, sagte er. Er kam sich dumm dabei vor, als er sie ansprach und fragte sich, ob es auch nur einem Atom von ihr möglich war, ihn zu verstehen.

Sie kam aber zu ihm hingetrabt, an ihm vorbei und zur Tür heraus. Dann auf der Terrasse zögerte sie, drehte sich um und sah zurück.

Als er ihr nachging, kam der Wolf herausgeschossen und hätte ihn fast umgeworfen. Es war auf eine eigenartige Weise komisch, bösartig kapriziös und unverwechselbar typisch für Luc.

Christian ging von dem Haus weg wie ein Mann, vor dem zwei Hunde herlaufen.

Die Nacht war beißend kalt, und die Sterne am Himmel glitzerten brillant. Der neue, höhere Boden war fest zusammengebacken, und er entdeckte, daß seine Schritte bemerkenswert sicher waren, wenn er ihnen folgte und stehenblieb, wenn sie kurz verschwanden. Daß sie um seinetwillen ihr Abenteuer zähmten, wußte er. Als sie plötzlich miteinander zu spielen begannen, im Schnee herumrollten, Scheinangriffe durchführten und in dem metallischen Weiß der Schneewehen herumtollten, spürte er eine plötzliche und schreckliche Trauer, eine Art Vorahnung. Wohin in der Welt paßte ein solches Idyll, außer hierher? Außer hierher und jetzt.

Entgegen seinen Erwartungen spürte er die Flüchtigkeit dieser Augenblicke deutlicher, nun, da die Täuschung ihr Ende gefunden hatte. Trotzdem genoß er die Luft und die neue Vitalität, die in ihm entstanden war. Er spielte mit, ließ sie auf sich zurasen, und ihre langen Läufe rutschten, und ihre bösen Augen waren wie gefallene Sterne.

Der Wald überlagerte den Rand des Parks, der weiße Wald, und flüsterte mit seinem Glitzerschmuck. Die beiden Wölfe und er selbst würden vor dem weißen Hintergrund schwarz aussehen. Sie würden ihn schützen, ihn vor trügerischem Boden warnen.

Schließlich gelang es ihm, mit seinen Überlegungen aufzuhören. Sie waren weder seine Hunde noch seine Gefährten. Es war alles unerklärlich, und Entschuldigungen waren nicht nötig.

Trotzdem wollte das Aroma von Melancholie nicht weichen. Mit der Logik seines menschlichen Zustands sah er die Abreise voraus, die während der ganzen Zeit, in der er seinen Tod oder seine Flucht gesucht hatte, nie so klar, so unausweichlich wie jetzt gewesen war. Morgen würde er diese Wahrheit natürlich aus dem Auge verlieren – die aber nichtsdestoweniger Wahrheit bleiben würde – in irgendeinem morgendlichen Zwielicht oder in einer stählernen, erstarrten Nacht, während er über einen Hügel auf den Pfiff eines Zuges zuging. Es war nämlich nicht gestattet, in einem Mythos zu bleiben.

Manchmal schmerzte ihn die Kälte in seiner Kehle, und er hustete. Es bedeutete nichts mehr. Er hatte aufgehört, an den Tod als einzelne leichte Antwort zu glauben.

21. KAPITEL

Die Warnung

Er wachte in dem glänzenden Netz ihres Haars halb auf, die warme, menschliche Rundung ihres Körpers unter seiner Hand.

»Was gibt's?« sagte er zu ihr, denn sie war hellwach und hatte die Augen weit aufgerissen, als lauschte sie auf etwas – jener eigenartige Gesichtsausdruck, wenn auch die Augen geweitet schienen, um zu lauschen. Es war vielleicht eine Stunde nach der Morgendämmerung, und er registrierte vage, daß das Licht wieder stumpf war, nicht mehr blau oder golden. »Was gibt's, Gabrielle?«

»Nichts«, sagte sie jedoch zu ihm. Eine diffuse Wolke, die aus den früheren Gedanken an Trennung und Abreise zusammengesetzt war, wurde in seinem Gehirn wie Sediment aufgewirbelt. Hatte sie Vermutungen, sah sie etwas voraus, oder las sie einfach seine Gedanken? Er rührte sich, legte seinen Kopf in der kindlichen Stellung des Vertrauens auf ihre Brust, und die bleiernen Gewichte der Logik lösten sich auf. Er schlief auf dem herrlichen Bett ihres Fleischs wieder ein.

Als es zehn Uhr geworden war, zeigten sich Anzeichen von Tauwetter. Die Farbe des Himmels hatte sich geändert, und die Farbe des Schnees tat es ihr nach. Eine gelblich fahle Blässe lag auf allem, und die Reinheit und Helligkeit starben. Die Atmosphäre war durch eine plötzliche Milde ohne Wärme klamm geworden. Um die Mittagszeit begann ein glatter Regen mit Tropfen, schwer wie Steine, zu fallen. Das Feuer in dem Salon zischte. Die drei Kinder starrten es an. Christian musterte Gabrielle und Luc, musterte ein geistiges Bild von sich selbst. Nein, es war nicht nur in ihm, dieses Gefühl eines Abschlusses.

Schwarzer Schlamm kochte kalt durch die schmelzenden

Bandagen aus Schnee hoch; solche schrecklichen Wunden. Ein winterliches Tauwetter, ausgelöst durch eine verfehlte Temperaturveränderung, öde, schmutzig und unfreundlich.

Der Tag wurde von Regen ausgewaschen. Dunkelheit und Wasser flossen zusammen über das Schloß. Während er sich ohne Interesse einige Reliefs in einem der alten Türme ansah – es war ungefähr ein oder zwei Uhr morgens – stellte er sich mit trockener Belustigung vor, daß der nächste Tag mit schmutzigen Pfotenabdrücken überall auf den Teppichen beginnen würde. Sie waren aber sicher zu vorsichtig, um solche albernen charakteristischen Spuren zu hinterlassen. Es war unmöglich, über das zu lachen, was sie waren.

Immer wieder stellte er sich vor, wie es für sie sein mußte, durch den Schlamm zu traben, und er verzog sein Gesicht bei dem Gedanken an die Jagdbeute, die das Tauwetter vielleicht einbringen würde.

Von der Klimaveränderung gezwungen gab das Klavier scheußliche Laute von sich.

Der Regen hörte kurz vor Sonnenuntergang auf. Christian stand an einem der hohen Fenster des Schlosses und sah zu, wie eine durchsichtige Wand aus sehr blassem Rot aus dem weit entfernten Wald aufstieg. Und er erinnerte sich an die Morgendämmerung in der Stadt, hinter den Dächern wie Treppen, der geflügelten Kathedrale, den Vögeln, die wie Papierfetzen in der dünnen Luft immer wieder auf und ab flogen. Er stellte sich Gabrielle an einem der kleinen Tische auf einem Platz vor, wie sie Kaffee trank, und Luc, wie er mit einer Frau an jedem Arm eine Straße entlangschlenderte. In seinen Vorstellungen gab es aber auch einen geisterhaften Käfig mit einem Vorhängeschloß für die Stunden der Nacht …

Luc stand in seinem schönen, inzwischen etwas zerknitterten Anzug am Rand der Terrasse, von zwei Beton-Urnen eingerahmt, und sagte unverbindlich: »Komm her und sieh dir das an.«

Christian kam aus der Schloßtür und ging durch den grauen Matsch auf der Terrasse.

Währenddessen überlegte er sich vage: *Wie normal das alles scheint. Wie hätte ich mir noch vor weniger als einem Monat etwas davon vorstellen können?*

Es war zwanzig Minuten vor zwölf, und die Sonne stand wie ein weicher, weißer Wollknäuel am Himmel. Sie standen nebeneinander, und Luc winkte mit einer Hand zu dem Boden unterhalb der Treppen hin.

Der Park sah aus wie ein Meer aus Schlamm, aus dem seine Erhebungen in der Entfernung in abrupter Härte aufstiegen. Die Reihen von Bäumen troffen mürrisch. Die Brücke über dem Graben sah aus wie nasses Zeitungspapier. Die geschotterte Straße war dunkler geworden, Pfützen standen auf ihr, und hier und da war noch ein Fleck von totem Schnee übrig, der sich weigerte, wegzufaulen. In diesem Gesamtbild konnte Christian znächst nichts außergewöhnliches entdecken.

»Ich sehe nichts.«

»Oh, welch ein Unglück, blind geboren zu sein. Taub auch noch. Gabrielle und ich hätten sie gehört, wenn wir wach gewesen wären. Sie müssen mitten am Vormittag hier zu Besuch gekommen sein. Ich bin sicher, nachts hätten sie es nicht gewagt.«

Luc legte eine Hand sanft auf Christians Genick und bewegte seinen Kopf in eine neue Position. Er legte die Seite seines Gesichts an das von Christian, forderte ihn auf: »Folge meiner Hand«, und zog in der Luft über das Land unter ihnen zwei sich treffende Linien. Christian folgte wie befohlen dieser Luftzeichnung und bemerkte plötzlich die beiden schmalen schwarzen Rillen, die in Erde, Schnee und Straße gegraben waren – beide ungefähr vier Meter lang, kreuzten sie sich brutal. Sie waren geformt worden, indem jemand ein spatenähnliches Gerät durch den Schlamm gezogen hatte. Sie bildeten ein Kreuz, oder vielmehr, wie sie so schräg zu der Terrasse verliefen, das gleiche verzerrte Kreuz, wie es auch im Dorf zu finden war, jene besondere Art von *la croix écartée.*

»Offensichtlich«, sagte Christian, »hat jemand herausbekommen, daß ihr hier seid.«

»Offensichtlich.«

»Du weißt, ich kenne mich mit eueren bezaubernden lokalen Gebräuchen nicht aus. Was hat das zu bedeuten?«

»Ich habe keine Ahnung«, sagte Luc. Er lehnte sich gewichtslos an Christian und sah noch immer auf die Zeichnung des ungeschlachten Kreuzes herab. »Unsere Kontakte mit dem Dorf sind beschränkt. Treffen wir die Einwohner bei Tag, laufen sie weg. Bei Nacht trifft man sie selten. Manchmal läuft einem ein Mädchen nach. Wie Sylvie. Immer heimlich und voller Angst, wie Sylvie. Gabrielle kennt sie besser. Du weißt ja noch, warum.«

Die Zeichen in dem Schlamm füllten Christian mit Verärgerung und Vorahnungen. Sie störten ihn, und er sagte zusammenhanglos: »Für eine derart religiöse Gemeinde sind sie bemerkenswert unachtsam. Ich habe noch nie eines von ihren verdammten Kreuzen gesehen, das gerade war.«

»Das wirst du auch nicht«, sagte Gabrielle hinter ihnen. Sie stellte sich neben Christian, sah auf das verzerrte Kreuz herab und sagte: »Du weißt offensichtlich nicht, was das Zeichen wirklich bedeutet.«

»Richtig, das weiß ich nicht. Ist das nur irgendein abergläubisches Zeichen als Schutz gegen euch beide?«

»Und gegen *Euch, Monsieur«,* schnappte sie.

»Mich?« Christian lächelte. Er dachte an seine Ausflüge in das Dorf, die verschlossenen Türen, die einzelnen wachsamen Gestalten, die Menschen, die an ihm vorbei aus dem Friedhof gehastet waren. Den geschnitzten Stuhl in der Kirche.

Luc tänzelte zurück. »Sieh her.« Er legte Daumen und Zeigefinger zu dem verzogenen Kreuz zusammen, das Christian auf das Schild vor dem Gasthaus gemalt gesehen hatte. »Das ist *kein* heiliges Symbol, mein Freund.«

»Dann erkläre es mir.«

Gabrielle sah ihn eindringlich an. »Du bist im Wald ohne

Waffen und ohne Hoffnung auf Hilfe. Ein Wolf springt dir an die Kehle. Denk daran, daß das Leben wertvoller als alles andere ist. Du wirst instinktiv jeden Teil von dir opfern, um am Leben zu bleiben, die wichtigste Stelle zu schützen. Was tust du?«

Christian rekonstruierte bei sich die Situation und hob sehr langsam seinen linken Arm an seinen Hals und drückte ihn so eng wie möglich daran, um so die Luftröhre zu schützen. Die Geste war schwer durchzuführen und beizubehalten, aber trotzdem hatte er selbst sie schon einmal gebraucht.

»Beim letztenmal«, sagte Luc, »hat er die andere Hand benutzt, um nach mir zu schlagen.«

»Diesmal«, sagte Gabrielle, »muß er das Band vergessen, das ihn mit den Wölfen verbindet. Vergiß deinen Instinkt, Christian, der dir gesagt hat, wir würden dir nichts tun. Du mußt soviel zwischen dein Leben und die Zähne des Wolfs schieben, wie dir möglich ist.«

Ebenso langsam wie zuvor hob Christian seinen rechten Arm und legte ihn kreuzweise über den linken.

»Eine schwierige Haltung«, sagte er. »Außerdem bleibt bei ihr der Rest des Körpers ungeschützt.«

»Instinkt«, sagte sie. »Nur das. Das Tier geht dir an die Kehle. Du mußt die Kehle schützen.« Sie nickte mit einer selbstgefälligen Knappheit. »Das Zeichen, das du jetzt mit deinen beiden Armen bildest, ist das Zeichen, das du mit einem Kreuz verwechselt hast. Das Zeichen, das sie an ihre Hauswände hämmern, auf Mauern malen, mit zwei Knochen legen, oder mit ihren Fingern bilden. Nicht das Kruzifix. Das Lysinth.«

Christian ließ seine Arme herabsinken.

»Den Namen habe ich schon gehört. Was bedeutet er?«

»Er bedeutet«, sagte sie, »daß sie Angst vor Wölfen haben. Angst vor den Wolfskindern, den *Loupsgensaieux.* Angst vor der Kraft, die unsichtbar durch die Wälder zieht. Angst vor dir, dem Seigneur, dessen Vorfahre ein Verwandler war.«

»Also bin ich schuld.«

Er lächelte wieder. Er sah, wie aus einer großen Höhe, wie albern die Szene wurde. Er glaubte nicht daran, obwohl er wußte, daß sie wahr war. Bald würden sie wieder in das Haus gehen. Er würde sie wieder lieben. Er hatte ständig Verlangen nach ihr. Das, und nur das, schien ihm wahre Zauberei.

»Oh, Gabrielle«, sagte er.

Seine Familie hatte den ersten schwarzen Fluch der Lykanthropie heraufbeschworen und ihre Familie damit belastet. Was für eine außergewöhnliche Vorstellung.

Er streckte eine Hand aus, um ihr Gesicht zu liebkosen, und Luc sagte: »Geduld, es kommt jemand die Straße herauf.«

Die Erscheinung war zwar noch weit entfernt, aber auf dem Kies in der Kurve sichtbar. Ein Pferd suchte sich eifrig seinen Weg, und hinter ihm stolperte ein kleiner, baufälliger Einspänner her.

Dieses Mal machte sich Monsieur Doktor Claut nicht die Mühe, auf dem schlammigen Weg hinter das Schloß in den Stall zu fahren. Nachdem er die Brücke passiert hatte, ließ er das durch den Wagen angebundene Pferd am Fuß der Treppe zur Terrasse stehen und hüpfte grinsend die glatten Stufen hoch.

Christian wartete in der Tür und beobachtete ihn.

»Teurer Monsieur«, sagte der grinsende Claut, als er die Terrasse erreichte, und nahm Christian beim Arm. »Es scheint mir nicht ratsam, daß sie hier in dieser rauhen Luft stehen.«

»Nach ihrer Diagnose fehlt mir doch nichts.«

»Kommen Sie, Sie übertreiben. Nichts Bemerkenswertes oder Ernstes, aber es gibt keinen Grund, warum Sie irgendeine kleine Schwäche, die Sie vielleicht haben, noch weiter komplizieren sollten.«

Das gelbe Affengesicht zog sich zusammen. Der Affe löste sich von Christians Arm und ging in die große Halle des Schlosses.

Beide Kamine waren mit Holzvorräten ausgestattet und

brannten. Alle anderen offensichtlichen Spuren der Anwesenheit der de Lagenays waren entfernt worden, außer der Zigarette, die Christian geraucht hatte und deren Stummel er nun in das nähere Feuer warf. Claut bemerkte das und nickte gutgelaunt.

»Es freut mich zu sehen, daß Sie es sich wieder angewöhnt haben. In Maßen genossen ist Tabak ein ausgezeichnetes Beruhigungsmittel.« Er schwenkte gelenkig seine Arme. »Wie hell Sie hier alles gehalten haben! Wie gut Sie zurechtkommen! Ich habe mir Gedanken gemacht, seit ich gehört habe, daß Sie Ihre Dienstboten weggeschickt haben. Aber Sie haben doch sicher noch ein Mädchen hier, und vielleicht ist Sarette zurückgekommen?

»Keineswegs.«

»Keineswegs? Sind Sie sicher?«

Christian sagte nichts, und der Affe begann, gleitend durch den langgestreckten, großen Raum zu hüpfen. Obwohl die Tür offengeblieben war, gaben die Leuchter keinen Laut von sich, als wollten sie Geheimnisse verschleiern.

Claut blieb kurz am Fuß der geschwungenen Treppe stehen. Dann ging er zu der Tür zum Salon. Das Feuer im Salon war aus, aber nicht weggeräumte Asche füllte den Rost. Claut schob seinen Kopf in das Zimmer und zog ihn bald danach wieder heraus. Er sah Christian an, als sei er dazu eingeladen worden. Er kehrte zum Fuß der Treppe zurück und hob seinen Kopf, um zu der Galerie hochzuschauen. Christian fragte sich, ob er wohl die Unverschämtheit besitzen würde, die Treppe hochzurennen und seine Suche oben fortzusetzen. Nach einer Minute aber stolzierte Claut zurück zu dem Kamin, an dem Christian stand.

»Also, Monsieur«, sagte Claut, »wenn Sie mir nicht das Gegenteil versichert hätten, könnte ich schwören, daß Sie hier Gesellschaft haben. Nichts Konkretes, verstehen Sie. Einfach nur ein Gefühl in der Luft. Ein kaum merkliches Parfum.«

»Was kann ich für Sie tun?« fragte Christian.

»Da ist noch die Sache mit meinem Honorar, Monsieur.«

»Verdammt nochmal, von mir werden Sie keinen Sou bekommen. Ich dachte, das wüßten Sie. Ich habe Sie nicht hergerufen. Ich habe Ihre Dienste nicht gebraucht. Sie sind mir aufgezwungen worden.«

»Ah, Monsieur. Sie besitzen die ganze Arroganz der sehr Reichen. Oder der sehr Armen.« Claut reichte hinüber und ergriff Christians Hand, die er mit der bekannten lasziven Gründlichkeit untersuchte. »Ihr Gesundheitszustand hat sich anscheinend sehr gebessert«, sagte Claut. »Sie haben sich ausgezeichnet erholt. Sind Sie jetzt nicht froh darüber, daß ich Sie von der Dummheit abgehalten habe, sich etwas anzutun und eine Pille aus Opium und Arsen zu schlucken?«

Christian zog seine Hand zurück.

»Wenn Sie tatsächlich darauf bestehen, sollten Sie mir besser Ihre Rechnung vorlegen. Ich könnte es vielleicht ins Auge fassen, sie zu bezahlen, um sie loszuwerden.«

»So starke Hände«, sagte Claut. »Soviel ich weiß, sind Sie Pianist. Ein Würger könnte eine solche Gelenkigkeit der Finger gut gebrauchen. Warum erwürgen Sie mich denn nicht, Monsieur? Sie könnten mich dann hier auf dem Gelände oder im Wald vergraben. Oder Sie könnten mich an Ihre Hunde verfüttern.«

Christian spürte eine nervöse Langeweile. Die Täuschung war automatisch und nicht vorgeplant gewesen. Wahrscheinlich unnötig. Auf jeden Fall sinnlos. Er sah in das Feuer.

»Wer hat Ihnen gesagt, daß ich Hunde halte?«

»Das ganze Dorf weiß es. Haben Sie nicht von den de Lagenays zwei Jagdhunde abgekauft?«

Christian bückte sich und legte noch ein Scheit in den Kamin. Als er das tat, zeigte ihm ein plötzlicher Ausbruch von Flammen und Funken in dem Kamin, daß die Inschrift, die er vorher hier gesehen hatte, nicht mehr da war. Er überprüfte das halb, lehnte sich zu dem Feuer hin und fragte sich beiläufig, ob er die Worte *Loups-gens-aieux* – die Worte, die Gabrielle dann vor noch nicht einer Stunde gebraucht hatte –

nicht auf der Innenseite des anderen Kamins gestanden haben könnten. Aber nein, nicht in dem anderen Kamin, und auch kein Produkt eines einsetzenden Fiebers. Wie der verschwundene Absatz in Hamels Brief, wie der verwunschene Pfad durch den Wald, und wie die Verwandlung von Mensch zu Tier selbst ...; in diesem Haus tauchten Dinge auf und verschwanden wieder wie Skulpturen im Sand.

Er richtete sich wieder auf; es beunruhigte ihn etwas, daß ihm das so wenig Gedanken machte. Claut sagte etwas zu ihm, aber Christian hörte ihn nicht und fühlte sich verpflichtet, zu sagen: »Wie bitte?«

»Ich habe gerade bemerkt, Monsieur, daß diese Gegend des Nordens hier interessante Aspekte besitzt. Wir haben hier Gebräuche, die Sie vielleicht verblüffen würden. Vielleicht aber auch nicht.«

»Wie zum Beispiel das Lysinth.«

»Und wissen Sie, was dahintersteckt? Das Wolfskreuz. Dann müssen Sie auch über Unsere Dame von den Lilien Bescheid wissen. Das ist natürlich ein Euphemismus und eine Art Wortspiel. Die Jungfrau Maria ist jahrhundertelang unter diesem Namen verehrt worden, *La Dame aux Lys*.«

»Dieses abstoßende und makabre Fenster in der Kirche«, sagte Christian automatisch.

»Hat es so auf Sie gewirkt? Ich selbst gehe nie zur Kirche. Ich fürchte, ich bin kein gottesfürchtiger Mann, lieber Monsieur. Welcher Arzt ist das denn schon?« Claut sprang zur Seite. Er ging zu dem langen Tisch und nahm die Karaffe mit dem Cognac auf. Ohne ein Wort goß er davon in zwei Gläser ein. Natürlich standen auf dem Tablett drei Gläser. Gabrielle hatte sich wieder einmal als Dienstmädchen gefühlt und sie so hingestellt.

Christian nahm den Cognac an und leerte das Glas mit einem Schluck. Er wartete.

Claut sagte: »Die Römer waren einmal in diesen Wäldern, wissen Sie. Sie hatten einen Namen für sie. Sie war schon damals da.«

Christian wartete weiter.

Claut trank seinen Cognac.

Die Polsterung war weiter aus seiner Haut und seinen Kleidern hervorgequollen. Er plapperte noch immer, als würde er sich belustigt beeilen, einen Witz zu erzählen. In seinen Augen glänzte eine sinnlose, kindische Pfiffigkeit.

Claut sagte: »Das sind nur alte Geschichten, aber das Problem liegt darin, daß sie aus ganzem Herzen geglaubt werden, wie Sie selbst herausbekommen werden. Die Wolfsgöttin ist in dieser Gegend schon in vor-römischer Zeit gefürchtet und verehrt worden, und das haben die Menschen hier beibehalten – unbewußt, wenn Sie so wollen. Das Dorf ist voller guter Katholiken. Wenn Sie sich allerdings das Latein einmal näher ansehen, das man hier im Gottesdienst verwendet, werden Sie bestimmte Unterschiede finden, hat man mir gesagt. Außerdem existiert die Macht ja, oder? Die Macht des Werwolfs, und die Triade, die sie bildet. Der Zauberer und seine zwei Lehrlinge.«

Claut leerte sein Glas. »Das ist die Hauptbedrohung. Die Triade. Die gottlose Dreieinigkeit – die Mutter, der Sohn, und der Herr. Der Herr ist der Katalysator, der sie gefährlich macht und der Dame von den Lilien im Wald ein Mittel in die Hand gibt, mit dem sie arbeiten kann. Wenn es so weit kommt, hört das Dorf mit seiner Verehrung und seinen Opfern auf und beginnt, bewußt dagegen zu kämpfen.« Claut sah auf das leere Glas. »Sie sind zum falschen Zeitpunkt zurückgekehrt, Monsieur Christian. Sie hätten in der Stadt bleiben sollen, Klavier spielen und Blut spucken sollen, statt hierherzukommen.«

»Gut, gut«, sagte Christian, »das ist ja alles sehr interessant, aber kommen Sie jetzt vielleicht zur Sache?«

»Selbstverständlich. Ich bin gekommen, um Ihnen einen Rat zu geben. Packen Sie Ihre Koffer und gehen Sie. Gehen Sie zum Bahnhof. Mit dem Schloß-Auto kommen Sie nicht durch. Die Straße ist noch von Schlamm und Schnee versperrt, aber ich habe ein gutes Pferd; ich werde Sie hinfahren. In vier Stunden kommt ein Zug.«

Es berührte Christian unangenehm, daß hier seine eigenen Vorahnungen ausgesprochen wurden.

»Warum?«

»Weil das Dorf abgewartet hat, bis der Schnee schmilzt, und jetzt ist der Schnee weg. Sie werden sich bald auf den Weg machen, jeder Mann, jede Frau und jedes Kind. Sie werden hierherkommen, Monsieur, und sie werden über jeden herfallen, den sie hier vorfinden.«

»Nur ich bin hier.«

»Um so mehr Grund für Sie, das nicht mehr zu sein.«

»Erwarten Sie von mir, daß ich mein Eigentum einer Art Mob überlasse?«

»Ein Mob ist das eigentlich nicht. Ihre Absichten sind auf ihre eigene Art recht diszipliniert.«

»Absichten?«

»Ein Exorzismus.«

22. KAPITEL

Die Verdammten

Das runde Fenster mit dem blauen Glas ließ auf der Karaffe und den Gläsern Saphire aufleuchten, als Christian sich Cognac nachgoß. Wie dumm, daß er erst in diesem Augenblick die leuchtenden Farbflecken in dem Kristall bemerkte. Der Doktor hatte etwas Eigenartiges getan und seine Zunge tief in das Glas gestreckt, um die letzten Tropfen Cognac herauszubekommen. Es war eine Betonung des Wortes, das er gerade gebraucht hatte: Exorzismus.

»Soviel ich gehört habe, haben die de Lagenays jahrelang in dem Wald gelebt, ohne belästigt zu werden«, sagte Christian. »Das Dorf hat eine Todesangst vor ihnen. Wegen irgendeiner phantastischen Vorstellung –«

»Aber, aber«, unterbrach ihn Claut, »Tatsachen bleiben Tatsachen, so ungeheuerlich sie auch sein mögen. Die de Lagenays haben die Gabe der Verwandlung. Eine vom Willen nicht abhängige Gabe, die sie nicht kontrollieren können. Wir sind alle zu solchen Tricks fähig, nur in verschieden großem Ausmaß. Das deutlichste Beispiel dafür ist die natürliche Entwicklung vom Kind zum Erwachsenen, und dann zum Greis. Haben Sie sich jemals Gedanken darüber gemacht, was *das* für eine Verwandlung ist?«

»Sie wollen andeuten, daß man die de Lagenays in Ruhe gelassen hätte, wenn ich nicht hier aufgetaucht wäre?«

»Ganz richtig. Man hat ihnen Respekt gezollt, und man hatte Angst vor ihnen, wie Sie das ja schon erwähnt haben. In diesen Wäldern hat es schon mehr Wölfe gegeben.«

»Und ich bin ein Zauberer. Ich bin es, den es nicht dulden will, ihr verrücktes Dorf.«

»Sie oder die de Lagenays. Aber Sie und die de Lagenays *zusammen* ... In der Vergangenheit ist es zu – Zwischenfällen gekommen. Oder vielleicht waren es auch nur Geschichten von Zwischenfällen. Hier in der Gegend glauben die Leute an Geschichten, wie ich schon sagte. Außerdem sind Sie mit Ihrem Erbgut in der Lage, die Veranlagung zum Werwolf weiterzugeben. Wenn Sie und die Frau erst einmal anfangen, miteinander ins Bett zu gehen, weiß kein Mensch, wo das alles enden wird.«

»Sie glauben das?«

»Ich berichte davon.«

»Und wenn ich meine Koffer packe und gehe, was passiert dann?«

»Mit Gabrielle und ihrem Sohn? Machen Sie sich darüber keine Gedanken.«

»Damit meinen Sie wohl, daß diese verdammenswerte mittelalterliche Magie, die das Dorf vorhat, trotzdem durchgeführt werden wird.«

»Bedauerlicherweise ja. Wer ihnen auch immer in die Hände fällt, wird daran beteiligt werden. Das muß wie ein Abszeß aufbrechen, bevor es heilen kann.«

»Ihr seid alle verrückt«, sagte Christian. Er drehte sich zu der Treppe um. Er stellte sich vor, wie er in das Schlafzimmer rannte, die beiden informierte und sie in Clauts Einspänner drängte – und wie dabei das Pferd schnaubte und ausschlug, wie das in allen Geschichten ein Pferd tut, das den Zaubergeruch des Wolfs riecht.

»Wenn Sie an eine Flucht für alle drei denken«, sagte Claut, »so versichere ich Ihnen, sie würden sie verfolgen und aufspüren. Es dauert noch vier Stunden, bis der Zug kommt. Wenn Sie es allein versuchen würden, könnte ich mir vorstellen, daß sie Sie entkommen lassen würden. Sie würden sagen: ›Was kann er ohne seine Kreaturen schon ausrichten?‹«

»Kreaturen. Mein Gott.«

»Seit dem Tod von Sylvie war die Sache am Brodeln«, sagte Claut. »Und vorher schon, weil Sylvies Tod ein Teil davon war.«

Claut stellte sein saubergelecktes Glas auf den Kaminsims.

Er verschränkte seine Hände und legte sein Kinn in sie. Er sah Christian an, als würde er sich über ein Regal lehnen.

»Ich warte nur noch zehn Minuten, Monsieur. Wenn Sie bis dann nicht zum Gehen bereit sind, müssen Sie selbst sehen, wie Sie wegkommen.«

Christian trank den zweiten Cognac.

»Ich bin verblüfft, daß Sie überhaupt hergekommen sind. Was hat Sie dazu veranlaßt, mich retten zu wollen?« Er drehte sich um und sah Claut an. Vielleicht hatte dieser verarmte Lüstling auf eine dankbare Liebesszene am Bahnhof gehofft. Die Vorstellung war so lächerlich, daß Christian lachte.

Claut senkte seinen Kopf, bis seine Nase auf seinen Händen ruhte. Er sah ausdruckslos auf den Boden, und in dieser unnatürlichen Haltung drehte er sich um und ging auf die Haustür zu und durch sie hinaus.

Christian nippte an seinem dritten Cognac, lehnte sich an den Kaminsims und zählte die Sekunden – oder zumindest versuchte er es – bis die zehn Minuten vorbei waren. Schließlich hörte er die Räder des Einspänners auf dem Kies und die kurz und sauber knirschenden Pferdehufe, die sich entfernten.

Kurz darauf sah er sich um, und sein Blick fiel auf Gabrielle und Luc auf der Treppe, sie stehend, er sitzend. In Lucs Gesicht stand eine kontrollierte, aber beinahe wahnsinnige Belustigung. Dieser Eindruck wurde durch den Zusatz des abgestoßenen alten Zylinders noch verstärkt, unter dem sich sein rotes Haar exotisch hervorringelte. Gabrielles Gesicht war ein Bild der Bestürzung. Sie schien verängstigt, eine alte Angst, an die sie sich erinnerte, und außerdem sehr grausam, zu einer schrecklichen Rache für jede neue Verletzung fähig, die ihr zugefügt werden könnte. In Christians Herz und Kopf drehte sich etwas um, als er sie sah. Er wußte nicht, was es war. Es schien so, als würde ein Stück seiner Haut abgerissen.

»Ich darf wohl annehmen, daß ihr das gehört habt«, sagte er.

»Wir haben scharfe Ohren«, sagte Luc.

Gabrielle sagte: »Wir waren gerade so weit weg, daß der alte Mann uns nicht sehen konnte. Du hast Glück, daß der Doktor in dich verliebt ist, Christian. Sonst hättest du wahrscheinlich keine Warnung erhalten. Was wirst du tun?«

Er ging zu der Treppe hinüber und stieg hoch. Er hielt ihr das Glas mit Cognac an die Lippen und kippte es leicht, damit sie daraus trinken konnte, als sei sie ein Invalide oder hätte keine Hände.

»Hier gibt es auch nicht die Spur einer Polizeibehörde, an die wir uns wenden könnten«, sagte er. »Mit der Stadt können wir auch keine Verbindung aufnehmen, und in den Zug kommen wir nicht. Wahrscheinlich bleiben wir am besten hier.«

»Und wenn sie kommen?« sagte sie.

»Bist du sicher, daß sie kommen werden?«

Sie kicherte melodramatisch und voller Angst. »Sie kommen. Sie kommen, mein Lieber. O ja. Sie kommen.«

Sie war geschlagen und gesteinigt und vergewaltigt worden. Sie hatte für Angst guten Grund.

»Es gibt einige Gewehre hier im Haus«, sagte Christian. »Vielleicht haben sie davor Respekt.«

»Sie haben vielleicht auch Gewehre«, sagte Luc. »Wahrscheinlich haben sie etwas aus der Kirche benutzt. Etwas aus Silber. Der Schmied wird es eingeschmolzen und Kugeln daraus gegossen haben. Du kennst doch die Sache mit den Silberkugeln, Christian, oder?«

»Zum Teufel mit dir. Glaubst du, gewöhnliches Blei könnte dich nicht töten?«

Luc hob sein Gesicht. Seine Augen waren trostlos und blaß. Aus der Belustigung war eine Grimasse geworden. »Ich weiß es nicht.«

Christian ging die Treppe wieder hinunter. Er schrie in die große Halle hinaus, und seine Stimme schien gegen jedes Prisma der Kronleuchter zu schlagen.

»Wovor haben sie Angst?«

»Vor uns«, sagte Luc. »Vor der Gefahr, die *wir* darstellen. Vor der gottlosen Dreieinigkeit. Wir sind berühmt.«

»Also gut«, sagte Christian. Er ging zu der Tür zur Terrasse und warf sie zu, ohne hinauszusehen. Und all die blitzenden Fenster warfen zuckend ihr graugetöntes Licht auf ihn zurück. Vor dreihundert Jahren hätte man das Schloß noch verteidigen können, aber jetzt nicht mehr. Er hatte bereits herausgefunden, daß die meisten Fensterläden keineswegs stabil waren. Der Architekt, der die Helligkeit des Tageslichts hereingelassen hatte, hatte damit den Feinden des Schlosses ein Erbe von tausend zerbrechlichen Toren hinterlassen.

Christian konnte es noch nicht wirklich akzeptieren, daß irgend etwas passieren würde, denn die Zukunftsaussichten wären in diesem Fall so vom Zufall abhängig und hoffnungslos. Auf der anderen Seite wäre es gut möglich, daß der hypothetische Mob vor einem letzten Angriff auf das Schloß zurückschrecken würde – das Schloßeigentum war doch wohl sakrosankt, oder? Er starrte auf die geschlossene Tür und sagte: »Luc, hast du jemals ein Gewehr benützt?«

»Noch nie«, sagte Luc. »Mir sind andere Mittel zur Verfügung gestanden, um zu töten.«

Wenn die Dunkelheit kam, würden sie Wölfe sein, und so könnte ihnen die Flucht gelingen. Der Sonnenuntergang war jedoch erst in Stunden zu erwarten. Würde das Dorf, das die Schneeschmelze abgewartet hatte, auch bis zum Ende des Tages warten, um dem Feind in seiner Tierform gegenüberzutreten?

Die Gewehre waren in den Waffenraum zwischen die Gewehrständer und die samtverkleideten Kästen mit Duellpistolen zurückgebracht worden.

Er selbst hatte sie mit einem Gewehr gejagt und war mit ihm in der Hand auf Gabrielle getroffen, die in dem Bett in der Hütte lag ...

Christian fuhr herum und sah sie an. Sie standen nun beide nah beieinander am Fuß der Treppe und hielten sich krampfhaft die Hände. Sie stellten sich ihm ständig als zwei schöne

Kinder dar, die er nicht ganz durchschauen konnte, mit denen sein Leben jedoch auf gefährliche Art verbunden war, durch Bande des Bluts, oder von Sex, oder von Einsamkeit, oder durch den bösen Geist des Waldes und das weibliche Prinzip, das in ihm lauerte.

Er ging zu ihnen zurück und streckte seine Arme aus, um sie zu umfassen und einen Berührungskontakt mit ihnen herzustellen. Die schmerzliche Natürlichkeit, mit der das geschah, war in diesem Augenblick fast schrecklicher als alles andere. Ihm schien plötzlich die Unwahrscheinlichkeit ihrer körperlichen Gefühle und ihrer Geschlossenheit als Dreiergruppe aufzugehen. Er erkannte sie, aber nur so, wie man etwas erkennt, das bereits zu Ende ist.

Luc zog den lächerlichen Hut, als sei er bei einem Begräbnis.

Ihre drei Köpfe berührten sich leicht. Keiner von ihnen sagte ein Wort.

Fast genau um Schlag ein Uhr senkte sich der tief hängende Himmel noch tiefer und wurde sehr dunkel. Es war die Dunkelheit der Abenddämmerung, lange vor Sonnenuntergang. Sie besaß eine theatralische Qualität und war unverwechselbar eine Kulisse.

Nachdem sie die Tür der Halle verrammelt hatten – sie hatten den langen Tisch mit seinen silbernen Kerzenleuchtern und Schalen davorgeschoben, was einen etwas verrückten Eindruck machte – hatten sie sich nach oben in eines der verlassenen Zimmer im vorderen Teil des Schlosses zurückgezogen. Ein hohes Fenster gab den Blick auf die Terrasse, den Park und die Kiesstraße frei.

Es war kalt in dem Zimmer. Sie machten kein Feuer, sondern tranken weiter Cognac. Fünf Gewehre von verschiedenem Aussehen und unterschiedlicher Leistungsfähigkeit lagen auf dem zugehängten Tisch. Sie waren eigentlich nicht mehr als eine Geste, und zwar nicht einmal eine Geste des Trotzes, sondern ein Eingeständnis ihrer Bedrohung.

Als die verfrühte Dunkelheit einsetzte, saugte sich das Land damit voll wie Brot, das in Wein gefallen ist. Fast hätte es so scheinen können, als wäre die Dunkelheit eine weitere Barriere, wie der Schnee das gewesen war. Vielleicht würden die Dörfler nicht durch die Dunkelheit marschieren. Doch nein, es ließ sich nicht abstreiten, daß sie es tun würden.

Christian fragte sich, woher man im Dorf gewußt hatte, daß die de Lagenays in das Schloß eingezogen waren. Vielleicht hatten die Dienstboten argwöhnisch diese Möglichkeit vermutet, als sie weggeschickt worden waren, und hatten sich darüber beschwert.

Vorher hatte er sich gefragt, wie Gabrielle, die vom Dorf Ausgestoßene, das Gerücht hatte aufschnappen können, daß der neue Schloßherr krank sei – denn sie hatte es gewußt und ihm dieses Wissen ins Gesicht geschlagen. Wer hatte sie informiert? Oder flüsterten die Bäume des Waldes einander zu und trugen irgendwie Gerüchte weiter? Ebenso, wie Worte auf Papier und Stein erschienen und verschwanden?

Um halb zwei zog Christian sich von dem Fenster zurück.

»All das ist vielleicht unnötige Vorsicht«, sagte er.

Sie antworteten nicht. Er dachte an das Lysinth, das Wolfskreuz, das in den Schnee und den Schlamm gekratzt worden war. Es war von diesem Fenster aus teilweise sichtbar.

»Der Geheimgang in das Schlafzimmer«, sagte er. »Ihr habt mir nie den anderen Eingang gezeigt. Wenn sie hereinkommen und das Haus durchsuchen wollen, könntet ihr euch darin verstecken.« Sie sagten nichts. »Oder nicht?«

»Na gut«, sagte Gabrielle tonlos.

Er hatte sich in Wirklichkeit überlegt, wo der Gang endete oder begann – in dem anderen Schlafzimmer, das sie ursprünglich besetzt hatten. Eine diskrete Verbindung mit dem Bett des Seigneurs, die erotischen Zwecken gedient hatte.

»Das ist alles eine äußerst lästige Zeitverschwendung«, bemerkte Christian.

Ein Glitzern auf oder durch die Scheibe, von der er sich abgewendet hatte, lenkte ihn ab und brachte ihn dazu, wieder hinzusehen.

Er sah einen gelben Lichtschein, der sich auf der Straße bewegte, und für einen Augenblick dachte er, es seien die Scheinwerfer eines Autos, die in dieser Abgeschiedenheit plötzlich unpassend erschienen. Dann aber erkannte er, was der Lichtschein wirklich war: der nicht anachronistische Schein von Pechfackeln.

Während er hinstarrte und der Lichtschein das Glas und seine Augen traf, verspürte er ein plötzliches Aufwallen von Haß. Dieser biblische Zug, wie auf die Zerstörung von Gomorrah zu ... und der verwünschte bedeckte Himmel lieferte seine dramatische Inszenierung.

»Großer Gott, schaut euch das an«, sagte er. Seine Begleiter hatten es jedoch bereits angeschaut.

»Sie brauchen das Feuer für das, was sie vorhaben«, sagte sie.

»Und was ist das?«

»Reinigung«, sagte sie. Sie huschte von dem Fenster weg in eine Ecke des Zimmers und bedeckte ihr Gesicht mit den Händen. Auch Luc hatte sich zurückgezogen. Seine Augen waren weit aufgerissen, und sein Mund begann, sich zu dem fast unvermeidlichen krampfhaften Zähnefletschen zu verziehen.

Christian ging hinter ihm her, packte ihn an den Schultern und schüttelte ihn. Er begann, zornige Dinge zu Luc zu sagen, sinnlose Dinge. Christians Blut war kalt.

Die zornigen Fackeln näherten sich allmählich dem Fenster, ein unschöner Sonnenaufgang. Die drei in dem Zimmer begannen die Geräusche einer Menge von Füßen und die seltsamen Laute zu hören, die aus vielen Kehlen als Gesang oder Gebet aufstiegen. Ja, wahrscheinlich war es ein Gebet.

Als Christian wieder zum Fenster ging, sah er, wie etwas über die Brücke und den Kiesweg hochflutete; eine Horde von Menschen – er hatte noch nie so viele von ihnen gesehen, außer vielleicht bei Sylvies Begräbnis. Zwischen Flammen und Düsterkeit waren sie jedoch ein formloses Gebilde, ein widerwärtiger, gallertartiger Abschaum, der hirnlos auf das Haus zuglitt, um es in seiner Gesamtheit zu verschlingen. Außerdem zerrten sie in ihrer Mitte etwas auf einem Karren mit sich. Es erinnerte ihn an eine Armee von Ameisen, die den Kadaver eines anderen Insekts mitschleppten, das sie auf ihrem unaufhaltsamen Vormarsch überwältigt hatten. Er konnte nicht mit Sicherheit sagen, was es war, nur daß es lang war, denn sie hatten es schräg über den Karren gelegt, und daß es schwer schien. Eine Sekunde später aber kam er zu dem Schluß, daß es ein Rammbock war. Die Konventionen schienen tatsächlich abgelegt. Oder auf eine üble Art wieder eingeführt.

Warum, warum nur waren sie so schrecklich? Es war mehr als die Tatsache, daß sie als Mob über ihn herfielen, mehr als ihre Feuer, ihr Rammbock, ihre bloße Gesichtslosigkeit, die eine Folge des unsicheren höllischen Lichts und der Entfernung war.

Und doch war es eine Art von Gesichtslosigkeit.

Sie waren von Anfang an eine amorphe Masse geblieben, waren nie zu Menschen geworden. Er hatte sie höchstens für ganz kurze Augenblicke getroffen. Niemand hatte ihm etwas von sich selbst oder seinem Leben erzählt, sondern sie hatten ihm nur ihren Abscheu vor ihm und allem, wofür er stand, gezeigt. Sie waren für ihn nie *charakterisiert* worden. Und nun sah er ihre Macht und wußte doch nichts über sie, nur, daß sie vereinigt, bösartig und direkt in seiner Nähe waren.

Sie hatten die Treppe zur Terrasse erreicht.

Plötzlich, bevor er selbst völlig bereit war, riß er das Fenster auf. Eines der Gewehre war zur Hand. Er riß es an sich und feuerte wild in die Luft. Die Explosion war ohrenbetäubend und der Rückschlag stieß ihm den Kolben schmerzhaft gegen die Schulter, aber das ausschwärmende Ungeheuer auf dem Boden brach zusammen und erstarrte.

Wie grotesk das war.

Es wäre töricht, ihm, oder ihnen Fragen zu stellen oder Unverständnis zu heucheln.

»Verschwindet von meinem Land«, brüllte er zu ihnen herunter. »Zieht augenblicklich ab.« Er senkte das Gewehr und zielte damit auf sie herab.

»Nicht schießen!« rief jemand unten. »Nicht schießen, Monsieur.«

Die Stimme klang erschreckt und schien damit vernünftigen Argumenten zugänglich, und Christian suchte die Menge ab, um ihren Ursprung zu finden. Abrupt, als würde er unter tausend Worten ohne Sinn ein einziges entziffern, bemerkte Christian den kleinen Priester, der mit den Armen zu dem Fenster hochwedelte.

Das blasse Gesicht über der schwarzen Soutane flehte und bat um Vertrauen.

»Vater«, rief Christian, »ich nehme an, Sie besitzen eine gewisse Autorität. Sagen Sie Ihrer *Gemeinde,* sie soll sich vom Schloß entfernen. Oder ich schieße mitten in sie hinein. Ich meine das ernst.«

Und vielleicht meine ich es tatsächlich ernst.

»Es ist notwendig«, sagte der Priester, »daß diese Sache getan wird –« Er brach hektisch in ein verzerrtes, unverständliches Lateinisch aus. Eine Übersetzung war Christian unmöglich, aber plötzlich drängte das gesichtslose Ungeheuer wieder vorwärts, und ein Wirbel von Gestalten und Flammen und Schatten raste die Treppe hoch. Christian sprang das Herz in die Kehle, ins Gehirn, und er drückte in blindem Zorn und Schrecken den Abzug durch. Ein leeres Klicken folgte. Der Mechanismus war blockiert.

Christian warf das Gewehr zur Seite, nahm ein anderes auf und lehnte sich halb aus dem Fenster. In diesem Augenblick registrierte er einen realen Aspekt des Mobs; eine Frau rannte vor der Mündung des Gewehrs vorbei, und dann zwei Kinder. Er zitterte heftig und brachte das Gewehr nicht mehr unter Kontrolle. Mit einer gewaltigen Anstrengung gelang es ihm, auf den Abzug zu drücken, aber die Kugel schlug nur gegen eine der Beton-Urnen neben der Treppe. Die Urne explodierte in der Menge wie eine Bombe, aber die kümmerte sich nicht darum und stolperte weiter.

Der seltsame Rammbock war von dem Karren abgeladen worden und wurde nun unter Poltern und Kratzen die Treppe hochgezogen. Von irgendwoher wurde ein Stein geworfen, und eines der nicht zu verteidigenden unteren Flügelfenster zerbrach. Er sah, wie die blitzenden Glassplitter, die durch die Luft flogen, das Licht von den Fackeln wie Feuerwerk zurück auf die Terrasse warfen.

Christian zog sich von dem offenen Fenster zurück. In der Ecke des Zimmers standen der Mann und die Frau und warteten, ja, sie warteten unverwechselbar auf die Katastrophe. Vielleicht hatten sie beide eine solche Situation schon in immer wiederkehrenden Alpträumen erlebt. Wie im Augenblick der Verwandlung sahen sie nicht sterblich aus, oder vielmehr nicht vernunftbegabt, sondern allein von den Instinkten gelenkt. Wo konnten sie sonst leben als im Wald, und worauf konnten sie sonst hoffen, als sich ihre Sicherheit dadurch zu erhalten, daß sie anderen Furcht einjagten während sie die ganze Zeit wußten, wie unsicher ihr Zufluchtsort war. Und nun war die erwartete Vergeltung da. Sie hatten sich die Situation wahrscheinlich schon zu oft vorgestellt, um noch Widerstand leisten zu können.

»Ihr beide«, sagte Christian, »geht jetzt in den Geheimgang.«

»Du kommst mit uns«, sagte Luc.

»Nein.«

Gabrielle rannte durch das Zimmer zu Christian. Sie sah in sein Gesicht hoch, und ihre Augen glänzten feucht.

»Es ist sinnlos«, sagte sie. »Sinnlos. Sinnlos.«

»Ihr versteckt euch, und ich werde es abstreiten, daß ihr hier seid. Irgend jemand muß sie aufhalten«, verkündete er, »oder sie sind nicht zu bremsen.« Er verspürte eine makabre Belustigung über seine eigenen Worte. Er stellte sich vor, wie er, ein Held, dem gesichtslosen Ungeheuer trotzte und seinen ererbten Besitz wie ein verrückter mittelalterlicher Fürst verteidigte.

Sie sah ihn verächtlich an, als könne sie seine Gedanken lesen. Sie begann zu weinen, ohne es zu bemerken, und ihre Augen glänzten vor Wasser, das große Auge und das schmale Auge, Schwestern in Kummer und Elend.

»Lauf weg«, sagte sie zu ihm. »Selbst zu Fuß, wenn es sein muß. Laß uns zurück und geh – « Sie drehte sich abrupt von ihm weg und eilte aus dem Zimmer. Sie hatte ihre Schuhe nicht an, und er hörte ihre Schritte auf dem mit Teppichen belegten Boden nicht.

Luc zögerte, drehte sein Wolfsgesicht dem Flackern der Fackeln im Fenster zu, dann Christian, dann den Gewehren auf dem Staubschutztuch, und dann wieder dem Fenster.

»Geh mit ihr«, sagte Christian.

»Du glaubst doch wohl nicht, daß ein Versteck uns schützen könnte?« Lucs Tonfall war seltsam spöttisch.

Ein schwerer Schlag hallte durch das Schloß: der eigenartige Rammbock war gegen die Tür unten gestoßen. Der Boden zitterte leicht, und die Nerven im Körper zogen sich zusammen.

»Ich bleibe bei dir«, sagte Luc lässig. Weiß vor Angst, als würde er verbluten, nahm er beiläufig eines der Gewehre auf. »Ich bin sicher, daß es mir gelingen wird, mit einem von den Dingern hier etwas Schaden anzurichten. Mehr als du vielleicht.«

»Vielleicht. Wir sollten das Risiko nicht eingehen, meinst du nicht auch?«

Ein zweiter Schlag donnerte. Christian sprang Luc an und begann, ihn auf den Gang vor dem Zimmer zuzuschieben.

Luc ließ das Gewehr fallen, riß sich plötzlich von Christian los und rannte weg. Als Christian den Gang erreichte, war er verschwunden.

Der dritte Schlag war anders als die anderen beiden. Seine Wirkung auf das Holz der Tür zur Halle war deutlich, wenn auch unsichtbar. Das Haus schien bis auf die Grundfesten zu erzittern.

Christian packte das Gewehr, von dem er wußte, daß er es nicht benutzen würde, und ging durch den Korridor auf die Galerie und die Treppe zu.

Die Gaslampen brannten nicht. Die Feuer in den Kaminen waren heruntergebrannt und glühten nur noch. Sie gaben kein Licht von sich, und nur manchmal reflektierte das Silber auf dem Tisch vor der Tür vereinzelte Funken. Der Tisch hatte sich schon leicht verschoben.

Als Christian die zweite Stufe betrat, zerriß der vierte Rammstoß die Luft wie ein Kanonenschuß. Mit einer seltsamen, unerklärlichen Überraschung sah er zu, wie das Holz der Tür zersplitterte, das Metall sich verbog und das Ding sich wie der Schnabel eines schrecklichen Vogels durch alles schob. Hypnotisiert von diesem Meter Stein, der in die Halle gestoßen wurde, von dieser Vergewaltigung, erkannte er erst jetzt, was der Rammbock war.

Es war der Stein-Obelisk von dem Dorfplatz.

23. KAPITEL

Die Vergewaltigung

Zwei weitere Fenster im Salon zerbrachen, bis der fünfte Stoß des Obelisks die Tür aus ihren Angeln riß und sie zwei oder drei Meter weit in die Halle schleuderte. Die Menschenmasse strömte hinter, über und um ihn herein. Manche waren durch die eingeworfenen Fenster hereingeklettert und hasteten von dem Salon her herein. Schwarzes Wasser bei Hochflut.

Von seinem erhabenen Standpunkt auf der Ballerina-Treppe aus sah Christian zu, wie das Wasser vierzig Stufen unter ihm kurz aufgehalten wurde und sich in Strudeln drehte.

Wie oft das schon geschehen war, denn ja, das erkannte er, es war nicht das erstemal. Und jener andere Seigneur, der dort gestanden hatte, wo nun Christian stand, Gewehr oder Schwert in der Hand, was hatte *er* tun wollen?

Das Dorf hatte all seine vielen Köpfe zu ihm erhoben, all jene von rauchigem Feuer gefärbten Scheiben aus Fleisch.

Er selbst aber sah nicht weniger bizarr aus als sie, auch er von den Fackeln beleuchtet wie auf einer Bühne, dieser elegante und moderne junge Mann in seinen makellosen Hosen und der Weste aus gewässerter Seide, die Augen fast so farblos wie sein Gesicht. Er sah aus, als habe er Angst, aber zur gleichen Zeit auch seltsam losgelöst und entfernt. Er sah extrem gefährlich aus. Das war es vielleicht, was die Flut der Menge zum Halten gebracht hatte. Das, und die psychologische Barriere der Treppe, der Berg von Stufen, die erst noch erklettert werden mußten.

Es folgte eine lange Pause, während der sich außer den Flammen der Fackeln nichts rührte. Dann stellte ein Mann seinen Fuß auf die Treppe, und Christian schwenkte das Gewehr herum, um auf ihn zu zielen.

»Zurück«, sagte Christian laut und deutlich zu diesem übergeschwappten Teil der Masse. »Herunter von der Treppe, oder Sie werden erschossen.«

Eingeschüchtert – von dem Gewehr oder der Haltung oder der Stimme – gehorchte der Mann.

»Wo ist euer erbärmlicher Priester?« fragte Christian.

Darauf folgte eine Art Wirbel, und der Priester, der wie eine kleine Maus aussah, stieg daraus hervor und kam zum Fuß der Treppe. Eine Gruppe von Jungen wurde mit ihm nach vorne gespült. Sie trugen Geräte, mystische Geräte aus der Kirche, oder für den Exorzismus selbst. Hinter ihnen wurden der zerborstene Tisch und die Türflügel sichtbar, die auf dem Phallus des Obelisks lagen. Die Tür wurde nun an ihrer Stelle von der Menge und dem bedrückenden, eisernen Nachmittagshimmel blockiert.

»Wie wollen Sie diese Beschädigung meines Eigentums erklären?« sagte Christian. »Werde ich nicht mehr als Seigneur anerkannt?« Ein Ausdruck von betrunkener Heiterkeit huschte über sein Gesicht.

»Sie müssen uns verzeihen«, sagte der Priester. »Wir haben keine bösen Absichten. Wir haben Respekt vor Ihnen, Monsieur. Aber – es ist so weit gekommen. Die Lagenays – das muß erledigt werden. Wir müssen ihre Teufel austreiben.«

»Meine auch?«

Der Priester wich seinem Blick aus.

»Hier gibt es keine Teufel«, sagte Christian, »und keine Lagenays.« Er sah von einer bedeutungslosen Maske in der Menge zur anderen. Wie ein Schauspieler, der von den Scheinwerfern am Rand der Bühne geblendet wird, konnte er keine von ihnen genau erkennen. »Ich sollte ja wohl jetzt sagen, daß Sie gern mein Haus durchsuchen können. Bei Gott, ich werde es aber *nicht* tun.«

Der Priester ließ nun zerknirscht den Kopf hängen. Von der Wärme, der in dem Raum von den Feuern und den Körpern ausging, wurde ein unangenehm scharfer und durchdringender Geruch hochgedrückt, der aus den Kisten aufstieg, die die Jungen in den Händen hatten.

Das Ungeheuer flüsterte mit sich selbst.

Christian änderte seinen Griff an dem Gewehr. Seine Hände waren glatt vor Schweiß, zur gleichen Zeit aber eiskalt, fast taub. Er erinnerte sich mit der überschwenglichen Belustigung eines Wahnsinnigen an seinen Mangel an Kraft, seine Angst vor dem Tod. Ein hochtöniges Zittern, wie eine Sopran-Note von einer Geige, durchlief ihn. Er hatte nicht auf irgendeine erkennbare Art Angst und brauchte daher auch die Tatsache nicht zu akzeptieren, daß er in Wirklichkeit versteinert war.

Er wußte, daß er sie nicht abweisen konnte.

Es wäre nicht nötig gewesen, die Tür aufzubrechen, weil sie auch über die eingeschlagenen Fenster genug Zugangsmöglichkeiten gehabt hätten. Das Aufbrechen der Tür war jedoch ein Symbol, ebenso wie der Rammbock ein Symbol gewesen war. Auch das Lysinth selbst war ein Symbol. Sie waren hier auf Symbole eingestellt, und sie verließen sich auf sie. Nachdem sie nun so weit gegangen waren, gab es in diesem bizarren Vokabular kein Symbol, das an die Stelle des Symbols Exorzismus treten könnte, kein Muster, in das die Alternative Rückzug passen könnte.

Es war lediglich eine Frage von Zeit und Nerven. Auf der einen Seite stand seine ererbte Position, seine kalte, schauspielerische Hysterie und der zweifelhafte Wert des Gewehrs, und auf der anderen ihre dämonische Zielstrebigkeit.

Verdammt sollten sie sein. Achthundert Jahre oder mehr hatten sie gelehrt, daß sie recht hatten und daß Gott auf ihrer Seite stand.

Er hatte unbeabsichtigt das Gewehr leicht gesenkt. Oder vielleicht war es ein Zeichen für Kapitulation. Einen Augenblick lang blieb das Bild noch unverändert, und dann gaben die unsichtbaren Seile nach. Ohne Vorwarnung brach die Menge durch und brandete in einer riesigen Welle die Treppe hoch. Christian sah sie kommen, unfähig, sich zu bewegen, und eine Wasserwand stieg hoch, um ihn zu bedecken. Er stieß einen unartikulierten Schrei aus, aber als er die Waffe wieder anhob – nicht mehr, um sie abzufeuern, sondern um sie wie eine primitive Keule zu verwenden – wurde sie ihm aus den Händen gerissen.

Die Woge von Körpern traf ihn. Er wurde nach hinten gestoßen, berührte aber die Treppe nicht. Er hatte angenommen, sie würden über ihn trampeln, aber statt dessen wurde er gepackt. Zehn Fäuste ergriffen ihn, zwanzig Gesichter glotzten und kreischten und atmeten auf ihn herab, unzählbare Gliedmaßen und Körper drängten sich an ihn und stießen mit ihm zusammen, und er wurde mit ihnen zusammen hochgetragen.

Es war tatsächlich so, als würde er ertrinken. Er bekam keine Luft und konnte sich an nichts festhalten, das ruhig gewesen wäre oder was ihn stützen oder es ihm ermöglichen würde, aufrecht zu stehen. Er hatte daran gedacht, daß sie vorhatten, ihn umzubringen, aber nun wehrte er sich nur aus reiner vernunftloser Panik gegen sie.

Bruchstücke des Schlosses wie aus einem Puzzlespiel – die Decke, ein Leuchter, das geschwungene Treppengeländer – wirbelten über und zwischen anonymen Menschenmassen. Kurz fiel sein Blick auf die geisterhafte Wachsfigur eines jungen Mädchens, blaß und mit großen Augen, den Mund weit aufgerissen; das lose Haar einer Frau krallte sich an seiner Wange fest. Dann zerrte das Rennen ihn herab. Ein gebeugtes Knie stieß seitlich gegen seinen Hals. Ein Stiefel mit einem Absatz aus Feuer trat ihm voll auf die rechte Hand. Der Schmerz war unglaublich, aber was machte es jetzt noch aus, wenn seine Hände zerschmettert wurden?

Die Knochen der Hand blieben jedoch unbeschädigt. Irgendwie war es ihm in seiner Raserei gelungen, sich an der Schulter eines Mannes und an dem schmutzigen Halstuch eines anderen festzuhalten. Als sie sich nach vorne stürzten, war Christian zwischen ihnen gefangen, und alle drei starrten sich keuchend und Flüche schreiend ins Gesicht. Trotzdem waren diese Männer wie alle anderen gesichtslos, oder zumindest schien hinter ihrer Gesichtshaut nichts zu leben.

In diesem Augenblick schob der Mob sich selbst und ihn über das obere Ende der Treppe und die Galerie. Ein ungeheurer Stoß schob ihn unglaublicherweise zur Seite. Sie drängten ihn gegen die brokatverkleidete Wand, als sie an ihm vorbeirannten, und die Fackeln flossen über ihn wie der Schweif eines Kometen. Selbst dann noch schlug ihm jemand oder etwas mit einem indirekten Schlag wie die anderen auf die Lippen. Eine alte Frau stolperte auf ihn, bewegte ihren zahnlosen Mund, und ihre Spucke brannte in seinen Augen, bevor sie weiterhastete.

Christian saß gegen die Mauer gelehnt, von einer dichten Hecke aus Menschen bewacht. Oft änderten sich die Konturen der Hecke, wenn Männer den Platz von anderen Männern einnahmen. Die Dicke der Hecke aber blieb unverändert. Sie hatten nicht vor, ihn entkommen zu lassen.

Hinter der Hecke durchsuchten ihre Kumpane das Schloß und schändeten es mit ihrem Toben, ihrer Ungeschicklichkeit und ihrer Bösartigkeit. Das fundamentale Prinzip war aufgegeben worden. Das Haus und sein Herr waren nicht mehr privilegiert.

Manchmal wurden die Augen der Hecke nach innen auf ihn gerichtet. Zweimal kam in seinem Kopf ein klingendes Geräusch auf; er begann, sein Bewußtsein zu verlieren. Jedesmal holte ihn eine leichte Veränderung in dem Lärm oder ein Durchdringen der Realität, wie die Rauheit des Plüschs der Brokatwand an seiner Stirn, wieder zurück.

Sie murmelten in ihrem Dialekt. Einmal hörte er ein Mädchen sagen, er sei schön, und dann hörte er sofort, wie ihr jemand eine Ohrfeige gab. Er hielt das für sehr lustig, verspürte aber kein Bedürfnis, zu lachen. Er überlegte sich vage, was Annelise tun würde, wenn sie entdeckte, daß er in den Wäldern des Nordens von einem Mob erstickt und in Stücke gerissen worden war. Annelise war die einzige, die ihm einfiel, die ihm etwas bedeutete, und das auch nur, weil sie die letzte geistig gesunde Frau gewesen war, die er kennengelernt hatte. Gabrielle und Luc schienen wie Phantasiegebilde, weil sie ein Teil von all dem waren, oder sie waren eine Erweiterung von ihm, oder er eine Erweiterung von ihnen.

Die übernatürliche Dunkelheit hatte sich nicht aufgehellt. Außerdem würde sowieso in weniger als zwei Stunden die Sonne untergehen.

En forêt je vais les soirs.

Es kam ihm abrupt zum Bewußtsein, daß die chaotische Aktivität um ihn herum erstorben war.

Es war komisch. Sie hatten gesucht, aber nicht gefunden.

Er sah auf, als sich die Hecke aus Menschen wieder änderte. Sein Blick fiel auf eine Frau, die starr mit stocksteifer Wirbelsäule vor ihm stand. Er lehnte sich an die Wand zurück und musterte sie. Ihr Gesicht besaß eine gewisse Eigenart, weil es bekannt war. Es verblüffte ihn nicht, auf so unnatürliche Weise mit Madame Tienne konfrontiert zu werden.

»Stehen Sie bitte auf, Monsieur«, sagte sie.

»Warum? Ist der Kaffee endlich fertig?«

Ein Mann lehnte sich vor und zog Christian an der Wand entlang hoch auf die Füße. Ein anderer Mann schlurfte vor und zupfte Madame am Ärmel.

»Nein«, sagte sie, »laßt ihn in Ruhe. Ihr hättet es nicht wagen dürfen, ihn zu schlagen. Der Teufel in euch ist es, den ihr schlagen müßt, nicht den Menschen. Niemals den Herrn.« Und der Dörfler stahl sich weg.

Wie belustigend, daß sie eine gewisse Macht über sie hatte, Madame mit den Ahornknöcheln und den aufgemalten Lippen. Spuren des Matriarchats hielten sich noch immer.

Christian lächelte ihr zu. Diese Frau hatte er nie bezaubern können. Weder damals, noch heute. Sie hatte voller Verachtung von dem Aberglauben des Dorfs und von seiner provinziellen Lebensführung erzählt. Sie hatte seinen Selbstmord verhindert. Das war ein Aspekt von ihr. Hier war ein anderer. Die Dienerin aus der Stadt, und die Sybille des Dorfs. *La Dame aux Lys*.

»Nun, Madame«, sagte er, »welche Rolle spielen Sie in dieser bezaubernden Angelegenheit?«

Die Iris ihrer Augen, wie polierte Geschosse, lenkten seinen Blick ab. Ihm schwamm der Kopf. Er brauchte sie nichts zu fragen. Als hätte sie ihm ein Loch in sein Gehirn gebohrt und das Wissen hineingesteckt, wurde ihm in diesem Augenblick alles klar.

»Wir gehen durch den Gang, Monsieur«, sagte sie. »Wenn es Ihnen Freude macht.«

»Es macht mir keine Freude.«

»Dann müssen Sie es leider ohne Freude tun.«

Sie ging, und er ging neben ihr her. Er vermißte das Klirren und Klappern der Schlüssel an ihrer Schürze. Sie trug nun einen schwarzen Überwurf auf ihrem Kopf. Sie hatte die Etikette der Stadt gelernt, aber sie war natürlich hier geboren. Ihre beste Tarnung war es gewesen, das herunterzumachen, woran sie glaubte.

Der Mob lauerte am Rand von Christians Gesichtsfeld und griff nicht ein, während sie ihn führte. Sie bogen in den Gang ein, der zu der großen Suite führte.

»Ah, Rache ist süß«, sagte er. »Läuft es darauf hinaus? Ich meine die Rache an meinem Großvater, der Sie vor all den Jahren vergewaltigt hat. Von dem Sie ein Kind bekommen haben, wie das hierzulande bei Vergewaltigungen Tradition ist. Ein kleines Mädchen, das eine Wölfin war. Gabrielle ist Ihre Tochter. Sie lieben Sie aber auch nicht, oder? Oder vielleicht nur soviel, daß Sie bei meiner Ankunft hier zu ihr gegangen sind, um sie zu warnen, sie soll sich von mir fernhalten, von dem Kranken, der an einer äußerst ansteckenden Lungenkrankheit stirbt. Das *waren* doch Sie, Madame?«

»Sie sind äußerst scharfsinnig, Monsieur.«

»Nicht wahr? Aber bedauerlicherweise zu spät.«

In dem Gang waren die Gaslampen angezündet worden. Er bemerkte das plötzlich. Er dachte an Sylvie, an seine Vergewaltigung von Sylvie, die keine Vergewaltigung war. Und der Wald hatte eine Vergewaltigung verlangt. Die Veranlagung der Wolfskinder wurde durch Vergewaltigung weitergegeben – war das der Grund, daß seine Lust ihn im Stich gelassen hatte? Weil sein Samen ohne das Element der Vergewaltigung für nutzlos gehalten wurde? Es sei denn, er wohnte einer Frau bei, die selbst ein Nachfahre des Verwandlers war.

Die gottlose Dreifaltigkeit. Möge Gott ihnen beistehen.

Das Dorf hatte den Obelisken der Wolfsgöttin aus seinem Sockel auf dem Dorfplatz herausgehoben. Vielleicht hatte sie früher einmal Tempel gehabt. Wo die Kirche jetzt stand. Aber auch an anderen Stellen. Jener Steinhaufen am Ende des Pfades, der zu den de Lagenays führte – er sah vor seinem geistigen Auge ein gedrungenes Steingebäude, kaum eleganter als eine Latrine, aber auf seinem hohen Standort von der Schlucht gegenüber durch die Zweige der Kiefern machtvoll sichtbar. Und dann war da noch der andere Steinhaufen in dem Park des Schlosses selbst. Lysinth. Und ihr lateinischer Name ... Lukanthis – Lycanthia –

»Sagen Sie mir, warum Sylvie umgebracht worden ist«, sagte er.

Sie waren allein in dem Gang vor der Tür zu der großen Suite, und er blieb stehen. Die Tienne drehte sich mit auf ihrer nichtexistenten Schürze verschränkten Händen zu ihm um.

»Sie hat von Ihnen gestohlen, Monsieur, und das hält man für ein Verbrechen. Sie hat mit Ihnen geschlafen, und das könnte bedeuten, daß sie wie ich einen Dämon gebärt. Zwei gute Gründe.«

»Aber sie ist verstümmelt worden. Als hätte sie ein Wolf zerrissen.«

»Ja.«

»Dann war sie also ein Opfer für eure Göttin, nicht wahr? Das ist sehr wichtig, ein Opfer. Ich will Sie nicht fragen, wer von euch es getan hat. Das ist gleich, weil ihr euch alle einig wart.«

»Wir haben es gelernt, die Mächte, die existieren, zu besänftigen, wenn wir können, Monsieur Dorse.«

»Und wenn ihr es nicht könnt?«

»Der Exorzismus ist so alt wie die Anbetung«, sagte sie. »Er befreit. Vielleicht verzeiht sie.« Madame öffnete die Tür und ging in das Wohnzimmer. Hier war das Gas nicht angesteckt worden. Glühende Überreste des Feuers leuchteten im Kamin wie Granate. Gabrielle hatte dieses Feuer eine Stunde vor der Ankunft Clauts angemacht. In der Stunde, als das Idyll noch existiert hatte.

»Wir hatten angenommen, Sie würden uns keine Mühe machen«, sagte Madame Tienne, während sie das Wohnzimmer durchquerte, »Sie würden sterben. Monsieur Hamel selbst hat das in seinem Brief an mich angedeutet. Selbstmord ist natürlich eine Sünde, und davon wollte ich Sie abhalten. Aber auf natürliche Art ... Und dann haben Sie uns alle verblüfft. Ihre Krankheit ist nicht echt. Sie werden weiterleben und sie werden sich mit den Verfluchten aus dem Wald verbinden. Fast von Anfang an hat Ihr Blut aus Ihnen gesprochen. So sehr Ihrem Großvater ähnlich. Das konnte nicht zugelassen werden, Monsieur.«

»Sie Schlampe«, sagte er. Er ging hinter ihr her. Sie kamen in das Schlafzimmer. Hier war das Feuer tot. Die Tienne ging schnurstracks auf den Wandbehang zu.

»Ihr Leben kann geschützt werden«, sagte sie. »Das gehört sich so. Sie sind der Seigneur.«

»Sang de Seigneur.«

»Ihr Blut? Nur wenn Sie dumm sind. Allein stellen Sie keine Bedrohung dar, vorausgesetzt, Sie erklären sich bereit, wegzugehen.«

Das trübe, walnußfarbige Licht von den Fenstern zeigte irgendwie alles: das Bett, den gesprungenen Spiegel über dem Ankleidetisch, die Ritter bei ihrem endlosen Turnier.

»Ich könnte Ihnen das Genick brechen«, sagte er, »Madame.«

Sobald er gesprochen hatte, brach in den Wänden eine

scheußliche Kakophonie los. Angst drehte ihm den Magen um. Sie brauchte es ihm nicht zu sagen, was sie bald darauf tat: »Das andere Ende des Gangs ist schon geöffnet worden.«

Sie kannte den Geheimgang und wie man in ihn hineinkam. Vor allem sie mußte das Geheimnis kennen. Christians Großvater hatte sie zwar in dem schmutzigen, kleinen Gasthaus vergewaltigt, aber es war gut möglich, daß er bei ihr auch noch mit den anderen Gepflogenheiten im Haus geprahlt hatte. Oder möglicherweise hatten es ihr die Jahre ihrer Beschäftigung in dem Schloß offenbart. Das Haus war oft abgeschlossen, der Trunkenbold, der damals noch kein Trunkenbold gewesen war, nach England abgereist, und Madame kam als junges Mädchen von ihrer Beschäftigung im Dorf hierher, stieg ein wie eine Diebin und strich im Schloß umher, wie später Gabrielle in ihm umherstreichen sollte.

Ein Hurrikan wehte den Wandbehang in die Luft wie das Segel eines Schiffs. Eine Fanfare von Fackeln brach in das Zimmer, und direkt davor rannten eine Frau und ein Mann aus dem Loch in der Wand.

Ob sie Madame Tienne oder Christian bemerkten, war unsicher. Als sie sich in die Dunkelheit stürzten, waren sie nicht mehr als Silhouetten, Schatten, und nur ihre flüssige Schnelligkeit verriet, wer sie waren – und doch schienen sie sich nicht wie früher zu bewegen, und was früher einmal wie Quecksilber gewesen war, war nun nur noch Schnelligkeit.

Sie erreichten die Schlafzimmertür und glitten durch sie hinaus.

Ein ungeheures Gebrüll erhob sich wieder, als sie auf den zweiten Rachen der Menge hinter der Tür zu der großen Suite trafen.

Männer rannten aus dem Geheimgang heraus. Christian wurde heftig an beiden Armen und um den Brustkorb herum gepackt. Das Licht der Fackeln sprang vom Bett zu dem Baldachin, von dem Baldachin zu dem Spiegel und über die umbrafarbigen Scheiben der Fenster.

24.KAPITEL

Das Fest

»*Exorzio te, creatura aquae, in nomine Dei Patris omnipotenti ...*«

Unter dem schweren Himmel, düster wie während einer Sonnenfinsternis, machte der Priester Handbewegungen über dem Kelch: die Segnung des Wassers.

In der Dämmerung nur halb zu sehen, füllte das Schloß den Horizont. Der Grund war hier offen und einigermaßen eben. Eine einzelstehende Linde erhob sich verdreht und entstellt in die Luft. Dieser Bereich hatte aufgehört, ein Teil des Schloßbesitzes zu sein. Er war zu einer Ebene der Zauberei geworden.

Der äußere Kreis, den sie in den Schlamm gezogen und mit weißen Kalksteinen ausgestreut hatten, besaß einen Radius von etwas mehr als zwei Metern, der kalkweiß ausgestreute zweite Kreis von vielleicht einem Meter. Ein Dreieck, ebenfalls mit gelblichen Kalkstückchen gestreut, wurde von diesem inneren Kreis umgeben. Seine Spitze zeigte nach Norden. Innerhalb des Dreiecks waren religiöse, kabbalistische und astrologische Zeichen gekritzelt worden, aber es fiel dem Schlamm schwer, sie zu halten. Südöstlich von dem inneren Kreis stand ein Steinblock. Hier war der Boden zerwühlt, denn der Stein war von einer anderen Stelle hierhergeschafft worden. Nordöstlich von dem inneren Kreis war aus nassem Holz ein Feuer angesteckt worden, das nun zischte, knisterte und einen Kirchtum aus Rauch in die Luft aufsteigen ließ.

»*... et in nomine Jesu Christi filii eius Domini nostri ...*«

Ein schwarzer Kessel stand auf dem Feuer und brodelte wie Zigeuner-Suppe. Bisher enthielt der Kessel nur Wasser. Dampf stieg mit dem Rauch auf.

Auch außerhalb des äußeren Kreises brannte Feuer. Die

Männer hatten entlang dem runden Strich aus Kalk den Griff ihrer Pechfackeln in den Boden gestoßen.

»... ut fias aqua exorcizata ...«

Die Menge drängte sich um den äußeren Ring. Ein Wald, der sich äußerst bewegungslos und still verhielt. Jedes Auge aber blitzte auf und verlosch, wenn das Licht der Fackeln darauffiel, eine endlose Folge von gespenstischem Zwinkern.

Das Knistern des feuchten Holzes war sehr laut.

An vier Punkten, östlich, westlich, südlich und nördlich von dem äußeren Kreis war jeweils ein Mann postiert. Sie waren insofern bemerkenswerter als die anderen, weil sie ein Gewehr trugen. In dem Gewehr hatten sie natürlich Silberkugeln. In der Beziehung hatten sie Glück gehabt. Trotz Sylvie, die alles mißverstanden und das Silber für sie zu stehlen versucht hatte und deswegen sterben mußte, hatte Christian sie freigebig mit den Mitteln und dem Material versorgt.

»... Domini nostri Jesu Christi. Et sancta Domina et mundi domina. Amen.«

Der Priester leerte das geweihte Wasser aus dem Kelch in den kochenden Kessel. Die heiße Flüssigkeit kühlte sich unter Brodeln und Zischen ab.

Der Priester faltete seine Hände zum Gebet. Seine Mäuseschnauze fiel nach vorne auf seine Finger. Er war in dem okkulten Bereich nicht ganz allein.

Gabrielle war bis aufs Hemd ausgezogen worden. Sie lag in der südwestlichen Ecke des gelblich-weißen Kalk-Dreiecks. Sie konnte sich nicht bewegen, oder nur sehr wenig, denn ihre Hände waren mit nur wenigen Zentimetern Spielraum an einen kleinen Holzpfahl gebunden, der in den Boden geschlagen war. Nur wenn sie sich selbst durchdringende Schmerzen in den Handgelenken zugefügt und ihre Arme soweit verdreht hätte, daß sie fast aus den Gelenken sprangen, hätte sie in eine andere Richtung sehen oder mehr als ihre Fußspitzen aus dem Dreieck schieben können. So war sie auf das Innere des Dreiecks beschränkt, und ihre Aufmerksamkeit war hauptsächlich auf seine gegenüberliegende südöstliche Ecke gerichtet, wo ihr Sohn Luc wie sie gefesselt war. Bei der Frau hatten sie noch eine Spur von Rücksichtnahme gezeigt und ihr das Hemd gelassen, um ihr Schamgefühl nicht zu verletzen. Den Mann hatten sie nackt ausgezogen.

Bei ihrer Gefangennahme hatten sie beide kurz Widerstand geleistet. Die Beweise für diesen Widerstand waren in beiden Fällen sichtbar und zeigten sich in Form von Abschürfungen, Beulen und blauen Flecken, die das tanzende Licht immer und immer wieder schockierend zeigte.

Man hätte erwarten können, daß sie sich in der kalten Düsterkeit, die eine Begräbnisstimmung verbreitete, zitternd zusammengezogen hätten, aber ein wahnsinniger Krampf von Angst hatte sie offensichtlich darüber hinausgehoben. Sie waren zwar noch nicht durch den Einbruch der Nacht verwandelt worden, aber sie waren trotzdem nicht menschlicher als die Pfähle, an die sie gefesselt waren. Sie sahen kaum lebendiger aus.

Das also war die Zeremonie, die den de Lagenays gewidmet wurde. Für Christian war etwas anderes vorgesehen.

Er verfolgte diese Vorbereitungen für den Exorzismus mit einem schrecklichen Gefühl von déjà vu. Nachdem die hereinbrechende Horde die Mauern hinter sich gelassen und ihre wichtigste Beute überwältigt hatte, hatte sie ihre Aufmerksamkeit wieder dem Herrn des Schlosses gewidmet. Auch er wurde gefesselt und beraubt; zwar nicht seiner Kleider, aber vieler weniger greifbarer, emotioneller Hüllen, und schließlich in den Park hinausgeschoben.

Dort, unter der verkrüppelten Linde auf dem leichten Hang, auf dem sie stand, hatten sie direkt außerhalb des größeren Kreises den gotischen Stuhl aus der Kirche aufgestellt. Sie mußten ihn ebenso wie den Obelisken auf einem Karren hergeschafft haben. Nun drückten sie Christian mit ihren Händen auf diesen Stuhl. Und als er gezwungenermaßen dasaß, hatten sie ihn mit Seilen an die Rücken- und Armlehnen gefesselt. Es schien, als ob er, unbehindert von den einschließenden Zauberzeichen, fester als die de Lagenays angebunden werden mußte. Außerdem schien es so, als müsse er zusehen.

Er war auf allen Seiten von den Dörflern umgeben, konnte aber über ihre Köpfe hinwegblicken. Er konnte Gabrielle sehen, durch deren durchsichtiges Hemd mit seinen abgetragenen Spitzen ihr Fleisch schimmerte, und Luc, der sich langsam keuchend an den Pfahl kauerte, an den er gefesselt war. Ein dünner Faden Blut lief an der Seite seines Gesichts herab.

Ja. Christian mußte zusehen. Seine Zeugenschaft war von zentraler Bedeutung, und seine völlige Hilflosigkeit, denn er konnte sich ebensowenig befreien und hatte nicht mehr Bewegungsfreiheit als die beiden in dem gelb-weißen Dreieck.

Fühlte er sich in diesem Augenblick wichtig, der Priester? Es schien wahrscheinlich.

Der Priester begann, in einem Kasten herumzukramen. Er warf eine Handvoll Körner in den schwarzen Kessel. Der Kessel zischte pflichtgetreu, und die Handlung wurde wiederholt.

Wie ein erfindungsreicher Koch, der sich über seine ersten Ergebnisse freut, begann der maus-ähnliche Priester, Behälter und Violen, aus denen er den Korken gezogen hatte, in den Kessel auszuleeren.

Ein lästiger und übler Gestank begann aufzusteigen. Ein Geruch von Gewürzen, von Kampfer und Pfeffer, von Pilzen und verfaultem Gemüse, überlagert von dem Gestank von Schwefel.

Der Priester wandte schnell seinen Kopf ab und nieste. Er zog sich von dem Kessel zurück, als sei ihm dieser Lapsus peinlich. Er ging langsam um den inneren Kreis herum und auf den Stein im südöstlichen Teil des äußeren Kreises zu. Hier sank er auf die Knie und nahm eine Gebetshaltung ein.

Die Menge begann zu schwanken und ihn mit Murmeln zu begleiten. Der Dialekt hing so schwer in der Luft wie die erstickenden Dämpfe, die zuckend aus dem kochenden Kessel aufstiegen.

Der Gestank wurde mit jeder Sekunde widerwärtiger. Die Menge hustete und räusperte sich in den Pausen zwischen den Antworten auf das Gebet.

Wie widerlich das war; wie passend er die Seele ihrer Handlungen zum Ausdruck brachte, dieser üble Geruch!

Christian ertappte sich dabei, wie er automatisch an seinen Fesseln zerrte, aber es drängte ihn nur nach Flucht.

Ein Kind erbrach sich aus der Menge heraus.

»Verdammt sollt ihr sein«, sagte Christian laut zu ihnen allen, aber sie hörten ihn nicht oder kümmerten sich nicht darum. »Wenn es eine Hölle gibt, sollt ihr darin braten!«

Der Gestank der Dämpfe ließ ihm selbst die Galle hochsteigen. In ihrem vordersten Schwall sah er sie, die Frau und den Mann von seinem Blut, wie sie sich wie zwei Hälften von etwas wanden und krümmten, das getrennt worden war.

Schweiß lief an Christians Gesicht, Hals und Schultern herab. Sein Magen drehte sich um. Seine Hände, Arme und sein Körper hatten sich inzwischen so krampfhaft gegen die Seile aufgebäumt, die ihn festhielten, daß die Haut unter seinem Hemd auf beiden Seiten der Fesseln angeschwollen war. Der dadurch verursachte Schmerz war heftig, aber trotzdem sah er sich nicht in der Lage, ihn irgendwie von seinem Zustand zu trennen oder sich zu entspannen, um den Druck der Seile zu lockern.

Aus irgendeinem Grund begann er, Rachmaninov in seinem Kopf zu hören, laute Musik; Klavier, Orchester, jedes Instrument war hörbar. Er konnte das Werk nicht identifizieren. Es ergab keinen Sinn.

In dem Gemisch der Dämpfe konnte er nun Opium riechen. Mohnsamen. Und Hirschhorn. Und verbrannten Essig …

Plötzlich – er schien sich nicht daran erinnern zu können, sie näherkommen gesehen zu haben – befand sich eine zusätzliche Anzahl von Gestalten innerhalb des Kalkrands des äußeren Kreises. Sie hatten sich durch den Ring von Feuern geschoben, und gerade schoben sich noch andere durch und paßten in grotesker Normalität auf, daß sie sich dabei nicht verbrannten.

Der Priester erhob sich wieder. Er ging um den inneren Kreis herum zurück zu dem Feuer und dem Kessel. Er bückte sich und hob etwas vom Boden auf. Es sah wie ein großer Löffel oder eine Schöpfkelle aus.

Die Erde *bebte.* Nein. Sie hoben den geschnitzten Stuhl hoch, und Christian mit ihm. Er begann, sie obszön zu beschimpfen. Wie vorher achtete niemand darauf. Die Menge trug ihn durch eine Lücke in den Ring aus Fackeln, und auch seine Träger hüteten sich vor den Flammen, sowohl mit dem Stuhl, den sie sehr hoch hoben, als auch mit ihren Kleidern. Sie setzten ihn mit lächerlicher Höflichkeit direkt innerhalb der nördlichen Ecke des Dreiecks behutsam ab. Sie selbst überschritten mit ihren Füßen nie den Rand des inneren Kreises.

Der Dampf von der Brühe in dem Kessel stieg ihm in den Hals, und der innerliche Rachmaninov erstarb. Er begann, heftig zu husten. Während des Anfalls hörte er statt körperlicher Musik das Klatschen des ersten Schlags.

Der Dampf mußte sich etwas gelegt haben, oder vielleicht war er auch von der Brise, die von der Bewegung vieler Körper verursacht wurde, in eine andere Richtung geschoben worden. Es gelang Christian, einen oder zwei Atemzüge von reiner Luft in die Lungen zu bekommen. Wasser lief ihm aus den Augen und machte ihm den Blick frei. Er sah eine Frau, schwarz vor den Fackeln, deren hoch erhobene Arme phantastisch mit einem Büschel Zweige endeten, als würde sie sich gerade in einen Baum verwandeln.

Die Zweige sausten herab. Der Schlag machte eine Art trocken klatschendes Geräusch auf Lucs Schultern. Er war bereits vier oder fünfmal getroffen worden, und noch waren die Striemen deutlich getrennt und traten in fast zarten Farben auf der blassen Haut seines Rückens hervor. Die Frau fuhr herum und verschwand. Das Bündel Zweige wurde in andere Hände weitergegeben, hochgehoben, und fuhr mit dem gleichen eigenartigen Geräusch herab. Dieses Mal war aus der Nähe noch ein Echo zu hören. Luc glitt nach vorne, sein Körper sank zusammen, so daß die Oberseite seines Kopfs Christian diagonal zugeneigt war, aber als ihn das Bündel noch einmal traf, zuckte seine gesamte Gestalt unter ihm hoch. Dann drängte sich die Masse begierig vor, man beugte sich über ihn, verdeckte ihn und schlug ihn nun auch mit den Händen. Als er verdeckt wurde, machte das den Raum um Gabrielle frei.

Sie hatte sich fest an den Pfahl gezogen. Ihr Kopf war starr in einem Winkel wie bei einer Schlange gehoben, ihr Gesicht ein weißes Emblem, in dem die Augen und der offene Mund wie Risse klafften. Ihre gesamte Aufmerksamkeit war auf die Stelle konzentriert, wo Luc lag, oder vielmehr auf die wogende Menge, die ihn vor ihr verbarg. Ihre Handgelenke bluteten, denn sie zerrte verzweifelt und sinnlos – wie Christian – an ihren Fesseln. Sie fletschte knurrend die Zähne, oder sie verfluchte die anderen, oder vielleicht schrie sie auch nur. Sie wurde von den Männern geschlagen, während für Luc diese Aufgabe den Frauen zufiel. Die Haut über ihrer Wirbelsäule und auf ihrem Hinterteil war bereits aufgeplatzt. Das kurze Hemd war zerrissen und voller Blutflecken, als käme das Blut aus ihm und nicht aus ihr.

Christian starrte sie an. Sie bemerkte ihn nicht, und auch das Bündel Vipern, die in ihr Fleisch bissen, schien sie nicht zu bemerken, obwohl auch ihr Körper automatisch jedesmal tanzte, wenn ein Schlag auf ihn niederging.

Er konnte es sich nicht erklären, warum er weder sie noch Luc schreien hörte. Es wurde ihm wichtig, das zu erklären. Ihm kam die schreckliche Idee, man hätte ihnen die Zungen herausgerissen – aber dann fiel es ihm mit einem törichten Gefühl von Erleichterung ein, daß die Menge selbst sang und schrie, und zwar laut, laut genug, um Gabrielles und Lucs gequälten Schmerzensgesang zu übertönen, wenn auch nicht immer die unähnlichen peitschenden Schläge der Zweige –

Er spürte, wie etwas brach und offensichtlich lockerer wurde und sah nach unten, weil er annahm, daß eines der Seile, die ihn festhielten, nachgegeben hatte. Es waren aber nur seine Muskeln, die unter der Belastung rissen, und ein Schmerz wie von glühend heißen Drähten durchlief ihn.

Der Priester war in der Masse aufgetaucht. Er hielt seine Schöpfkelle in der Hand, von der Dampf aufstieg. Er war bei dem Kessel gewesen und zurückgekehrt. Die Menge um den inneren Kreis und das Dreieck wich zurück. Der Gesang wurde leiser, und Christian hörte, wie der maus-ähnliche Priester schrill in dem Dialekt schrie: »Ich rufe dich, Luc, der du zu Christus gehörst. Kehre zurück zu Christus, unser Sohn Luc. Schicke jenen anderen fort, der dich beherrscht, und laß ihn aus dir weichen. Fahre von hinnen, ich befehle es dir, der du nicht Luc bist, sondern Satanus.«

Die Schöpfkelle blitzte auf, als kochend heißes Wasser von ihr wegspritzte. Tief im Bauch der Masse schrie ein Junge: Luc. Diesmal hörbar.

Und nun wandte sich der Priester Gabrielle zu. Gabrielle mit dem tiefroten Rücken, als sei er mit Rosenblättern bestreut, mit dem seidenen Haar, das zusammengeklumpt war, mit dem Wolfsmaul. Das Licht der Fackeln fiel auf das Gesicht des Priesters. Es glänzte. Es war triumphierend.

»Ich rufe dich, Gabrielle, die du zu Christus gehörst. Kehre zu Christus zurück, unsere Tochter Gabrielle. Schicke jenen anderen fort, der dich beherrscht, und laß ihn aus dir weichen. Fahre von hinnen, ich befehle es dir, der du nicht Gabrielle bist, sondern Satanus.«

Er schleuderte ihr die zweite Dosis von der Schöpfkelle über Gesicht, Hals und Brüste.

Sie schrie nicht auf. Sie verdrehte sich, rollte sich zusammen und drückte ihre verbrühte Haut in den Schlamm bei dem Pfahl.

Während Gabrielle dalag, schien Madame Tienne über ihr zu erscheinen. Sie lehnte sich vor und schlug Gabrielle mit der bloßen Hand mit den harten Knöcheln über den Kopf. Eine ungeheure Bösartigkeit lag in der Geste. Ihre Gesichtszüge verloren keinen Augenblick ihre Steifheit.

»Treibt den Teufel aus!« rief der Priester.

Die Menge röhrte auf. Sie quietschten und schnaubten und knurrten und stampften, eine Herde von Tieren. Die beißenden Geräusche des Rutenbündels waren wieder zu hören. Der betäubende Gestank aus dem Kessel wehte über dieses Theater aus schwankenden Gestalten.

Christian sah sich aus dem Stuhl herausfallen, aber der Stuhl war gnadenlos mit ihm verbunden und begleitete ihn. Er schaffte einen verzweifelten, irrwitzigen Schritt auf gebeugten Knien, und dann stieß ihn das Gewicht des Stuhls mit dem Gesicht nach unten in den schleimigen, kalten Boden, und der Stuhl fiel auf ihn. Er kniete nach vorne gebeugt und in den Schlamm gepreßt, von dem Stuhl begraben, unfähig, sich in irgendeiner Richtung zu bewegen, selbst zur Seite zu stürzen, heruntergedrückt von dem furchterregenden Gewicht des Schnitzwerks, als sei ein Berg auf seinem Rücken zusammengestürzt. Er bekam in dieser Stellung nicht genug Luft, aber trotzdem fing auch er an zu schreien. Er schrie und schluchzte, an der gnadenlosen Erde festgenagelt, und jemand trat über das Dreieck gegen den Stuhl, und dann noch jemand und noch jemand, so daß sein Gefängnis noch zu einer riesigen Trommel wurde.

Er konnte nichts tun. Er konnte nur schreien und zuhören und fühlen, seine Machtlosigkeit erkennen, gefangen unter dem mittelalterlichen Holz. Und der gedämpfte doppelte Nachhall der Schläge begann, dem Geräusch von Regen zu ähneln …

Exorzismus. Eine Zeremonie, um Teufel auszutreiben. Nebenbei würde sie den Besessenen umbringen. Nebenbei.

Sein Mund war voller kalter Erde. Sein Kopf war voller Bilder. Er erstickte sehr langsam.

Als die dünnen scharlachroten Rinnsale unter den Stuhl zu sickern begannen, hielt er sie für Blut. Das Blut von Gabrielle und Luc überschwemmte das Land, und sie würden alle darin ertrinken. Mit einer dumpfen und verständnislosen Allmählichkeit drang es in sein Bewußtsein ein, daß der Regen von Schlägen scheinbar aufgehört hatte.

Mit Übelkeit erregender Schnelligkeit hoben sie den Stuhl wieder hoch und zogen ihn zurück, und Christian wurde mit ihm hochgezogen. Er kam mit einem Stoß auf dem Boden zum Stehen. Christian bemerkte, daß er frei atmen konnte. Bald sank sein Kopf nach vorne, und seine Augen schlossen sich. Ihm war alles gleichgültig geworden.

Eine Frau wischte ihm den Schlamm aus dem Gesicht. Ihre Berührung war energisch, aber respektvoll; ohne Zuneigung, höflich. Madame Tienne.

Er emfpand nichts. Keinen Schrecken mehr, oder Angst oder den Wunsch, sich zu befreien. Nur eine grenzenlose Depression, schlimmer als irgend etwas anderes, destruktiver als Furcht.

Er wartete, bis die präzisen Hände mit ihm fertig waren, und öffnete dann die Augen.

Ein ganzer Himmel aus Blut erfüllte sie. Die Farbe, die er gesehen hatte, war ein Sonnenuntergang, denn die Dunkelheit war abrupt aus der Landschaft vertrieben worden wie ein Schwarm Vögel. Trotzdem war auch das Rot wie eine Dunkelheit, zu tief, zu intensiv, noch in seinem Leuchten düster.

Erst nach einer erheblichen Anstrengung gelang es ihm, seinen Blick von diesem Himmel loszureißen und auf die Erde zu sehen.

Der Schlamm war zertrampelt und aufgewühlt. Die beiden blassen Gestalten, die in ihm lagen, schienen ähnlich zertrampelt und aufgewühlt, und ihre weißen Flächen waren von Riefen durchzogen und entstellt. Keine von beiden rührte sich, obwohl sie nicht mehr gefesselt waren. Ihre Hände lagen hilflos schlaff auf dem Boden.

Christian verstand die Bedeutung dieser Lösung der Fesseln, denn nun wartete man auf den Beweis. Wenn der Dämon ausgetrieben war, würde die Verwandlung nicht stattfinden. Wenn aber beide oder eine von diesen zerschlagenen und verstümmelten Kreaturen als Wolf aufstehen sollte, warteten vier Männer mit Gewehren und Silberkugeln.

25. KAPITEL

Der Himmel

Es war Winter.

Die Hinweise auf den Winter waren überall: die nackten Schirme der Bäume, die angegriffenen Flecken von Schnee, die nackte und beißende Stille der Kälte.

Jetzt aber war der Winter scharlachrot. Ein geranienfarbiger Winter.

Und dann begann diese heiße Farbe sich abzukühlen.

Es war unwahrscheinlich, als würde eine riesige Lampe hinter der blutigen Scheibe des Himmels dunkler gedreht. In Stufen, aber doch schnell und ohne Zögern verblaßte die Flamme zu ziegelrot. Zu diesem Zeitpunkt war keine einzige Wolke zu sehen, und auch die Sonne war noch nicht ganz verschwunden. Trotzdem ließ das Licht nach.

Mit der neuen Dunkelheit kam eine neue Stille. Christian, von einer Menge hölzerner Gestalten umgeben, mußte sich eingestehen, daß diese bizarre und bedrohliche Stille auch in ihm selbst herrschte. Er spürte den Schlag seines Herzens nicht. Er lehnte sich unbeabsichtigt vor und bemerkte, als die Seile über seine Knie rutschten, daß seine Fesseln hinter dem Stuhl durchgeschnitten worden waren. Was immer ihm das einbrachte, und das war nicht viel, er war nun frei. Frei, was zu erreichen? Wie alle anderen sah er zu dem ersterbenden Himmel hinauf.

Im letzten Augenblick erschienen die Wolken wie hergezaubert. Große Mauern und Befestigungsanlagen stiegen aus dem Horizont des Waldes auf wie von einem versteckten Brand, von einem ungeheuren Ring aus Fackeln, der gezogen worden war, um den gesamten Besitz einzuschließen.

Ein Wind erhob sich. Er wehte zunächst aus dem Norden über sie her, um dann plötzlich geheimnisvollerweise die

Richtung zu wechseln, als kehrte er aus dem Süden zurück. In dem letzten Zucken des Lichts sah Christian die Wolken, die wie Galleonen vor dem Wind aufeinander zurasten.

Der Himmel nahm eine bleierne Farbe an. Der Wind breitete sich über die Erde aus. Als diese riesigen Wolkentore dort oben zusammentrafen, hallte ein unterdrücktes Rumpeln über den ganzen Himmel.

Die Menge gab ein spontanes, unruhiges Murmeln von sich. Die Stimme des Priesters durchdrang es dünn und eindringlich. Der Dialekt war so gut wie unverständlich. Er schien sie zu ermahnen, zu beten.

Christian stand auf. Er erwartete mit angespannten Nerven, daß Hände brutal seine Arme ergreifen würden, aber keine Hände kamen. Statt dessen sah er, daß der Himmel sich in seiner ganzen Länge teilte.

Ein grelles Leuchten breitete sich aus. Eine Sekunde lang war alles sichtbar, ausgebleicht, öde und völlig irreal. Als der Photoscheinwerfer ausging, detonierte der Donner direkt über ihren Köpfen.

Ein schauerliches, gemeinsames Geheul kam von den Dörflern. Es war nicht nur die Angst vor dem Gewitter. Es trug in sich eine unheimliche Note von Wiedererkennen, fast von Begrüßung.

Ohne seine eigenen Handlungen wirklich zu registrieren, hatte Christian begonnen, sich über die Fläche des gelb-weißen Kalk-Dreiecks zu bewegen.

Ein Stück Luft raste leuchtend an ihm vorbei und landete mit einem eigenartigen, harten Klatschen zu seinen Füßen. Christian stockte. Eine große Kugel aus einem grau-weißen Stoff glitzerte im Schlamm. Sie war so groß wie ein Apfel.

Darauf folgte eine Reihe von gedämpften Aufschlägen, widersinnig und furchterregend. Eine Frau kreischte. Etwas schlug seitlich gegen den schwarzen Kessel, schepperte wie der Klöppel einer Glocke und prallte mit dem Zischen und Röhren von ausgestoßenem Dampf in das Feuer darunter.

Wie unter Zwang sah Christian nach oben und verspürte den Impuls, sich flach auf den Boden zu werfen. *Steine fielen aus der Luft herab.* In diesem Augenblick kam wieder ein Lichtblitz, und jedes Teil der herabstürzenden Lawine schien zu leuchten und in Flammen zu stehen.

Christian sah, wie ein Stein einem Mann, der direkt auf der anderen Seite der Kalk-Linie stand, an die Stirn schlug. Der Stein zerbrach in zwei Stücke; der Mann fiel steif nach vorne. Das donnernde Krachen, das auf den Blitz folgte, erstickte seinen Schrei.

Die Dörfler wogten zusammen und wieder auseinander. Ihre Füße durchbrachen den magischen inneren Kreis. Sie rannten wie verängstigte Schafe im Kreis herum, und mitten zwischen ihnen wedelte der Priester mit seinen Armen wie eine Windmühle.

Der Hagel schlug in isolierten, erschreckenden Bruchstükken auf dem Boden auf, als sei über ihren Köpfen ein großes Mauerwerk zusammengebrochen. Manche Stücke hatten dic Größe von Münzen, andere die von kleinen Früchten. Eines dieser Geschosse aus verhärtetem Eis aber traf den Holzpfahl, an den Luc gefesselt gewesen war, und prallte von ihm ab: dieser Stein war so groß wie ein Backstein.

Es herrschte nun totale Panik in der Menge. Der Effekt davon war, daß sie an ein riesiges, hirnloses, reflexiv handelndes, zusammengesetztes Tier erinnerte. Ein Teil dieses Tieres breitete sich aus und brandete gegen einen der Männer mit den Gewehren. Er selbst hatte sich auf der Stelle gedreht und seinen freien Arm schützend über seinen Kopf gelegt. Nun stürzte er zu Boden, das Gewehr ging los und schickte seinen silbernen Rhombus des Todes in die Luft hinauf, in den herabstürzenden Himmel.

Ein Mädchen lag in Christians Weg. Er stieg über sie hinweg. Hagelkörner schlugen in den Schlamm und sprangen wieder hoch. Der Hagel schlug mitten in die wogende, schreiende Masse hinein.

Christian rutschte und glitt über den Schlamm, und der

Hagel rutschte und glitt über Christians Füße. Einzelne Körner prallten von ihm ab oder trafen ihn wie weißglühende Knöpfe ins Gesicht, auf Kopf und Schultern. Er erreichte Gabrielle und kniete sich neben sie hin. In der glitzernden Dunkelheit streckte er seine Hände aus. Ein Blitz kam. Alles war erstarrt, durchbohrt, gekreuzigt. Nun deutlich getrennt rollte der Donner. Seine Finger packten Blut und Haar – er sah, daß die Verwandlung stattgefunden hatte. Die Sonne war hinter einem Schleier von Geschossen aus Eis endlich untergegangen.

Die Wölfin knurrte schwach. Die Wunden waren wie verschüttetes, schwarzes Öl über ihren Rücken und ihre Flanken verteilt. Er hatte den Eindruck, als wolle sie ihn in ihrem Schmerz angreifen und verspürte eine verräterhafte Angst vor ihren blitzenden Zähnen. Ihr Kopf sank jedoch kraftlos an seine Hand, und ihre dämonischen Augen sahen wie blind aus. Wie schrecklich mußten die Verrenkungen der Verwandlung gewesen sein, der Austausch einer verletzten Haut gegen diese andere, die die genauen Verstümmelungen der ersten trug. Er wurde von Mitleid verletzt wie von einem Messerstich in die Seite. Der Hagel klatschte um sie herum auf den Boden.

Er versuchte, die Wölfin hochzuheben, aber ihre eigene Schlaffheit machte sie schwer, und als er ihren Körper fester packte, heulte sie schmerzerfüllt auf. Er konnte von ihr nur als Hündin denken. Er war nicht in der Lage, sich daran zu erinnern, daß das Gabrielle war.

Er ließ sie sanft los und gestattete es ihr, wieder in den Schlamm zu sinken. Christian wandte sich Luc zu, oder dem Tier, zu dem Luc geworden wäre. Der Platz bei dem zweiten Pfahl war leer. Dann zeigte ihm die Bombenexplosion eines Blitzes die langgestreckte, niedrige Gestalt des Hund-Wolfs, der sich weniger als einen Meter weit von ihm entfernt auf ihn zuschleppte. Automatisch stand Christian auf. Er trat zurück und sah zu, wie der junge Wolf sich an die Seite der Wölfin schleppte und neben ihr zu Boden sank.

Christian trat noch einen Schritt zurück und stolperte halb über einen Haufen von ausgestreckten menschlichen Körpern, drei oder vier von denen, die von dem Eis bewußtlos geschlagen oder irgendwo sonst in der Panik der Menge verletzt worden waren.

Von diesen Opfern daran erinnert, sah sich Christian geistesabwesend um. Der Mob war verschwunden, war in Panik durch die Hammerschläge des Hagels geflohen. Hier und da lag der eine oder andere unbeweglich, bewußtlos oder tot – er hatte keinen besonderen Grund, sich darüber Gedanken zu machen. Er konnte in dem Gewitter nicht weit genug sehen, um beurteilen zu können, wie weit der Rest von ihm weggerannt war.

Der Donner dröhnte.

Sie würden denken, daß das Wesen im Wald, ihre Lysinth-Lycanthia ihnen den Hagel geschickt hatte, um sie zu bestrafen. Oder daß die magische Kraft der gottlosen Dreifaltigkeit ihn herbeigerufen hatte.

Die Erde kam in einem großen Bogen auf ihn zugeschwungen, und er fand sich in voller Länge auf dem Boden ausgestreckt.

Fast alle Fackeln waren ausgegangen, von dem Feuer unter dem Kessel mit der Mixtur stieg Dampf auf, und dann und wann schlugen die Steine gegen das Metall des Kessels selbst und erzeugten ein unheimliches Geräusch, das an irgendeine uralte Schlacht oder an ein Turnier erinnerte ...

Christian krallte sich mit seinen Fingern in dem kalten Schleim fest und begann, sich zu dem Schloß hinüberzuzerren.

Als der Blitz wiederkam, war er dunkler. Der Donner war weiter entfernt. Die Hagelkörner fielen weiter.

Er hatte sie verraten, alle beide. Er wußte nicht, was er tun sollte, und so verließ er sie. Eigentlich hatte er sie aber schon lange vorher verraten. Als er neben ihr im Bett gelegen hatte, hatte er daran gedacht, wegzugehen, hatte es sich vorgestellt, auch wenn er noch keine konkreten Pläne gemacht hatte. Wie das Dorf und sein Verhalten war auch er ungeheuerlich. Seine Gedanken hatten vielleicht sogar wie ein Fluch gewirkt und die Katastrophe heraufbeschworen: die Warnung, die Invasion durch den Mob, das mörderische Todesfest. All das war nämlich auf seine Überlegungen gefolgt. Was könnte in einem solchen Ort, geladen mit alberner Übernatürlichkeit, wahrscheinlicher sein?

Er sah sich nun selbst, wie er halb kriechend, halb humpelnd, zu der zerschmetterten Schloßtür unterwegs war. Er sah sich mit Abneigung.

Was um Gottes willen hatte er vor? Er wollte sie doch nicht wirklich verlassen? Sicher nicht. Sie zurückzulassen, damit sie in Blut und Eis und Schlamm starben. Welche Alternative blieb ihm denn?

Er stand aufrecht in dem Hagel, der endlich nachzulassen begonnen hatte. Seine Haut war mit blauen Flecken übersät und aufgeschürft, sein Gesicht erfroren und taub, zu keinem Ausdruck fähig. Wie durch ein Wunder hatte ihn keines der größeren Hagelkörner getroffen. Nein, es war natürlich *kein* Wunder. Die Göttin in dem Wald paßte sicher auf die Ihren auf.

Er torkelte die Treppe zu der Terrasse hinauf. Sie war gefährlich glatt, und einmal wäre er beinahe gestürzt. Die Schalen der Beton-Urnen waren mit Hagelkörnern gefüllt und sahen aus wie Körbe voller unnatürlicher Eier. Vielleicht Eier des Basilisken. Er überquerte die Terrasse, stieg über die Trümmer der Tür hinweg, und er bemerkte mit einer seltsamen Unruhe, daß die Steinsäule entfernt worden war. Wann und wie war nicht klar. Vielleicht auch durch Zauberei.

Die große Halle hinter der Eingangstür war dürftig beleuchtet, und er roch sofort den fremdartigen, leicht an Pilze erinnernden Geruch des kürzlich angezündeten Gases. Und dann bemerkte er Madame Tienne, die aufrecht und bewegungslos neben dem kalten Kamin stand.

Es war wohl idiotisch gewesen, anzunehmen, sie würde mit den anderen fliehen, dachte er. Oder höchstens würde sie direkt hierher fliehen, an diesen gewohnten Ort.

Sie hielt ein Silbertablett in der Hand, und als er hereinkam, bewegte sie sich doch, kam zu ihm und bot ihm den Cognac und das Glas an, die sie auf dem Tablett balancierte. Er stieß einen Fluch aus und schlug ihr das Tablett und alles, was daraufstand, aus der Hand. Der Schlag war heftig. Sie zuckte nicht zurück. Wahrscheinlich hatte sie erwartet, daß er das tun würde.

»Schade drum«, war alles, was sie sagte. »Sie hätten gut daran getan, sich für Ihre Fahrt etwas aufzuwärmen.«

»Oh, ich fahre also weg?«

»Aber natürlich, Monsieur Dorse. Renzo hat Ihre Koffer gepackt. Sarette wird den Wagen vor die Terrasse fahren. Sarette wird Sie zum Zug fahren.«

»Der Zug ist weg.«

»Es fährt noch ein Zug, Monsieur. Um zehn Uhr. Peton ist dazu autorisiert, Ihre Fahrkarte zu besorgen.«

»Die Straße ist schlammig. Es liegt noch Schnee auf der Straße. Und der Hagel.«

»Die Straße ist ausreichend geräumt worden, Monsieur.«

»Es ist sehr beunruhigend, Madame«, sagte er, »wie Sie mich so offensichtlich loszuwerden versuchen.«

»So hatten wir es vereinbart, Monsieur.«

»Davon weiß ich nichts.«

»Doch, Sie wissen es genau, Monsieur. Sie sollten nicht verletzt werden, vorausgesetzt, Sie reisen sofort von hier ab.«

»Und Gabrielle«, sagte Christian. »Gabrielle und Luc de Lagenay. Was ist mit ihnen? Ihr verrücktes Dorf hat die Flucht ergriffen, bevor es seine Angelegenheit abgeschlossen hatte.«

»Der wahre Zweck des Exorzismus«, sagte sie, »ist zu töten. Ich denke, das ist Ihnen klar. Sie sind zu schwach, um sich rühren zu können. Welche Form sie auch einnehmen; bis zum Morgen sind sie tot.«

»Aha«, sagte er. Er sah in die Asche in dem Kamin. »Was haben Sie von dem Hagelwetter gehalten, Madame?«

»Dann und wann gibt es zu dieser Jahreszeit ungewöhnliches Wetter.«

»Eine ziemliche Unterbrechung.«

»Wenn Sie so wollen.«

»Ihre Seite hatte einige Opfer zu beklagen, Madame.«

»Und sie sind abergläubisch im Dorf.«

»Das sind sie. Ich möchte bloß wissen, warum.«

»Ich würde Ihnen vorschlagen, Sie beeilen sich mit Ihrer Abreise, so sehr Sie können, Monsieur.«

Christian zuckte die Achseln.

»Nun gut.«

Er sah sich genau in der Halle um und bemerkte zum erstenmal seine Koffer, sogar seine Kiste, die für die Reise bereit an der Wand aufgestapelt waren.

»Sie haben natürlich legal gesehen kein Recht, das zu tun.«

»Nicht das geringste. Man könnte aber sagen, daß wir in einer so sehr von feudalen Gesichtspunkten bestimmten Gegend Rechte haben, die aus dem Land stammen, aus seinem Geist.«

»Was werden Sie anfangen, wenn ich weg bin und das Haus abgeschlossen ist?« fragte er sie aus bloßer Neugier. Seine Gedanken begannen, sich impulsiv anderen Bereichen zuzuwenden.

»Wir werden uns eine andere Stelle suchen.«

»In dem Gasthaus vielleicht? Vor Vergewaltigung brauchen Sie ja wohl jetzt kaum noch Angst zu haben, was, Madame?«

Er schlenderte auf die Treppe zu. Die schönen Teppiche und der Holzboden waren mit einer dicken Schlammschicht überzogen, wo der Mob darauf herumgetrampelt war.

»Wohin gehen Sie?« fuhr sie ihn an.

»Ich werde meinen Mantel brauchen.«

»Renzo wird ihn holen.«

»Renzo kann zur Hölle fahren, und Sie auch, Madame.« Er ging sechs Stufen hinauf, drehte sich um und sah ihr in ihr Emaille-Gesicht. »Gönnen Sie mir das«, sagte er. »Ich möchte eine kleine Auswahl von Büchern aus der Bibliothek meines Großvaters mitnehmen.«

»Also gut«, sagte sie. »Aber machen Sie so schnell Sie können.«

»Verdammt nochmal«, sagte er, »es dauert noch mehr als fünf Stunden, bis der Zug kommt.«

Kurz vor der Spitze der Treppe packte ihn Müdigkeit. Er lehnte sich kurz an die Beugung des Treppengeländers. Eine letzte, leichte Salve von Hagelkörnern schlug auf das indigofarbige, runde Fenster, das nun schwarz war. Es war ein Wunder, daß es nicht zerbrochen war.

Es war ein Wunder, daß er selbst nicht zerbrochen war. Oder vielleicht war er das in einer versteckten Weise.

Er erreichte die Galerie, ging durch sic und in den Gang.

Der Astrachan-Mantel lag im Wohnzimmer auf einem Sessel, wohin er ihn erst vor ganz kurzer Zeit geworfen hatte. Während er ihn anzog und zuknöpfte, ging er hinüber in das Schlafzimmer. Er sah langsam alles an, überrascht, daß ihm nichts davon etwas bedeutete. Er ging weiter in die Bibliothek und nahm beliebig ein großes Buch mit Essays an sich.

Er kam aus der großen Suite zu der Galerie zurück und blieb stehen. Madame war aus der Halle unten verschwunden. Christian ging mit schnellen Schritten zu dem Gang hinüber, der zu dem vorderen Teil des Schlosses führte.

In dem Zimmer, in dem sie Wache gehalten hatten, war der Haufen Gewehre von den Eindringlingen zwar durchwühlt, aber nicht verteilt worden. In dem Haufen war eine Pistole, eine Pistole mit Perlmutteinlagen am Griff. Er hatte bisher nicht daran gedacht, sie zu benutzen, weil er ihrer Genauigkeit nicht traute. Nun nahm er sie und schob sie zwischen die Seiten des Buchs. Christian nahm das dicke Paket unter den Arm, drückte es eng an sich und ging durch die Galerie zurück, hinunter in die Halle.

Es war noch immer niemand da. Nur das aufgestapelte Gepäck bestätigte die Last der Abfahrt.

Nach einem Moment stürmte er in alberner Wut zu der Tür zur Terrasse und riß sie auf. Renzo stand auf der Schwelle davor.

Der junge Mann glotzte ihn mit kirschroten Wangen und außer Atem an. Er machte genau den Eindruck eines kleinen Diebs, der bei seinem Verbrechen erwischt worden ist. Christian trat dramatisch zur Seite, um ihn vorbeizulassen.

»Na los, worauf warten Sie noch.«

Renzo rannte wie ein erschrecktes Kaninchen durch die Halle zu Christians Gepäck.

Es war das Spiegelbild seiner Ankunft, alles war umgekehrt. Selbst seine Angst war umgekehrt worden. Er war mit der Angst vor seinem eigenen Tod hergekommen. Er reiste ab mit der Angst vor dem Tod von anderen.

Der Wagen glitt schwerfällig um die Seite des Hauses herum. Seine Scheinwerfer zogen vor ihm her, und er hielt unter der Terrasse an.

Als der Hagel wieder anfing, fiel er in dünnen, harten Schwaden, die von den Scheinwerfern beleuchtet wurden. Seine Körner waren nur noch so groß wie Bohnen und Stecknadelköpfe. Die Basilisken-Eier in den Urnen schmolzen. Sarette stieg aus dem Wagen aus. Er trug einen Zylinder. Er lehnte sich an den Wagen, verschränkte seine Arme und wartete.

Die Straße war geräumt, und der Hagel schmolz. Sie brauchten nicht aus ihren Häusern zu kommen, die Dörfler, um Christian zu beobachten, wie er auf dem Weg zu seinem Exil vorbeigefahren wurde. Warum sollten sie auch? Ihre gräßliche Aufgabe war getan. Außerdem hatten sie Angst. Der Hagel hatte sie von ihrer Magie vertrieben, bevor sie ganz abgeschlossen gewesen war. Der Hagel war die Geißel, das Zeichen des Zorns der Göttin im Wald, zu deren Besänftigung sie junge Mädchen ermordeten. Würden sie nun zu dem Stein-Obelisken beten, oder in der teilweise katholischen Kirche hocken? Denn auch dort war sie und grinste von dem Fenster herab, und ihre Wolfslilien schäumten über ihre Arme.

Renzo rannte die Treppe herauf und herab, ein schlaues Kaninchen, dem man es beigebracht hatte, Koffer zu tragen. Die Glätte der Stufen schien ihn nicht aufzuhalten.

Christian ging zu dem Wagen hinunter. Sarette zuckte in Habacht-Stellung. Er legte seine Handfläche auf den Griff der Wagentür. Christian musterte ihn.

»Wie schade, daß Sie abreisen, Monsieur«, sagte Sarette. »Die Wälder sind so gut für Ihre Gesundheit.«

Renzo hatte den letzten Koffer hergebracht und verstaut. Er zögerte und starrte Christian an, während Christian seinen Blick gnadenlos erwiderte. Sein Herz raste in seiner Brust. Wenn Renzo wegrannte, wie er das bald tun würde, mußte Christian mit Sarette sprechen. Er wußte nicht, wie Sarette reagieren würde, wenn er die Worte hörte: Ich habe eine Pistole, die direkt auf Sie zielt. Vielleicht würde Sarette die Behauptung nicht glauben. Es könnte zu einem Kampf kommen, den man vom Schloß aus sehen könnte. Sarette würde ihn überwältigen, und vielleicht würde ihn das zwingen, die Waffe zu gebrauchen, die dann eine Fehlzündung hätte –

»Monsieur«, sagte Renzo schmerzerfüllt, »es tut mir leid.«

»Wirklich?« sagte Christian. Was spielte die dumme Lüge dieses Bauern schon für eine Rolle? Christian wünschte sich inständig, er würde verschwinden, und als würde er das bemerken, drehte sich Renzo um und ging, nun rutschend und ungeschickt, die Treppe hoch.

Christian änderte seine Position, so daß er mit dem Rükken zum Haus stand, und zog das schwere Buch unter seinem Arm hervor. Seine Finger schlossen sich um die seidenweichen Einlegearbeiten der kleinen Pistole zwischen den gebogenen Buchdeckeln.

Sarette fummelte an der Autotür herum. Er hatte sich halb abgewendet und wußte noch nicht, was sich abspielte.

»Sarette«, sagte Christian, »ich habe eine Pistole, die direkt auf Sie zielt.«

26. KAPITEL

Die Hütte

Sarette unternahm doch nichts Offensichtliches; er verharrte einfach in seiner Stellung, die halboffene Wagentür in der Hand, seinen Kopf mit dem Zylinder darauf leicht nach vorne geneigt. Sein Gesicht war teilweise abgewendet gewesen, und das blieb es auch. Eine Stille folgte. Keiner der beiden Männer rührte sich. Schließlich hatte Christian das Gefühl, er sei als Aggressor an der Reihe, wieder etwas zu sagen.

»Haben Sie gehört, was ich zu Ihnen gesagt habe, Sarette?«

»Ja, Monsieur Dorse. Ich habe Sie gehört.«

»Sie fragen sich jetzt wahrscheinlich, was wir als nächstes anfangen werden.«

»Nein, Monsieur.«

»Dann sollten Sie es.«

Sarette lehnte sich weiter nach vorne an die Tür.

»Ich möchte Ihnen versichern, Monsieur, daß ich nichts zu tun hatte mit – mit dem, was passiert ist. Ich bin nicht mit den anderen mitgekommen. Ich bin nicht hier geboren, Monsieur.« Seine Stimme war ganz neutral, und er klang nicht beunruhigt. Er erläuterte lediglich die Tatsachen.

»Ihr Vater ist hier geboren. Mein Gott, was spielt das für eine Rolle? Ich sage Ihnen, was Sie tun sollen.«

Sarette wartete geduldig mit abgewendetem Gesicht, und Christian war nun überzeugt davon, daß Sarette ihm auf jeden Fall gehorcht hätte und daß es nicht nötig gewesen war, ihn mit der Pistole zu bedrohen. Christian kam sich plötzlich lächerlich vor, wie er mit der Pistole aus dem Buch heraus zielte.

»Sie werfen jetzt den Wagen an, und wir steigen ein, Sie und ich. Wir werden über den Graben fahren, und dann die

Straße entlang. Ungefähr einen Viertelkilometer von dem Haus entfernt steht auf dem höheren Gelände eine kranke Linde. Wenn wir auf der Straße ungefähr so weit gefahren sind, halten Sie den Wagen an.«

Wieder standen sie schweigend da. »Wollen Sie nicht wissen, was ich danach von Ihnen verlangen werde?« sagte Christian.

Sarette schüttelte den Kopf. Seine Stummheit war das erste Anzeichen dafür, daß er möglicherweise Angst haben könnte.

»Also los«, sagte Christian. Er ging hinter Sarette um den Wagen herum, noch immer mit dem Rücken zum Schloß. Die Pistole ragte noch schief aus dem Buch heraus. Als der Motor lief, stieg Sarette auf den Fahrersitz. Als auch Christian saß, ließ er das Buch fallen. Die Pistole hielt er über seinem Mantel auf dem Schoß.

Sie fuhren über die Brücke die Straße entlang. Wenn jemand sie vom Schloß aus beobachtete, war er oder sie wahrscheinlich zufrieden.

Mit einer Gleichgültigkeit, die zu groß war, um etwas anderes als eine Tarnung für ein bestimmtes Gefühl zu sein, dachte er, daß er diese Stufen nie wieder betreten, nie wieder über diesen Graben und dieses Stück Kiesstraße fahren würde.

Christian konnte die Linde in der Dunkelheit außerhalb des Lichtkegels der Scheinwerfer nicht sehen, nur überall das Chaos von zertrampeltem Schlamm.

Er sah zurück. Auch das Schloß hatte sich in die Nacht zurückgezogen, und seine schwachen, unsteten Lichter waren unsichtbar. Und er würde es nie wiedersehen.

Der Wagen hielt abrupt an. Eine letzte Hagelsalve prasselte über das Dach und war vorbei.

»Ausgezeichnet«, sagte Christian. »Jetzt steigen Sie aus.« Sie verließen den Wagen. »Gehen Sie auf den Baum zu.« Sarette gehorchte, stieg aus dem Auto aus und starrte über den Schlamm. Selbst jetzt konnte Christian die Linde nicht ausmachen. »Wissen Sie, wohin Sie gehen?« Wieder nickte Sarette.

Christian ging hinter Sarette her und sagte leise: »Hier sind irgendwo zwei Wölfe. Zwei verletzte und blutige Wölfe. Wir werden sie mit unseren Armen aufnehmen, Sarette, wie der gute Hirte seine Schafe. Wir werden sie zum Wagen tragen. Oder ich kann Sie sofort erschießen.«

Sarette stampfte weiter. Seine Schultern waren gesenkt, und Christian konnte nicht erkennen, ob er Angst hatte, angeekelt oder verwirrt war, oder ob das gesamte Ereignis wie für Christian irreal war.

In der Dunkelheit schien es, als gingen sie durch Schichten aus feiner, aber kaum durchdringlicher Wolle. Der Himmel, nun leer von Hagel, leer von allem, zeigte weder Mond noch Sterne. Seine gesamte Fläche war kaum farbloser als das Land. Dann tauchte die Linde auf, zerknittert auf seiner Palette aus stumpfem Purpur.

Plötzlich war die Situation wieder unangenehm vertraut, denn die kleinen Pfähle steckten noch immer im Boden, und der Kessel mit der teufelaustreibenden Flüssigkeit ruhte noch auf dem aufgeschichteten Holz, das nicht mehr brannte. Ein oder zwei Flecken von weißlichem Kalk leuchteten, als würden sie phosphoreszieren.

Christian musterte die Szene, wie er auch die anderen Szenen genau gemustert hatte, das Schlafzimmer, den ganzen großen Raum der nächtlichen Landschaft. Sein Herz pochte regelmäßig wie eine Uhr. Luc und Gabrielle waren verschwunden.

Christian war bestürzt, denn es wurde ihm klar, daß sein Irrtum kein Irrtum gewesen war. In Wirklichkeit hatte er doch sicher die ganze Zeit gewußt, daß sie, wenn sie am Leben waren, ebensowenig hierbleiben würden wie er im Schloß.

Er beugte sich zu den Pfählen herunter. Er glaubte, den Eindruck ihrer wölfischen Körper erkennen zu können. Ein Durcheinander von Pfotenabdrücken aber konnte auch eine

Illusion sein; wie auch immer, sie würden sich sowieso bald in dem aufgewühlten Schlamm verlieren. Es schien ihm, als könne er ihr Blut riechen, das in kleinen gelierten, schwarzen Pfützen auf dem Boden verteilt war. Plötzlich bemerkte er Fetzen von ihrem zerrissenen Hemd, die von ausgestreuten Kalkstückchen auf die Erde gedrückt wurden.

Er war eine Stunde oder mehr weggewesen. Natürlich, warum sollten sie auch hierbleiben? Sie hatten zu schwach gewirkt, um sich zu irgendeinem Ort entfernen zu können, aber die animalische Kraft in ihnen, ihr Instinkt ... Er hatte der Tienne und dem Bild, das sie ihm geschildert hatte, geglaubt, zwei Kadaver, die, eingeschlossen in ihren magischen Kreisen, langsam steif wurden. War es möglich, daß sie es nicht gewußt hatte, daß die beiden sich zurück in den Wald schleppen würden, als die Menge weggelaufen war? Als er weggelaufen war?

»Ja, Monsieur?« fragte Sarette, als hätte Christian etwas gesagt.

»Ja«, sagte Christian. Er ging in dem Schlamm umher, und die Pistole baumelte nutzlos von seinen Fingern herab.

»Kommen Sie mit, Monsieur«, sagte Sarette.

So behandelten sie doch Verrückte, oder? Die feste Hand unter dem Ellbogen. Sarette half ihm durch den Schlamm zurück zum Wagen.

Christian ließ es zu. An irgendeinem Punkt fiel die Pistole aus seiner Hand in den Schlamm.

»Wo sind sie, Sarette?« sagte er.

»Sie wissen es doch, Monsieur.«

Die Scheinwerfer des Wagens rissen die Dinge heftig aus der Dunkelheit heraus. Die Steinhunde, die Säulen der Bäume. Kurz darauf begannen Speere aus Regen schräg durch die Nacht zu fallen.

Ich gehe weg. Ich werde nichts davon jemals wiedersehen.

»Wahrscheinlich weiß ich es tatsächlich«, sagte er. »Sie meinen die verfallene Hütte im Wald.«

Er erinnerte sich an das Bett mit den bestickten Vorhängen, und an die häßliche Metallbadewanne. Der Herd. Der Duft von Gabrielles Zigaretten. Ihr Körper. Die Schierlingstanne. Luc, der wie ein junger Dionysos neben dem Baum erschien. Etwas in Christian schmerzte ihn, ein leichter, lästiger Schmerz, ein eingerissener Nagel der Seele.

Sarette fuhr vorsichtig auf dem eisigen Kies. Die Hagelkörner hatten sich alle aufgelöst.

Christian schloß die Augen. Er bemerkte es nicht einmal, daß sie durch das Dorf fuhren. Sicher war es düster und still gewesen, erstickt wie die Bäume.

In dem Bahnhofsgebäude, in einem seltsamen, nachträglich eingebauten Raum war ein Feuer angezündet worden. Eine Petroleumlampe mit einem grünlichen, geschmückten Schirm, der aussah, wie der Panzer eines Insekts, stand auf einem wackligen Tisch neben einem wackligen Stuhl.

Peton, der Gepäckträger, erschien und begann, Christians Koffer in das Zimmer zu schaffen.

Sarette saß wortlos in dem Auto wie die Karikatur eines Mannes im Zylinder, und schließlich, nachdem das gesamte Gepäck die Treppe hinauf in den Raum neben dem Bahnsteig geschafft worden war, fuhr er es weg.

Peton hastete in dem Raum umher. Er legte Holzscheite auf das Feuer. Er holte eine Fahrkarte hervor und legte sie stolz vor Christian auf den Tisch. Der Mann war jedoch nervös. Er schwitzte in der Kälte, und die bleistiftstrich-dünnen Haarsträhnen auf seinem Kopf hatten sich gelöst und flatterten zart wie Mottenflügel um sein Gesicht herum. Er sagte etwas zu Christian in hartem Dialekt. Er mußte es einige Male wiederholen, bevor Christian die Worte verstand. »Wein, Monsieur. Trinkt Wein. Soll ich Wein bringen? Ich bringe Euch Wein?«

»Nein.«

Aber Peton ging hinaus und kam schnell wieder mit einer grauen Flasche und einem trüben Glas, das er neben die Fahrkarte stellte.

Christian starrte die Flasche an. Schließlich sagte er zu Peton: »Warum haben Sie mir den Pfad gezeigt?«

»Wie bitte, Monsieur?«

»Der Pfad. Zu dem Haus der de Lagenays. Die Hütte. Warum?«

»Ich habe Euch nie dorthin geführt«, sagte Peton.

»Sie wissen es doch, daß Sie es getan haben.«

»Nein.«

»Ja.«

»Ihr habt mich gezwungen, Euch hinzubringen«, sagte Peton.

»Und wie habe ich das fertiggebracht?« fragte Christian. Es verging eine Minute, aber vielleicht hätte es mehr sein können, bis er aufsah. Peton war verschwunden.

Christian saß in dem Warteraum. Das Feuer flackerte auf dem Rost und machte durch den fröhlichen, gemütlichen Eindruck, den es vermittelte, die Depression, die über dem Raum lastete, noch weit schlimmer. Wie Peton schwitzte auch die Weinflasche und bildete auf dem Tisch einen seichten See.

Eine Stunde, vielleicht zwei Stunden, schwebten durch den Bahnhof und waren vorbei. Christian hatte die Vorahnung, daß der Zug, vielleicht durch noch nicht geschmolzene Schneeverwehungen oder einen durch das Tauwetter ausgelösten Erdrutsch aufgehalten, nicht eintreffen würde.

Er ging zu dem Feuer und legte nach. Er lief in dem Raum herum, von der linken Ecke bei der Tür zum Bahnsteig zu der rechten Ecke bei der Tür nach draußen, die zu der Treppe und der Straße führte; von der rechten Ecke zur linken.

Er versuchte zu raten, wo Peton wohnte. Er versuchte sich die Unterhaltung vorzustellen, die Sarette bei seiner Rückkehr mit Madame Tienne führen würde. Die Dienstboten würden in dem Haus bleiben, bis sie wieder formell entlassen wurden. Selbst wenn das Haus verschlossen war, würden sie wahrscheinlich eindringen. Der sicherste Weg wäre es wahrscheinlich, das Schloß abbrechen zu lassen. Er stellte es sich vor, wie es brannte und hohe Flammen aus seinen Kaminen und Fenstern schlugen.

Er dachte an die Stadt. Er dachte an die weichen Lichter auf den Boulevards, die von einem Heiligenschein von Sommer-Insekten umgeben waren, und an die Kapellen, die auf den Plätzen spielten. Er dachte an Annelise in einem riesigen, weißen Schiff von Hut, das unter vollen Segeln stand. An das Musik-Konservatorium. An ein Lied.

Je pense que dans leurs luminères
Je vois lex yeux de ceux qui m'aiment.

Was mache ich eigentlich hier?

Er setzte sich wieder hin. Er legte seine Arme auf den Tisch, und seinen Kopf auf einen Arm, wie ein müdes Kind.

Er dachte an die Hütte. An ihr Blut, ihre brennenden, gequälten Augen. Die Augen der Wölfe.

Warum hatten sie ihm nicht getraut und gewartet, bis er zurückkam? Wie entsetzlich schlau von ihnen, zu wissen, daß man ihm nicht vertrauen konnte.

Sein Haß gegen sich selbst stieg in ihm auf. Er würde ihn ertragen müssen.

Er spielte am Rand des Meeres. Frauen mit Sonnenschirmen schlenderten auf und ab. Eine zielte mit ihrem Sonnenschirm auf das Meer und feuerte ihn ab. Ein toter Fisch klatschte heraus auf den Sand. Die Wellen waren in Wirklichkeit Klaviertasten. Als er auf sie trat, spielten sie, aber sie waren verstimmt. Gabrielle hielt ihn an der Hand. Gabrielle war seine Mutter. Sein rotes Haar wehte ihm in die Augen, und er sah, daß die Nägel ihrer Zehen und Finger ebenfalls rot waren. Er schlug nach dem toten Fisch, und eine Flasche rollte von dem Tisch und zerbrach auf dem Boden des Bahnhofs-Warteraums.

Es war Morgen, ohne Wärme, ohne Farben. Der Regen hatte aufgehört, und der Zug war nicht gekommen.

Christian schaute sich um und sah, daß seine Koffer noch immer auf den Fußbodenbrettern aufgestapelt waren.

Kurz darauf ging er auf den Bahnsteig hinaus. Der Fahrgastanzeiger war hochgestellt, das Signal für den Zug, daß er anzuhalten habe. Die nassen Zweige der Bäume und der Wind, der über die Schienen wehte, waren das einzige, was sich rührte.

Wenn der Zug eingetroffen wäre, so hätte sich Peton sicher auch eingefunden, ihn aufgeweckt und ihn in den Zug geschoben. Nein, der Zug hatte Verspätung.

Vage verwirrt ging Christian in den Warteraum. Er öffnete die Tür nach außen und ging die Treppe hinunter.

Der Wald lag wie eine Nebelbank auf der anderen Seite der Straße.

Als er die Straße erreicht hatte, begann er zu laufen, aber bevor er in die Nähe des Dorfs kam, verließ er die geschotterte Straße und schwenkte zwischen die Bäume.

Weit entfernte Schluchten verloren sich zwischen den Türmen der Kiefern; Hänge stiegen auf. Lärchen schienen ihn mit ihren Zweigen anzustarren. An die Schwankungen von Licht und Schatten erinnerte er sich noch gut, und sie beunruhigten ihn kaum noch. Wieder roch er den scharfen Harzgeruch, die undeutlich an Schokolade erinnernde Schwere des Bodens, alten Rauch. Die noch übrigen Flekken von Schnee waren körnig und durchsichtig, eine Art Fischhaut.

Er ging durch den Friedhof des Dorfs, und die schwarzen Schultern der Gräber trugen noch Achselstücke aus Schnee.

Der Wald war für ihn kein unbekanntes Gelände mehr. Er schien ihn nun zu kennen, ebenso, wie er jetzt die Geographie des Schlosses kannte. Was aber bedeutete das schon? Nur, daß er sich darin zurechtfinden konnte.

Zwischen den Baumstämmen konnte er kurz das Dorf erkennen. Es sah weit entfernt aus, und nichts schien sich zu rühren. Irgendwo blökte ein Schaf, aber das hätte auch von einem anderen Planeten kommen können. Nichts war bedrohlich, nichts war wichtig.

Langsam wurde Christian erschöpft. Der lange Weg bergauf hatte ihm den Mut genommen, oder vielleicht war auch Besorgnis, eine Vorahnung dafür verantwortlich.

Alles war so eigenartig normal. Als habe die schreckliche Invasion des Schlosses, das Fest heidnischer Magie, nie stattgefunden. Selbst die beiden gekreuzten Knochen sahen alltäglich und kaum feindseliger als ein Wegweiser aus, als er sie erreichte.

Der alte, unregelmäßige graue Schnee, wie das graue Glas von Petons zerbrochener Weinflasche, lag in großen Schuppen neben dem Pfad. Der Schierlingstanne war es schlecht ergangen. Einige ihrer Zweige waren unter der Last des Schnees abgebrochen, bevor der Schnee selbst von jenen dunklen Nadeln herabgerutscht war, die so sehr ausgefransten Vogelflügeln ähnelten. In dem Schnee hatte sich eine blaßgrüne Blume, von dem Tauwetter oder von der Verzauberung des Orts irregeführt, hochgeschoben und ihren Weg in die Welt freigemacht. Die Kälte würde sie umbringen, wenn sie sich wieder über das Land senkte. Christian blieb stehen und betrachtete die Blume, nun endlich nur noch ungern bereit, weiterzugehen. Vielleicht war alles wie diese Blume gewesen: verfrüht und kraftlos. Leicht zu zerstören.

27. KAPITEL

Die Abreise

Er sah die Waldlichtung zuerst, die nebelverhangene Senke, die Felsen, die dahinter wie ein Wasserfall anstiegen, und die blau-grauen Fichten, die sie bedeckten. Und dann, wie bei der letzten Gelegenheit, der Steinhaufen, der vielleicht ein Teil eines Tempels der Göttin war, die man hier unter dem Namen Lysinth kannte.

Die Hütte schien wie die Schierlingstanne unter dem Schnee gelitten zu haben, wenn auch in einer weniger leicht definierbaren Art. Zweifellos hatte sie schon viele Winter überstanden, ebenso wie die beiden, die hierher zurückgekehrt waren, viele Winter des Herzens überstanden hatten. Ein Rauchfaden stieg aus dem Schornstein über dem Dach auf.

Wie gebannt blieb Christian weniger als einen Meter vor der Tür stehen. Letztesmal war er hineingeplatzt. Diesmal brachte er es nicht über sich, näherzukommen. Und als er dort stand, in dem Meer des Waldes treibend, ging die Tür auf.

Gabrielle kam heraus. Sie war in verschiedenartige Felle eingewickelt, die im Licht eine gewisse Schäbigkeit zeigten, und trug einen großen Tonkrug in der Hand – offensichtlich mußte in der Nähe ein Brunnen oder eine Quelle sein. Ihr Haar war auf ihrem Kopf in Knoten hochgebunden. Sie sah blaß und unattraktiv aus, ihre Lippen waren trocken, aber ihre Augen waren glänzende Flecken aus Blei, einer schmal, einer groß. Auf ihrer linken Wange war eine tiefrote Blase, und er erinnerte sich an die kochendheiße Flüssigkeit, die über sie geschüttet worden war. Sie schien nicht verblüfft, ihn dort vorzufinden, aber als sie sprach, richtete sie sich an einen völlig Fremden.

»Was wollen Sie, Monsieur?«

»Großer Gott«, sagte er, »du lebst noch.«

»Ach, leichte Prügel«, sagte sie. »Man erholt sich davon.«

»Gabrielle –«, sagte er.

»Ja?«

Er hatte noch nie eine so unerreichbare Härte in dem Gesicht einer Frau gesehen, das ihm zugewendet war. Härte, die vielleicht erweicht werden könnte, sicher. Härte, die vielleicht zu durchbrechen war, wie auch die Tür einmal durchbrochen worden war. Aber das. Sie beobachtete ihn hinter einer Scheibe aus Diamant.

»Du solltest nicht hier sein«, sagte er. »Warum bist du hierhergekommen? Bist du völlig verrückt? Glaubst du vielleicht, sie würden dich jetzt in Ruhe lassen?«

»Vollständig, würde ich meinen.«

Sie bewegte sich unwillkürlich und vergaß dabei wohl ihren Zustand, und der Schmerz von ihren Verletzungen mußte sie gepackt haben. Ihr Mund ging weit auf, aber es kam kein Schrei heraus, und ihr Gesicht färbte sich beängstigend rot. Einen Moment dachte er, sie würde stracks nach vorne auf es fallen, und er rannte zu ihr und packte sie an den Armen, um sie festzuhalten.

Bei seiner Berührung wurden ihre Augen wieder klar, und dann passierte mit ihrem Gesicht etwas noch Schrecklicheres. Es wurde wieder blaß, schön, und die Lippen zogen sich in dem Zähnefletschen des Wolfs zurück, das ihm bisher immer lächerlich vorgekommen war, wie eine Clownsgeste. Sie aber fletschte ihre Zähne und überzeugte ihn.

»Gabrielle«, beharrte er in dem Versuch, sie zu sich selbst zu bringen, »du kannst nicht hierbleiben.«

»Und wohin werdet Ihr mich bringen?« fragte sie spöttisch. Sie klickte die gezackten Kanten ihrer Zähne zusammen. Ihre Augen hatten ihre Farbe geändert und waren nun schwarz.

»Luc?« fragte er.

»Es geht ihm schlechter als mir, aber er lebt. Er lebt, Monsieur le Seigneur. Er wird sich erholen. Wir werden uns beide erholen. Ist dir nicht klar, wie *stark*, wie *vital* wir sein müssen, um die ständige Verwandlung des Fleischs durchmachen zu können? Das Dorf vergißt solche Dinge.«

»Das Dorf wird hierherkommen und euch holen.«

»Wo sind sie denn?« fragte sie.

Er ließ einen ihrer Arme los, hob seine Hand, um ihr über die unverletzte Wange zu streicheln, und als er das tat, zog sie ihren Kopf zurück und spuckte ihm ins Gesicht.

Zurückgestoßen, entsetzt sprang er von ihr weg.

Sie lachte, ein kurzer Laut abgrundtiefer Verachtung, und ging neben ihm um die Hütte herum. Sie ging langsam, und als die Felle etwas von ihr abrutschten, sah er ihr Unterkleid aus getrocknetem Blut.

Zitternd und sie verfluchend trat er in die Hütte ein.

Der Herd hatte sie gewärmt. Luc lag mit dem Gesicht nach unten nackt auf dem Bett ausgestreckt. Sein Haar war im Genick grob abgeschnitten worden, um die Wunden auf seinem Rücken nicht zu reizen. Er schien in einen fiebrigen Schlaf versunken und wälzte sich in einem lethargischen Rhythmus hin und her wie auf der Dünung eines Ozeans.

Christian stand hilflos da, sah ihn an und wartete darauf, daß die Frau wieder hereinkam. Während er wartete, wischte er sich geistesabwesend ihr Gift von der Haut.

Sie kam aber nicht sofort zurück, und plötzlich drehte sich Lucs Kopf auf dem Kissen um, das sichtbare Auge öffnete sich und erwiderte Christians Blick.

Christian trat unsicher vor. Das Auge folgte seinem Weg. Es war schläfrig, aber doch seltsam eindringlich.

»Sie sagt«, sagte Christian unbeholfen, »daß es dir schlecht geht, daß du dich aber erholen wirst.«

Luc sagte nichts. Sein Gesicht war unversöhnlich. Das Gesicht von jemand, den Christian unter keinen Umständen jemals getroffen hatte. Das Auge wurde vorsätzlich geschlossen, so wie jemand das freundliche Licht hinter einem Fenster auslöschen würde. Luc vergrub sein Gesicht wieder in den Tiefen des Kissens.

Christian ging zu dem Herd und blieb dort stehen, um weiter auf Wahrheit oder Strafe, oder einfach nur auf eine Erklärung zu warten.

Als Gabrielle wieder hereinkam, war der Krug voll, und sie stellte ihn schwer ab. Auch sie ging auf den Herd zu, und Christian ertappte sich dabei, wie er sich automatisch zurückzog.

Sie ging an ihm vorbei, als sei er unsichtbar, und kniete sich neben den Herd. Es war deutlich, daß sie nicht sitzen und wie Luc nur auf dem Bauch liegen konnte.

»Ich frage dich noch einmal«, sagte sie kurz darauf zu Christian, sah ihn dabei aber nicht an. »Was willst du?«

»Ich möchte euch sicher sehen.«

»Wie würdest du das bewerkstelligen?«

»Ich habe keine Ahnung, Gabrielle.«

»Dann bist du ein Narr.«

»Offensichtlich.«

»Geh«, sagte sie. »Das ist es doch, was du willst.«

»Hör mir zu«, sagte er.

»Nein«, sagte sie, »hör du *mir* zu.« Sie hob ihren Kopf, und er begegnete ihren schrecklichen Augen ein zweitesmal. »Wir sind sicher. Doch, das sind wir. Wenn du weggehst, sind wir noch sicherer. Man wird uns tolerieren, hassen, ausweichen. Wir werden aber sicher dabei sein. Genau wie früher.«

»Wie kannst du das sagen –«

»Sie haben nichts zu befürchten. Sie wissen das jetzt.«

Luc lag auf dem Bett und flüsterte in sich hinein. Gabrielle stand sofort auf. Sie ging zu ihm, berührte leicht seinen Kopf, nahm seine Hand und drückte sie ruhig an sich. Ihre rostroten Nägel paßten perfekt zusammen und schienen in vergossenes Blut getaucht – ihr eigenes?

»Das ist doch Unsinn, was du da sagst«, erwiderte Christian. Er fror in dem warmen Zimmer und schlang seine Arme um seinen Körper.

»Ich werde es dir sagen«, sagte sie. »Hör mich an.«

»Also gut.«

»Das Dorf hat die Einheit der Drei gefürchtet, den Seigneur mit den beiden Wölfen im Wald. Das Dorf hat aber ganz deutlich gesehen, daß es zwischen den Dreien keine Einheit gegeben hat und keine Kraft. Sie haben dich gesehen, Christian. Sie haben gesehen, daß du kapituliert hast, als sie gekommen sind, um uns zu holen. Du hast es zugelassen, daß sie uns geholt haben. Du hast es zugelassen, daß sie uns ausgepeitscht und verbrüht haben. Du hättest es zugelassen, daß sie uns abschlachten.«

Wieder zog er sich zehn oder zwanzig Zentimeter vor ihr zurück.

»Das ist eine Übertreibung. Ich hatte kaum eine andere Wahl.«

»Wirklich nicht?«

»Du weißt doch, daß ich genauso gefesselt war wie ihr, aber sorgfältiger, vermute ich.«

»Ja«, sagte sie. Sie machte sich nicht mehr die Mühe, ihn anzusehen.

»Was sollte ich denn tun?« platzte er heraus.

»Oh«, sagte sie, »alles bis auf das, was du getan hast, denn du hast *nichts* getan.«

Die Ungerechtigkeit ihrer Beschuldigung erfüllte ihn mit Bitterkeit. Jedes Ereignis raste ihm durch den Kopf und mühte sich ab, seine Lippen zu erreichen, damit er es ihr ins Gesicht schreien könnte: Seine Verteidigung der beiden mit den Gewehren – von denen das erste versagt hatte – die Flut von Menschen, die die Treppe hinaufströmte und ihn überwältigte; der Stuhl, der umstürzte und ihn begrub; seine Rückkehr durch den Schlamm zusammen mit Sarette – und doch sagte er von all dem nichts, sondern nur: »Ich habe alles getan, was mir eingefallen ist. Ich entschuldige mich dafür, daß ich nicht der Zauberer bin, für den mich dein Dorf gehalten hat.«

Sie warf ihm einen einzigen blitzenden Blick zu. Er war wie ein Schwertstreich. In seinem Glanz wurde ihm klar, was er gesagt hatte, er erkannte die beeindruckende Bedeutung seiner Worte, und dann begriff er langsam. Die erbärmliche, unglaubliche Erklärung fiel ihm schließlich aus der Luft zu.

Wenn ihm tatsächlich die geheimnisvolle Dreifaltigkeit mit diesen übernatürlichen Wesen gelungen wäre, so hätten sie nach dem Glauben des Dorfs eine Macht und eine Zauberkraft erhalten, sie alle drei, und besonders er, dem nach der Tradition die Rolle des Zauberers zufallen mußte. Diese Kraft, eine unvorstellbare Macht, die weit größer und zerstörender als die unbedeutende Belästigung durch den Hagel gewesen wäre, war nicht in ihn gefahren, und das hatte dem Dorf bewiesen, daß es eigentlich nichts zu fürchten gab. Die alten Sagen sollten sich nicht wiederholen, die Legenden von einer Triade, von Wölfen und Menschen, die das Dorf mit panischer Angst erfüllt hatten. Der Akt des Hasses der Dörfler war zwar unterbrochen worden, hatte ihnen aber deutlich vor Augen geführt, daß sie sicher waren, und damit konnten Gabrielle und Luc entsprechend in gefährdeter, aber akzeptabler Sicherheit leben.

Noch eines war klargeworden, wofür sie, ohne sich herabzulassen, es mit Worten auszudrücken, ihn verurteilten und verachteten. Obwohl er so viel mit ihnen geteilt hatte, ihre Stimmungen, ihre Aktivitäten, ihre Liebe, hatte er sie nie wirklich geliebt. Er war nicht wirklich in der Lage gewesen, mit ihnen zu einer Einheit zu verschmelzen, oder er hatte es nicht vorgehabt. Auch ihnen waren Beweise über ihn vorgeführt worden. *Natürlich* war es nicht vorgesehen gewesen, daß er sie mit Feuerwaffen beschützen sollte – das Versagen des Gewehrs schien nun vielsagend –, oder mit irgendwelchen anderen Mitteln; außer mit einer ungeheuren, heidnischen Kraft, die sich, ganz einfach und verblüffend, darauf gründete, daß er sie *brauchte.* Seine Bedürfnisse hatten sich jedoch nicht in solchen ungeheuren Größenordnungen bewegt. Er hatte sie nur als Trittstein benutzt, um sich selbst wiederzufinden. Wie den Ärzten hatte er ihnen erlaubt, seine Schmerzen zu heilen, aber, einmal geheilt, hatte er sie hinter sich gelassen. Er hatte bereits von seiner Abreise geträumt, bevor der Mob ihn dazu gezwungen hatte. Seine Abreise war nun zu einer reinen Formalität geworden, das erkannte er, denn der Mob wußte inzwischen, daß er ihnen nichts anhaben konnte. Nicht, weil er nicht gekämpft hatte, sondern weil er auf die falsche Art und mit den falschen Waffen gekämpft hatte.

Christian berührte sein Gesicht, wo sie ihn angespuckt hatte. Sie hatte ihm keine Vorwürfe wegen Feigheit oder Inkompetenz gemacht, sie war nur angeekelt gewesen, weil er sie benutzt hatte, was sich nun so deutlich und auf so einzigartige und unbestreitbare Weise zeigte.

Er sagte hölzern zu ihr: »Ich habe versucht, dich ins Schloß zu tragen, aber du hast dich gewehrt. Ich bin zurückgekommen, um euch zu holen –«

»Jemand anders hätte uns erst gar nicht verlassen«, sagte sie. Mit ›jemand anders‹ meinte sie einen anderen Christian, der mit ihr und Luc verbunden gewesen war, verbunden in der wahren, untrennbaren Verschmelzung der Dreifaltigkeit. »Jemand anders hätte uns getragen, wenn er gekonnt hätte, wenn wir ihn in unserem Schmerz auch zerfleischt hätten. Oder er hätte sich zu uns gelegt. Ja, in das Blut und in dem Regen und der Dunkelheit. Hätte sich zu uns gelegt, bis er tot gewesen wäre, wenn es hätte sein müssen. Oh, von dir habe ich das nicht erwartet. Ich bin nicht enttäuscht worden.«

Als er sich nun von ihnen abwendete, von dieser unangreifbaren Pietà, wurde ihm undeutlich bewußt, daß er froh darüber war, dieser Einheit zu entkommen, die sie alle drei hätten teilen können, von diesem herrlichen und stagnierenden Zustand, der schlimmer war als Eitelkeit, schlimmer als Narzismus.

Er war der Schuld an ihrem Tod ausgewichen, und der Verlockung magischer Kräfte – wenn solche Kräfte wirklich möglich waren. O ja, sie würde daran glauben, und sein Versagen für einen Mangel an Glauben halten, aber mußte er das auch? Wie konnte in dieser modernen Zeit des Zugs, des Autos, der Gaslampe irgend jemand von ihnen annehmen, eine

Wolfsgöttin könnte ihre Macht wieder aufrichten? Vielleicht hatte er die Benutzung ihrer Macht abgelehnt, hatte sie abgelehnt, ohne es zu wissen, ohne es zu wollen. Oder vielleicht irrten sich Gabrielle und Luc. Vielleicht verfaulte Zauberei wie alles Alte.

Fast hatte er sich jetzt wieder erholt, fast hatte er das hier überwunden. An der Tür blieb er stehen und verkündete:

»Trotz allem, was du gesagt und getan hast, wünsch' ich euch alles Gute.«

»Ich habe dir gesagt, du sollst gehen«, sagte sie. »Geh!«

»Ich werde euch unsterblich machen«, sagte er beißend und bedrohte sie fast mit der Vorstellung. »Wenn ich komponiere, was ich vorhabe, was ich tun werde, Gabrielle, wirst du in jeder Note sein.«

»Musik, die ich nie hören werde.«

»In der Stadt vielleicht«, sagte er. »Nachdem sie den Rachmaninov gespielt haben, an einem milden, langen Sommerabend.«

»Du«, sagte sie leise. »Du bist der Wolf. Du ernährst dich von uns, um alles zu bekommen, was du brauchst oder zu brauchen glaubst. Um dein Leben so zu erhalten, das das einzige Leben ist, was du respektierst. Geh, Christian. Geh und schreib deine Musik irgendwo weit weg von hier.«

Er ging schleppend auf dem Pfad weg von der Schlucht, der Hütte, den Steinen. Er mußte noch einmal den langen Weg zum Bahnhof hinter sich bringen. Vielleicht war der Zug schon dagewesen, und er hatte ihn verpaßt, oder er würde noch eine Woche lang aufgehalten werden. Aber jetzt würde ihn niemand mehr angreifen. Vielleicht würde ihn Peton mit Nahrung versorgen, vielleicht sogar mit einer Unterkunft.

Christian hustete. Er dachte an die Stadt und an die, die sich um ihn kümmern würden, und er hustete. Sein Herz war schon wieder in der Stadt, war eigentlich nie davon weggegangen. Melodiefetzen stahlen sich in seinen Kopf, überlagerten sich immer wieder – ihr Lied über den Wald, diese einfache Ballade, umgewandelt, ausgeschmückt, erweitert –

Variationen über ein Thema. Selbst die Äste und Gipfel der Bäume, die weißen Verletzungen des Schnees auf der Erde, die Furchen des Winds und die gelbe Sonne wurden zu Musik.

Nun in Eile stieg er über das Lysinth aus Knochen, ohne es zu sehen.